沈从文

雅读

眼目所及
都若有神迹

沈从文 著

人民文学出版社

图书在版编目（CIP）数据

眼目所及都若有神迹/沈从文著. —北京：人民文学出版社，2022
（雅读）

ISBN 978-7-02-013639-1

Ⅰ.①眼… Ⅱ.①沈… Ⅲ.①中国文学—现代文学—作品综合集
Ⅳ.①I216.2

中国版本图书馆CIP数据核字（2021）第237178号

责任编辑　郭　娟
装帧设计　刘　远
责任印制　任　祎

出版发行　人民文学出版社
社　　址　北京市朝内大街166号
邮政编码　100705

印　　刷　三河市宏盛印务有限公司
经　　销　全国新华书店等

字　　数　208千字
开　　本　787毫米×1092毫米　1/32
印　　张　10.875　插页2
印　　数　1—6000
版　　次　2022年1月北京第1版
印　　次　2022年1月第1次印刷

书　　号　978-7-02-013639-1
定　　价　42.00元

如有印装质量问题，请与本社图书销售中心调换。电话：010-65233595

目 录

小 说

散 文

小　说

柏　子

把船停顿到岸边，岸是辰州的河岸。

于是客人可以上岸了，从一块跳板走过去。跳板一端固定在码头石级上，一端搭在船舷，一个人从跳板走过时，摇摇荡荡不可免。凡要上岸的全是那么摇摇荡荡上岸了。

泊定的船太多了，沿岸泊，桅子数不清，大大小小随意矗到空中去，桅子上的绳索像纠纷到成一团，然而却并不。

每一个船头船尾全站得有人，穿青布蓝布短汗褂，口里噙了长长的旱烟杆，手脚露在外面让风吹，——毛茸茸的像一种小孩子想象中的妖洞里喽啰毛脚毛手。看到这些手脚，很容易记起“飞毛腿”一类英雄名称。可不是，这些人正是……桅子上的绳索掯定活车，拖拉全无从着手时，看这些飞毛腿的本领，有得是机会显露！毛脚毛手所有的不单是毛，还有类乎钩子的东西，光溜溜的桅，只要一贴身，便飞快的上去了。为表示上下全是儿戏，这些年青水手一面整理绳索一面还将在上面唱歌，那一边桅上，也有这样人时，这种歌便来回唱下去。

昂了头看这把戏的，是各个船上的伙计。看着还在下面喊着。左边右边，不拘要谁一个试上去，全是容易之至的事，只是不得老舵手吩咐，则不敢放肆而已。看的人全已心中发痒，又不能随便爬上桅子顶尖去唱歌，逗其他船上媳妇发笑，便开口骂人。

"我的儿，摔死你！"

"我的孙，摔死了你看你还唱！"

"……"

全是无恶意而快乐的笑骂。

仍然唱，且更起劲了一点。但可以把歌唱给下面骂人的人听，当先若唱的是"一枝花"，这时唱的便是"众儿郎"了。"众儿郎"却依然笑嘻笑嘻的昂了头看这唱歌人，照例不能生气的。

可是在这情形中，有些船，却有无数黑汉子，用他的毛手毛脚，盘着大而圆的黑铁桶，从舱中滚出，也是那么摇摇荡荡跌到岸边泥滩上了。还有作成方形用铁皮束腰的洋布，有海带，有鱿鱼，有药材……这些东西同搭客一样，在船上舱中紧挤着卧了二十天或十二天，如今全应当登岸了。登岸的人各自还家，各自找客栈，各自吃喝，这些货物却各自为一些大脚婆子走来抱之负之送到各个堆栈里去。

在各样匆忙情形中，便正有闲之又闲的一类人在。这些人住到另一个地方，耳朵能超然于一切嘈杂声音以上，听出桅子上人的歌声，——可是心也正忙着，歌声一停止，唱歌地方代替了一盏红风灯以后，那唱歌的人便已到这听歌人的身边了。桅上用红灯，不消说是夜里了。河边夜里不是平常的世界。

落着雨，刮着风，各船上了篷，人在篷下听雨声风声，江波吼哮如癫子，船只纵互相牵连互相依靠。也簸动不止，这一种情景是常有的。坐船人对此决不奇怪，不欢喜，不厌恶，因为凡是在船上生活，这些平常人的爱憎便不及在心上滋生了。（有月亮又是一种趣味，同晚日与早露，各有不同。）然而他们全不会注意。船上人心情若必须勉强分成两种或三种，这分类方法得另作安排。吃牛肉与吃酸菜，是能左右一般水手心情的一件事。泊半途与湾口岸，这于水手们情形又稍稍不同。不必问，牛肉比酸菜合乎这类"飞毛腿"胃口，船在码头停泊他们也欢喜多了！

如今夜里既落小雨，泥滩头滑溜溜使人无从立足，还有人上岸到河街去。

这是其中之一个，名叫柏子，日里爬桅子唱歌，不知疲倦，到夜来，还依然不知道疲倦，所以如其他许多水手一样，在腰边板带中塞满了铜钱，小心小心的走过跳板到岸边了。先是在泥滩上走，没有月，没有星，细毛毛雨在头上落，两只脚在泥里慢慢翻——成泥腿，快也无从了——目的是河街小楼红红的灯光，灯光下有使柏子心开一朵花的东西存在。

灯光多无数，每一小点灯光便有一个或一群水手，灯光还不及塞满这个小房，快乐却将水手们胸中塞紧，欢喜在胸中涌着，各人眼睛皆眯了起来。沙喉咙的歌声笑声从楼中溢出，与灯光同样，溢进上岸无钱守在船中的水手耳中眼中时，便如其他世界一样，反应着欢喜的是诅咒。那些不能上岸的水手，他们诅咒着，然而一颗心也摇摇荡荡上了岸，且不必冒滑滚的危险，全各以经验为标准，把心飞到所熟习的楼上去了。

酒与烟与女人，一个浪漫派文人非此不能夸耀于世人的三样事，这些喽啰们却很平常的享受着。虽然酒是酽冽的酒，烟是平常的烟，女人更是……然而各个人的心是同样的跳，头脑是同样的发迷，口——我们全明白这些平常时节只是吃酸菜南瓜臭牛肉以及说点下流话的口，可是到这时也粘粘糍糍，也能找出所蓄于心各样对女人的谄谀言语，献给面前的妇人，也能粗粗卤卤的把它放到妇人的脸上去，脚上去，以及别的位置上去。他们把自己沉浸在这欢乐空气中，忘了世界，也忘了自己的过去与未来。女人则帮助这些可怜人，把一切穷苦一切期望从这些人心上挪去。放进的是类乎烟酒的兴奋与醉麻。在每一个妇人身上，一群水手同样作着那顶切实的顶勇敢的好梦，预备将这一月贮蓄的金钱与精力，全倾之于妇人身上，他们却不曾预备要人怜悯，也不知道可怜自己。

他们的生活，若说还有使他们在另一时反省的机会，仍然是快乐的吧。这些人，虽然缺少眼泪，却并不缺少欢乐的承受！

其中之一的柏子，为了上岸去找寻他的幸福，终于到一个地方了。

先打门，用一个水手通常的章法，且吹着哨子。

门开后，一只泥腿在门里，一只泥腿在门外，身子便为两条胳膊缠紧了，在那新刮过的日炙雨淋粗糙的脸上，就贴紧了一个宽宽的温暖的脸子。

这种头香油是他所熟习的。这种抱人的章法，先虽说不出，这时一上身却也熟习之至。还有脸，那么软软的，混着脂粉的香，用口可以吮吸。到后是，他把嘴一歪，便找到了一个湿的舌子了，他咬着。

女人挣扎着，口中骂着：

"悖时的！我以为你到常德府被婊子尿冲你到洞庭湖了！"

"老子把你舌子咬断！"

"我才要咬断你……"

进到里面的柏子，在一盏"满堂红"灯下立定。妇人望他痴笑。这一对是并肩立着，他比她高一个头，他蹲下去，像整理橹绳那样扳了妇人的腰身时，妇人身便朝前倾。

"老子摇橹摇厌了，要推车。"

"推你妈！"妇人说，一面搜索柏子身上的东西。搜出的东西便往床上丢去，又数着东西的名字。"一瓶雪花膏，一卷纸，一条手巾，一个罐子——这罐子装什么？"

"猜呀！"

"猜你妈，忘了为我带的粉吗？"

"你看那罐子是什么招牌！打开看！"

妇人不认识字，看了看罐上封皮，一对美人儿画相。把罐子在灯前打开，放鼻子边闻闻，便打了一个嚏。柏子可乐了，不顾妇人如何，把罐子抢来放在一条白木桌上，便擒了妇人向床边倒下去。

灯光明亮，照着一堆泥脚迹在黄色楼板上。

外面雨大了。

张耳听，还是歌声与笑骂声音。房子相间多只一层薄薄白木板子，比吸烟声音还低一点的声音也可以听出，然而人全无闲心听隔壁。

柏子的纵横脚迹渐干了，在地板上也更其分明。灯光依然，对一对横搁在床上的人照得清清楚楚。

"柏子，我说你是一个牛。"

"我不这样，你就不信我在下头是怎么规矩！"

"你规矩！你赌咒你干净得可以进天王庙！"

"赌咒也只有你妈去信你，我不信。"

柏子只有如妇人所说，粗卤得同一只小公牛一样。到后于是喘息了，松弛了，像一堆带泥的吊船棕绳，散漫的搁在床边上。

肥肥的奶子两手抓紧，且用口去咬。又咬她的下唇，咬她的膀子，咬她的大腿……一点不差，这柏子就是日里爬桅子唱歌的柏子。

妇人望到他这些行为发笑，妇人是翻天躺的。

过一阵，两人用一个烟盘作长城，各据长城一边烧烟吃。

妇人一旁烧烟一旁唱《孟姜女》给柏子听，在这样情形下的柏子，喝一口茶且吸一泡烟，像是作皇帝。

"婊子我告给你听，近来下头媳妇才标得要命！"

"你命怎么不要去，又跟船到这地方来？"

"我这命送她们，她们也不要。"

"不要的命才轮到我。"

"轮到你，你这……，好久才轮到我！我问你，到底有多少日子才轮到我？"

妇人嘴一扁，举起烟枪把一个烧好的烟泡装上，就将烟枪送过去塞了柏子的嘴，省得再说混话。

柏子吸了一口烟，又说："我问你，昨天有人来？"

"来你妈！别人早就等你。我算到日子，我还算到你这尸……"

"老子若是真在青浪滩上泡坏了，你才乐！"

"是，我才乐！"妇人说着便稍稍生了气。

柏子是正要妇人生气才欢喜的。他见妇人把脸放下，便把烟盘移到床头去。长城一去情形全变了。一分钟内局面成了新样子。柏子的泥腿从床沿下垂，绕了这腿的上部的是用红绸作就套鞋的小脚。

一种丑的努力，一种神圣的愤怒，是继续，是开始。

柏子冒了大雨在河岸的泥滩上慢慢的走着，手中拿的是一段燃着火头的废缆子，光旺旺的照到周围三尺远近。光照前面的雨成无数返光的线，柏子全无所遮蔽的从这些线林穿过，一双脚浸在泥水里面，——把事情作完了，他回船上去。

雨虽大，也不忙。一面怕滑倒，一面有能防雨——或者不如说忘雨的东西吧。

他想起眼前的事心是热的。想起眼前的一切，则头上的雨与脚下的泥，全成为无须置意的事了。

这时妇人是睡眠了，还是陪别一个水手又来在那大白木床上作某种事情，谁知道。柏子也不去想这个。他把妇人的身体，记得极其熟习；一些转弯抹角地方，一些幽僻地方，一些坟起与一些窟窿，恰如离开妇人身边一千里，也像可以用手摸，说得出尺寸。妇人的笑，妇人的动，也死死的像蚂蝗一样钉在心上。这就够了。他的所得抵得过一个月的一切劳苦，抵得过船只来去路上的风雨太阳，抵得过打牌输钱的损失，抵得过……他还把以后下行日子的快乐预支了。这一去又是半月或一月，他很明白的。以后也将高高兴兴的作工，高高兴兴的吃饭睡觉，因为今夜已得了前前后后的希望，今夜所"吃"的足够两个月咀嚼，不到两月他可又回来了。

他的板带钱已光了，这种花费是很好的一种花费。并且他也并不是全无计算，他已预先留下了一小部分钱，作为在船上玩牌用的。花了钱，得到些什么，他是不去追究的。钱是在什么情形下得来，又在什么情形下失去，柏子不能拿这个来比较。总之比较有时像也比较过了，但结果不消说还是"合算"。

轻轻的唱着《孟姜女》，唱着《打牙牌》，到得跳板边时，柏子小心小心的走过去，预定的《十八摸》便不敢唱了——因为老板娘还在喂小船老板的奶，听到哄孩子声音，听到吮奶声音。

辰州河岸的商船各归各帮，泊船原有一定地方，各不相混。可是每一只船，把货一起就得到另一处去装货，因此柏子从跳板上摇摇荡荡上过两次岸，船就开了。

（原载 1928 年 8 月 10 日《小说月报》第 19 卷第 8 号，署名甲辰；选自《从文小说习作选》，上海良友图书印刷公司 1936 年 5 月初版）

萧 萧

　　乡下人吹唢呐接媳妇，到了十二月是成天有的事情。

　　唢呐后面一顶花轿，四个伕子平平稳稳的抬着，轿中人被铜锁锁在里面，虽穿了平时不上过身的体面红绿衣裳，也仍然得荷荷大哭。在这些小女人心中，做新娘子，从母亲身边离开，且准备作他人的母亲，从此将有许多事情等待发生。像做梦一样，将同一个陌生男子汉在一个床上睡觉，做着承宗接祖的事情，当然十分害怕，所以照例觉得要哭，就哭了。

　　也有做媳妇不哭的人。萧萧做媳妇就不哭。这女人没有母亲，从小寄养到伯父种田的庄子上，出嫁只是从这家转到那家。因此到那一天这女人还只是笑。她又不害羞，又不怕，她是什么事也不知道，就做了人家的媳妇了。

　　萧萧做媳妇时年纪十二岁，有一个小丈夫，年纪三岁。丈夫比她年少九岁，还在吃奶。地方规矩如此，过了门，她喊他做弟弟。她每天应作的事是抱弟弟到村前柳树下去玩，饿了，喂东西吃，哭了，就哄他，摘南瓜花或狗尾草戴到小丈夫头上，或者亲嘴，一面说，"弟弟，哪，啤。再来，啤。"在那满是肮脏的小脸上亲了又亲，孩子于是便笑了。孩子一欢喜，会用短短的小手乱抓萧萧的头发。那是平时不大能收拾蓬蓬松松到头上的黄发。有时垂到脑后一条有红绒绳作结的小辫儿被拉，生气了，就挞那弟弟，弟弟自然噎的哭出声来，萧萧便也装成要哭的样子，用手指着弟弟的哭脸，说，"哪，不讲理，这可不行！"

天晴落雨日子混下去，每日抱抱丈夫，也时常到溪沟里去洗衣，搓尿片，一面还捡拾有花纹的田螺给坐到身边的丈夫玩。到了夜里睡觉，便常常做世界上人所做过的梦，梦到后门角落或别的什么地方捡得大把大把铜钱，吃好东西，爬树，自己变成鱼到水中溜扒，或一时仿佛很小很轻，身子飞到天上众星中，没有一个人，只是一片白，一片金光，于是大喊"妈！"人醒了。醒来心还只是跳。吵了隔壁的人，就骂着，"疯子，你想什么！"却不作声只是咕咕笑着。也有很好很爽快的梦，为丈夫哭醒的

15

事。那丈夫本来晚上在自己母亲身边睡，吃奶方便，但是吃多了奶，或因另外情形，半夜大哭，起来放水拉稀是常有的事。丈夫哭到婆婆不能处置，于是萧萧轻脚轻手爬起来，眼屎矇眬，走到床边，把人抱起，给他看灯光，看星光。或者仍然啴啴的亲嘴，互相觑着，孩子气的"嗨嗨，看猫呵"那样喊着哄着。于是丈夫笑了。慢慢的阖上眼。人睡了，放上床，站在床边看着，听远处一传一递的鸡叫，知道天快到什么时候了。于是仍然蜷到小床上睡去。天亮了，虽不做梦，却可以无意中闭眼开眼，看一阵空中黄金颜色变幻无端的葵花。

萧萧嫁过了门，做了拳头大丈夫的媳妇，一切并不比先前受苦，这只看她半年来身体发育就可明白。风里雨里过日子，像一株长在园角落不为人注意的萆麻；大叶大枝，日增茂盛。这小女人简直是全不为丈夫设想那么似的长大起来了。

夏夜光景说来如做梦。坐到院心，挥摇蒲扇，看天上的星同屋角的萤，听南瓜棚上纺织娘子咯咯咯拖长声音纺车，禾花风翛翛吹到脸上，正是让人在自己方便中说笑话的时候。

萧萧好高，一个人常常爬到草料堆上去，抱了已经熟睡的丈夫在怀里，轻轻的轻轻的随意唱着那使自己也快要睡去的歌。

在院中，公公婆婆，祖父祖母，另外还有帮工汉子两个，散乱的坐，小板凳无一作空。

祖父身边有烟包，在黑暗中放光。这用艾蒿作成的长火绳，是驱逐长脚蚊东西，蜷在祖父脚边，就如一条黑色长蛇。

想起白天场上的事，那祖父开口说话：

"听三金说前天有女学生过身。"

大家就哄然笑了。

这笑的意义何在？只因为大家都知道女学生没有辫子，像个尼姑，穿的衣服又像洋人，吃的，用的，……总而言之一想起来就觉得怪可笑！

萧萧不大明白，她不笑。所以祖父又说话了。他说：

"萧萧，你将来也会做女学生！"

大家于是更哄然大笑起来。

萧萧为人并不愚蠢，觉得这一定是不利于己的一件事情了，所以接口便说：

"我不做女学生！"

"不做可不行。"

"我不做。"

众口一声的说："非做女学生不行！"

女学生这东西，在本乡的确永远是奇闻。每年热天，据说放"水"假日子一到，便有三三五五女学生，由一个荒谬不经的热闹地方来，到另一个远地方去，取道从本地过身，从乡下人眼中看来，这些人皆近于另一世界中活下的人，装扮如怪如神，行为也不可思议。这种人过身时，使一村人皆可以说一整天的笑话。

祖父是当地人物，因为想起所知道的女学生在大城中的生活情形，所以说笑话要萧萧也去作女学生。一面听到这话就感觉一种打哈哈趣味，一面还有那被说的萧萧感觉一种惶恐，说这话的不为无意义了。

女学生由祖父方面所知道的是这样一种人：她们穿衣服不管天气冷暖，吃东西不问饥饱，晚上交到子时才睡觉，白天正经事全不作，只知唱歌打球，读洋书。她们一年用的钱可以买十六只水牛。她们在省里京里想往什么地方去时，不必走路，只要钻进一个大匣子中，那匣子就可以带她到地。她们在学校，男女一处上课，人熟了，就随意同那男子睡觉，也不要媒人，也不要财礼，名叫"自由"。她们也做官；做县官，带家眷上任，男子仍然喊作老爷，小孩子叫少爷。她们自己不养牛，却吃牛奶羊奶，如小牛小羊，买那奶时是用铁罐子盛的。她们无事时到一个唱戏地方去，那地方完全像个大庙，从衣袋中取出一块洋钱来（那洋钱在乡下可买五只母鸡），买了一小方纸片儿，拿了那纸片到里面去，就可以坐下看洋人扮演影子戏。她们被冤了，不赌咒，不哭。她们年纪有老到二十四岁还不肯嫁人的，有老到三十四五还好意思嫁人的。她们不怕男子，男子不能使她们受委屈，一受委屈就上衙门打官司，要官罚男子的款，这笔钱她可以同官平分。她们不洗衣煮饭，有了小孩子也只化五块钱或十块钱一月，雇人专管小孩，自己仍然整天看戏打牌。……

总而言之，说来都希奇古怪，岂有此理。这时经祖父一为说明，听过这话的萧萧，心中却忽然有了一种模模糊糊的愿望，以为倘若她也是个女学生，她是不是照祖父说的女学生一个样子去做那些事？不管好歹，做女学生极有趣味，因此一来却已为这乡下姑娘体念到了。

因为听祖父说起女学生是怎样的人物，到后萧萧独自笑得特别久。笑够了时，她说：

"祖爹，明天有女学生过路，你喊我，我要看。"

"你看，她们捉你去作丫头。"

"我不怕她们。"

"她们读洋书你不怕？"

"我不怕。"

"她们咬人你不怕？"

"也不怕。"

可是这时节萧萧手上所抱的丈夫，不知为什么，在睡梦中哭了，媳妇用作母亲的声势，半哄半吓说：

"弟弟，弟弟，不许哭，不许哭，女学生咬人来了。"

丈夫还仍然哭着，得抱起各处走走。萧萧抱着丈夫离开了祖父，祖父同人说另外一样话去了。

萧萧从此以后心中有个"女学生"。做梦也便常常梦到女学生，且梦到同这些人并排走路。仿佛也坐过那种自己会走路的匣子，她又觉得这匣子并不比自己跑路更快。在梦中那匣子的形体同谷仓差不多，里面有小小灰色老鼠，眼珠子红红的。

因为有这样一段经过，祖父从此喊萧萧不喊"小丫头"，不喊"萧萧"，却唤作"女学生"。在不经意中萧萧答应得很好。

乡下里日子也如世界上一般日子，时时不同。世界上人把日子糟蹋，和萧萧一类人家把日子吝惜是同样的，各人皆有所得，各人皆为命定。城市中文明人，把一个夏天全消磨到软绸衣服精美饮料以及种种好事情上面。萧萧的一家，因为一个夏天，却得了十多斤细麻，二三十担瓜。

作小媳妇的萧萧，一个夏天中，一面照料丈夫，一面还绩了细麻四斤。这时工人摘瓜，在瓜间玩，看硕大如盆上面满是灰粉的大南瓜，成排成堆摆到地上，很有趣味。时间到摘瓜，秋天已来了，院中各处有从屋后林子里树上吹来的大红大黄木叶。萧萧在瓜旁站定，手拿木叶一束，为丈夫编小笠帽玩。

工人中有个名叫花狗，抱了萧萧的丈夫到枣树下去打枣子。小小竹竿打在枣树上，落枣满地。

"花狗大，莫打了，太多了吃不完。"

虽这样喊，还不动身。到后，仿佛完全因为丈夫要枣子，花狗才不听话。萧萧于是又喊他那小丈夫：

"弟弟，弟弟，来，不许捡了。吃多了生东西肚子痛！"

丈夫听话，兜了一堆枣子向萧萧身边走来，请萧萧吃枣子。

"姊姊吃，这是大的。"

"我不吃。"

"要吃一颗！"

她两手哪里有空！木叶帽正在制边。工夫要紧，还正要个人帮忙！

"弟弟，把枣子喂我口里。"

丈夫照她的命令作事，作完了觉得有趣，哈哈大笑。

她要他放下枣子帮忙捏紧帽边，便于添加新木叶。

丈夫照她吩咐作事，但老是顽皮的摇动，口中唱歌。这孩子原来像一只猫，欢喜时就得捣乱。

"弟弟，你唱的是什么。"

"我唱花狗大告我的山歌。"

"好好的唱给我听。"

丈夫于是就唱下去，照所记到的歌唱：

天上起云云起花，

包谷林里种豆荚，

豆荚缠坏包谷树，

娇妹缠坏后生家。

天上起云云重云，

地下埋坟坟重坟，

娇妹洗碗碗重碗，

娇妹床上人重人。

丈夫唱歌中意义全不明白，唱完了就问好不好。萧萧说好，并且问从谁学来的。她知道是花狗教他的，却故意盘问他。

"花狗大告我，他说还有好歌，长大了再教我唱。"

听说花狗会唱歌，萧萧说：

"花狗大，花狗大，您唱一个歌我听听。"

那花狗，面如其心，生长得不很正气，知道萧萧要听歌，人也快到听歌的年龄了，就给她唱"十岁娘子一岁夫"。那故事说的是妻年大，可以随便到外面作一点不规矩事情，夫年小，只知道吃奶，让他吃奶。这歌丈夫完全不懂，懂到一点儿的是萧萧，把歌听过后，萧萧装成"我全明白"那种神气，她用生气的样子，对花狗说：

"花狗大，这个不行，这是骂人的歌！"

花狗分辩说："不是骂人的歌。"

"我明白，是骂人的歌。"

花狗难得说多话，歌已经唱过了，错了赔礼，只有不再唱。他看她已经有点懂事了，怕她回头告祖父，就把话支开，扯到"女学生"。他问萧萧，看不看过女学生习体操唱洋歌的事情。

若不是花狗提起，萧萧几乎已忘却了这事情。这时又提到女学生，她问花狗近来有不有女学生过路。

花狗一面把南瓜从棚架边抱到墙角去，告她女学生唱歌的事，这些事的来源就是萧萧的那个祖父。他在萧萧面前说了点大话，说他曾经到官路上见到四个女学生，她们都拿得有旗帜，走长路流汗喘气之中仍然唱歌，同军人所唱的一模一样。不消说，这完全是笑话。可是那故事把萧萧可乐坏了。

花狗是会说会笑的一个人。听萧萧带着歆羡口气说："花狗大，您膀子真大。"他就说："我不止膀子大。"

"你身个子也大。"

"我全身无处不大。"

到萧萧抱了她的丈夫走去以后，同花狗在一起摘瓜，取名字叫哑叭的，开了平时不常开的口。他说：

"花狗，你少坏点。人家是黄花女，还要等十二年才圆房！"

花狗不做声，打了那伙计一掌，走到枣树下捡落地枣去了。

到摘瓜的秋天，日子计算起来，萧萧过丈夫家有一年了。

几次降霜落雪，几次清明谷雨，都说萧萧是大人了。天保佑，喝冷水，吃粗粝饭，四季无疾病，倒发育得这样快。婆婆虽生来像一把剪，把凡是给萧萧暴长的机会都剪去了，但乡下的日头同空气都帮助人长大，却不是折磨可以阻拦得住。

萧萧十四岁时高如成人，心却还是一颗糊糊涂涂的心。

人大了一点，家中做的事也多了一点。绩麻纺车洗衣照料丈夫以外，打猪草推磨一些事情也要作。还有浆纱织布：两三年来所聚集的粗细麻和纺就的纱，已够萧萧坐到土机上抛三个月的梭子了。

丈夫已断了奶。婆婆有了新儿子，这五岁儿子就像归萧萧

25

独有了。不论做什么，走到什么地方去，丈夫总跟到身边。丈夫有些方面很怕她，当她如母亲，不敢多事。他们俩"感情不坏"。

地方稍稍进步，祖父的笑话转到"萧萧你也把辫子剪去"那一类事上去了。听着这话的萧萧，某个夏天也看过一次女学生了，虽不把祖父笑话认真，可是每一次在祖父说过这笑话以后，她到水边去，必用手捏着辫子末梢，设想没有辫子的人那种神气，那点趣味。

因为打猪草，带丈夫上螺蛳山的山阴是常有的事。

小孩子不知事，听别人唱歌也唱歌。一唱歌，就把花狗引来了。

花狗对萧萧生了另外一种心，萧萧有点明白了，常常觉得惶恐。但花狗是男子，凡是男子的美德恶德皆不缺少，所以一面使萧萧的丈夫非常欢喜同他玩，一面一有机会即缠在萧萧身边，且总是想方设法把萧萧那点惶恐减去。

山大人小，平时不知道萧萧所在，花狗就站在高处唱歌逗萧萧身边的丈夫，丈夫小口一开，花狗穿山越岭就来到萧萧面前了。

　　见了花狗，小孩子只有欢喜，不知其他。他原要花狗为他编草虫玩，做竹箫哨子玩，花狗想方法支使他到一个远处去，便坐到萧萧身边来，要萧萧听他唱那使人红脸的歌。她有时觉得害怕，不许丈夫走开；有时又像有了花狗在身边，打发丈夫走去也好一点。终于有一天，萧萧就给花狗变成了妇人了。

　　那时节，丈夫走到山下采刺莓去了，花狗唱了许多歌，到后却向萧萧说，我想了你二三年。他又说，我为你睡不着觉。他又说，我赌咒不把这事情告给人。听了这些话仍然不懂什么的萧萧，眼睛只注意到他那一对膀子，耳朵只注意到他最后一句话。末了花狗大便又唱歌给她听，她心里乱了。她要他当真对天赌咒，赌了咒，一切好像有了保障，她就一切尽他了。到丈夫返身时，手被毛毛虫螫伤，肿了一片，走到萧萧身边，萧萧捏紧这一只小手，且用口去呵它，吮它，想起刚才的糊涂，才仿佛明白作了一点糊涂事。

　　花狗诱她做坏事情是麦黄四月，到六月，李子熟了，她欢喜吃生李子。她觉得身体有点特别，碰到花狗，就将这事情告给他，问他怎么办。

　　讨论了多久，花狗全无主意。虽以前自己当天赌得有咒，也仍然无主意。这家伙个子大，胆量小，个子大容易做错事，胆量小做了错事就想不出办法。

　　到后，萧萧捏着自己那条辫子，想起城里了。她说：

　　"花狗，我们到城里去过日子，不好么？"

　　"那怎么行？到城里去做什么？"

　　"我肚子大了。"

　　"我们找药去。"

　　"我想……"

　　"你想逃？"

　　"我想逃吗？我想死！"

　　"我赌咒不辜负你。"

　　"负不负我有什么用，帮我个忙，拿去肚子里这块肉吧。我害怕！"

　　花狗不再做声，过了一会，便走开了。不久丈夫从他处回来，见萧萧一个人坐在草地上哭，眼睛红红的，丈夫心中纳罕。看了一会，问萧萧：

　　"姊姊，为什么哭？"

"不为什么，灰尘落到眼睛里，痛。"

"你瞧我，得这些这些。"

他把从溪中捡来的小蚌小石头陈列萧萧面前，萧萧用泪眼看了一会，笑着说："弟弟，我们要好，我哭你莫告家中。"到后这事情家中当真就无人知道。

第二天，花狗不辞而行，把自己所有的衣裤都拿去了。祖父问同住的哑叭知不知道他为什么走路，走哪儿去。哑叭只是摇头，说，花狗还欠了他两百钱，临走时话都不留一句，为人少良心。哑叭说他自己的话，并没有把花狗走的理由说明，因此这一家希奇一整天，谈论一整天。不过这工人既不偷走物件，又不拐带别的，这事过后不久自然也就把他忘了。

萧萧仍然是往日的萧萧。她能够忘记花狗，就好了。但是肚子真有些不同了，肚中东西使她常常一个人干发急，尽做怪梦。

她脾气似乎坏了一点，这坏处只有丈夫知道，因为她对丈夫似乎严厉苛刻了好些。

仍然每天同丈夫在一处，她的心，想到的事自己也不十分明白。她常想，我现在死了，什么都好了。可是为什么要死？

她还很高兴活下去，愿意活下去。

　　家中人不拘谁在无意中提起关于丈夫弟弟的话，提起小孩子，提起花狗，都像使这话如拳头，在萧萧胸口上重重一击。

　　到八月，她担心人知道更多了，引丈夫庙里去玩，就私自许愿，吃了一大把香灰。吃香灰时被她丈夫见到了，丈夫说这是做什么事，萧萧就说这是肚痛，应当吃这个。萧萧自然说谎。虽说求菩萨保佑，菩萨当然没有如她的希望，肚子中长大的东西仍在慢慢的长大。

　　她又常常往溪里去喝冷水，给丈夫见到了，丈夫问她她就说口渴。

　　一切她所想到的方法都没有能够使她与自己不欢喜的东西分开。大肚子只有丈夫一人知道，他却不敢告这件事给父母晓得。因为时间长久，年龄不同，丈夫有些时候对于萧萧的怕同爱，比对于父母还深切。

　　她还记得那花狗赌咒那一天里的事情，如同记着其他事情一样。到秋天，屋前屋后毛毛虫更多了，丈夫像故意折磨她一样，常常提起几个月前被毛毛虫所螫的话，使萧萧难过。她因此极恨毛毛虫，见了那小虫就想用脚去踹。

有一天，又听人说有好些女学生过路，听过这话的萧萧，睁了眼做过一阵梦，愣愣的对日头出处痴了半天。

萧萧步花狗后尘，也想逃走，收拾一点东西预备跟了女学生走的那条路上城。但没有动身，就被家里人发觉了。

家中追究这逃走的根源，才明白这个十年后预备给小丈夫生儿子继香火的萧萧肚子，已被另外一个人抢先下了种。这真是了不得的大事。一家人的平静生活为这一件事全弄乱了。生气的生气，流泪的流泪。悬梁，投水，吃毒药，诸事萧萧全想到了，年纪太小，舍不得死，却不曾做。于是祖父想出了个聪明主意，把萧萧关在房里，派两人好好看守着，请萧萧本族的人来说话，看是沉潭还是发卖？萧萧家中人要面子，就沉潭淹死，舍不得死就发卖。萧萧既只有一个伯父，在近处庄子里为人种田，去请他时先还以为是吃酒，到了才知道是这样丢脸事情，弄得这家长手足无措。

大肚子作证，什么也没有可说。伯父不忍把萧萧沉潭，萧萧当然应当嫁人作二路亲了。

这处罚好像也极其自然，照习惯受损失的是丈夫家里，然而却可以在改嫁上收回一笔钱，当作赔偿损失的数目。那伯父把这事告给了萧萧，就要走路。萧萧拉着伯父衣角不放，只是幽幽的哭，伯父摇了一会头，一句话不说，仍然走了。

没有相当的人家来要萧萧，就仍然在丈夫家中住下。这件事情既经说明白，倒又像不什么要紧，大家反而释然了。先是小丈夫不能再同萧萧在一处，到后又仍然如月前情形，姊弟一般有说有笑的过日子了。

丈夫知道了萧萧肚子中有儿子的事情，又知道因为这样萧萧才应当嫁到远处去。但是丈夫并不愿意萧萧去，萧萧自己也不愿意去，大家全莫名其妙，像逼到要这样做，不得不做。

在等候主顾来看人，等到十二月，还没有人来。

萧萧次年二月间，坐草生了一个儿子，团头大眼，声响宏壮，大家把母子二人照料得好好的，照规矩吃蒸鸡同江米酒补血，烧纸谢神。一家人都欢喜那儿子。

生下的既是儿子，萧萧不嫁别处了。

到萧萧正式同丈夫拜堂圆房时，儿子年纪十岁，已经能看牛割草，成为家中生产者一员了。平时喊萧萧丈夫做大叔，大叔也答应，从不生气。

这儿子名叫牛儿。牛儿十二岁时也接了亲，媳妇年长六岁。媳妇年纪大，方能诸事作帮手，对家中有帮助。唢呐吹到门前时，新娘在轿中呜呜的哭着，忙坏了那个祖父，曾祖父。

这一天，萧萧抱了自己新生的月毛毛，却在屋前榆蜡树篱笆看热闹，同十年前抱丈夫一个样子。

（原载 1930 年 1 月 10 日《小说月报》第 21 卷第 1 号；选自《新与旧》，上海良友图书印刷公司 1936 年 11 月初版）

丈　夫

落了春雨，一共有七天，河水涨大了。

河中涨了水，平常时节泊在河滩的烟船妓船，离岸极近，船皆系在吊脚楼下的支柱上。

在楼上"四海春"茶馆喝茶的闲汉子，伏身在临河一面窗口，可以望到对河的宝塔烟雨红桃好景致，也可以知道船上妇人陪客烧烟的情形。因为那么近，上下都方便，有喊熟人的声音，从上面或从下面喊叫，到后是互相见到了，谈话了，取了亲昵样子，骂着野话粗话，于是楼上人会了茶钱，从湿而发臭的甬道走去，从那些肮脏地方走到船上了。

上了船，花钱半元到五块，随心所欲吃烟睡觉，同妇人毫无拘束的放肆取乐，这些在船上生活的大臀肥身的年青女人，就用一个妇人的好处，服侍男子过夜。

　　船上人，她们把这件事也像其余地方一样称呼，这叫做"生
意"。她们都是做生意而来的。在名分上，那名称与别的工作，
同样不与道德相冲突，也并不违反健康。她们从乡下来，从那些
种田挖园的人家，离了乡村，离了石磨同小牛，离了那年青而强
健的丈夫的怀抱，跟随了一个熟人，就来到这船上做生意了。做
了生意，慢慢的变成为城市里人，慢慢的与乡村离远，慢慢的学
会了一些只有城市里才需要的恶德，于是妇人就毁了。但那毁，
是慢慢的，因为需要一些日子，所以谁也不去注意了。而且也仍
然不缺少在任何情形下还依然好好的保留到那乡村气质的妇人，
所以在市的小河妓船上，决不会缺少年青女子的来路。

　　事情非常简单，一个不亟亟于生养孩子的妇人，到了城市，
能够每月把从城市里两个晚上所得的钱送给那留在乡下诚实耐
劳种田为生的丈夫，在那方面就过了好日子，名分不失，利益
存在，所以许多年青的丈夫，在娶妻以后，把妻送出来，自己
留在家中安分过日子，竟是极其平常的事了。

　　这种丈夫，到什么时候，想及那在船上做生意的年青的妻，
或逢年过节，照规矩要见见妻的面了，自己便换了一身浆洗干
净的衣服，腰带上挂了那个工作时常不离口的烟袋，背了整箩

整篓的红薯糍粑之类，赶到市上来，像访远亲一样，从码头第一号船上问起，一直到认出自己女人所在的船上为止。问明白了，到了船上，小心小心的把一双布鞋放到舱外护板上，把带来的东西交给了女人，一面便用着吃惊的眼睛，搜索女人的全身。这时节，女人在丈夫眼下自然已完全不同了。

大而油光的发髻，用小钳子由人工扯成的细细眉毛，脸上的白粉同绯红胭脂，以及那城市里人派头城市里人的衣服，都一定使从乡下来的丈夫感到极大的惊讶，有点手足无措。那呆相是女人很容易看到的。女人到后开了口，或者问："那次五块钱得了么？"或者问："我们那对猪养儿子了没有？"女人说话时口音自然也完全不同了，就是变成城市里做太太的大方自由，完全不是做媳妇的神气了。

但听女人问到钱，问到家乡豢养的猪，这做丈夫的看出自己做主人的身分，并不在这船上失去，看出这城里奶奶还不完全忘记乡下，胆子大了一点，慢慢的摸出烟管同火镰。第二次惊讶，是烟管忽然被女人夺去，即刻在那粗而厚大的掌握里，塞了一枝哈德门香烟的原故。吃惊也仍然是暂时的事，于是这做丈夫的，一面吸烟一面谈谈，……

　　到了晚上，吃过晚饭仍然在吸那有新鲜趣味的香烟，来了客，一个船主或一个商人，穿生牛皮长统靴子，抱兜一角露出粗而发亮的银链，喝过一肚子烧酒，摇摇荡荡的上了船。一上船就大声的嚷要亲嘴要睡觉，那宏大而含胡的声音，那势派，皆使这做丈夫的想起了村长同乡绅那些大人物的威风，于是这丈夫不必指点，也就知道怯生生的往后舱钻去，躲到那后梢舱上去低低的喘气。一面把含在口上那枝卷烟摘下来，毫无目的的眺望河中暮景。夜把河上改变了，岸上河上已经全是灯，这丈夫到这时节一定要想起家里的鸡同小猪，仿佛那些小小东西才是自己的朋友，仿佛那些才是亲人，如今与妻接近，与家庭却离得很远，淡淡的寂寞袭上了身，他愿意转去了。

　　当真转去没有？不。三十里路路上有豺狗，有野猫，有查夜放哨的团丁，全是不好惹的东西，转去实在做不到。船上的大娘自然还得留他上三元宫看夜戏，到"四海春"去喝清茶，并且既然到了市上，大街上的灯同城市中的人皆不可不去看看。于是留下了，坐在后舱看河中景致取乐，等候大娘的空暇。到后要上岸了，就由小阳桥攀援篷架到船头，玩过后，仍然由那旧地方转到船上，小心小心使声音放轻，省得留在舱里躺到床上烧烟的客人发怒。

到要睡觉的时候，城里起了更，西梁山上的更鼓咚咚响了一会，悄悄的从板缝里看看客人还不走，丈夫没有什么话可说，就在梢舱上新棉絮里一个人睡了。半夜里，或者已睡着，或者还在胡思乱想，那太太抽空爬过了后舱，问是不是想吃一点糖。本来非常欢喜口含冰糖的脾气，是做太太不能忘却的，所以即或说已经睡觉，已经吃过，也仍然还是塞了一小片糖在口里。太太用着略略抱怨自己那种神气走去了，丈夫把冰糖含在口里，正像仅仅为了这一点理由，就得原谅妻的行为，尽她在前舱陪客，自己仍然很和平的睡觉了。

这样丈夫在黄庄多着！那里出强健女子同忠厚男人，女子出乡卖身，男人皆明白这做生意的一切利益。他懂事，女子名分仍然归他，养得儿子归他，有了钱也总有一部分归他。

那些船，排列在河下，一个陌生人，数来数去永远无法数清的。明白这数目，而且明白那秩序，记忆得出每一个船与摇船人样子，是五区一个老水保。

水保是个独眼睛的人，这独眼据说在年青时节杀过人，因为杀人，同时也就被人把眼睛抠瞎了。但两只眼睛不能分明的，他一只眼睛却办到了。一个河里都由他管事。他的权力在这些小船上，比一个中国的皇帝在地面上的权力还统一集中。

涨了河水，水保比平时似乎忙多了。他得各处去看看，是不是有些船上做父母的上了岸，小孩子在哭奶了，是不是有些船上在吵架，是不是有些船因照料无人，有溜去的危险。在今天，这位大爷，并且要到各处去调查一些从岸上发生影响到了水上的事情。岸上这几天来发生三次小抢案，据公安局那方面人说，凡地上小缝小罅皆找寻到了，还是毫无痕迹。地上小缝小罅都亏那些体面的在职人员找过，于是水保的责任便到了。他得了通知，就是那些说谎话的公安局办事处通知，要他到半夜会同水面武装警察上船去搜索。

水保得到这个消息时是上半天。一个整白天他要做许多事，他要先尽一些从平日受人款待好酒好肉而来的义务了，于是沿了河岸，从第一号船起始，每一个船上去谈谈话。他得先调查一下，得问问这船上是不是留容得有不端正的外乡人。

做水保的人照例是水上一霸，凡是属于水面上的事他无有不知。这人本来就是一个吃水上饭的人，是立于法律同官府对面，按照习惯被官吏来利用，处治这水上一切的。但人一上了年纪，世界成天变，变去变来这人有了钱，成过家，喝点酒，生儿育女，生活安舒，这人慢慢的转成一个和平正直的人了。在职务上帮助了官府，在感情上又亲近了船家，在这些情形上面他建设了一个道德的模范。他受人尊敬不下于官，他做了许多妓女的干爹。

他这时正从一个木跳板上跃到一只新油漆过的花船头，那船位置在较清静的一家莲子铺吊脚楼下。他认得这只船归谁管业，一上船就喊"七丫头"。

没有声音，年青的女人不见出来，年老的掌班也不见出来，老年人很懂事情，以为或者是大白天有年青男子上船做呆事，就站在船头眺望，等了一会。

过一阵他又喊了两声，又喊伯妈，喊五多；五多是船上的小毛头，人很瘦，声音尖锐，平时大人上了岸就守船，买东西煮饭，常常挨打，爱哭。但是喊过五多了，也仍然得不到结果。因为听到舱里又似乎实在有声音，类人出气，不像全上了岸，也不像全在做梦，水保就偻身窥觑舱口，向暗处询问是谁在里面。

里面还是不作答。

水保有点生气了，大声的问："哪一个？"

里面一个很生疏的男子声音，又虚又怯，说："是我。"接着又说，"都上岸去了。"

"都上岸么？"

"上岸了的。她们……"

好像单单是这样答应，还深恐开罪了来人，这时觉得有一点义务要尽了，这男子于是从暗处爬出来，在舱口，小心小心扳着篷架，非常拘束的望着来人。

先是望到那一对峨然巍然似乎是为柿油涂过的猪皮靴子，上去一点是一个赭色柔软鹿皮抱兜，再上去是一双回环抱着的毛手；手上一颗其大无比的黄金戒指，再上去才是一块正四方形像是无数橘子皮拼合而成的脸膛。这男子，明白这是有身分的主顾了，就学着城市里人说话，"大爷，您请里面坐坐，她们就来。"

从那说话的声音，以及干浆衣服的风味上，这水保一望就明白这个人是才从乡下来的种田人。本来女人不在船就想走，但年青人忽然使他发生了兴味，他留着了。

"你从什么地方来的？"他问他，为了不使人拘束，水保取得是做父亲的和平样子，望到这年青人。"我认不得你。"

他想了一下，好像也并不认得客人，就回答，"我昨天来的。"

"乡下麦子抽穗了没有？"

"麦子吗？水碾子前我们那麦子，哈，我们那猪，哈，我们那……"

这个人，像是忽然明白了答非所问，记起了自己是同一个有身分的城里人说话，不应当说"我们"，不应当说我们"水碾子"同"猪"。把字眼儿用错，所以再也接不下去了。

因为不说话，他就怯怯的望到水保微笑，他要人了解他，原谅他。

水保懂得这个意思的。且在这对话中，明白这是船上人的亲戚了，他问年青人，"老七到什么地方去了，什么时候可以回来？"

这时，这年青人答语小心了。他仍然说"是昨天来的"。他又告水保，他"昨天晚上来的"。末了才说，老七同掌班同五多上岸烧香去了，要他守船。因为守船必得把守船身分说出，他还告给了水保，他是老七的"汉子"。

　　因为老七平常喊水保都喊干爹，这干爹第一次认识了女婿，不必年青人挽留，再说了几句，不到一会儿两人皆爬进舱中了。

　　舱中有个小小床铺，床上有锦绸同红色印花洋布铺盖，折叠得整整齐齐，来客皆应当坐在床沿，光线从舱口来，所以在外面以为舱中极黑，在里面却一切分明。

　　年青人，为客找烟卷，找自来火，毛脚毛手打翻了身边一个贮栗子的小坛子，圆而发乌金光泽的板栗便在薄明的船舱里各处滚去，年青人各处用手去捕捉，仍然放到小坛中去，也不知道应当请客人吃点东西。但客人却毫不客气，从舱板上把栗拾起咬破了吃，且说这风干的栗子真好。

　　"这个很好，你不欢喜么？"因为水保见到主人并不剥栗子吃。

　　"我欢喜。这是我屋后栗树上长的。去年生了好多，乖乖的从刺球里爆出来，我欢喜。"他笑了，近于提到自己儿子模样，很高兴说这个话。

　　"这样大不容易得到。"

　　"我选出来的。"

　　"你选？"

"是的，因为老七欢喜吃这个，我才留下到今年。"

"你们那里有猴栗？"

"什么猴栗？"

水保就把故事所说的"猴子在大山上住，被人辱骂时，抛下拳大栗子打人，人想这栗子，就故意去山下骂丑话，预备捡栗子"一一说给乡下人听。

因为栗子，正苦无话可说的年青人，得到同情他的人了。他又说到地名栗坳的新闻。他又说到一种栗木作成的犁且如何结实合用。这个人太需要说说这些了。昨天来一晚上都有客人吃酒烧烟，把自己关闭在小船后梢，同五多说话，五多睡得成死猪。今天一早上，本来应当有机会同妻谈到乡下事情了，女人又说要上岸过七里桥烧香，派他一个人守船。坐船上等了半天，还不见人回，到后梢去看河上景致，一切新奇不同，全只给自己发闷。先一时，正睡在舱里，就想这满江大水若到乡下去涨，鱼梁上不知道应当有多少鲤鱼上梁！把鱼捉来时，用柳条穿鳃到太阳下去晒，正计算那数目，总算不清楚，忽然客人来到船上，似乎一切鱼都跳进水中去了。

来了客人，且在神气上看出来是并不拒绝这些谈话的，所以这年青人，凡是预备到同自己的妻说的各样事情，这时得到了一个好机会，都拿来同水保谈着。

他告给水保许多乡下情形，说到小猪捣乱的脾气，叫小猪名字是乖乖，又说到新由石匠整治过的那付石磨，顺便告给了一个石匠的笑话。又提起一把失去了多久的镰刀，一把水保梦想不到的小镰刀，他说：

"你瞧，奇怪不奇怪？我赌咒我各处都找到了。我们在床下，门枋上，谷仓里，什么不找到？它躲了。我为这件事骂过老七。老七哭过。可是仍然不见。鬼打岩，朦朦眼，它在饭箩里！半年躲在饭箩里！它吃饭！一身锈得像生疮。这东西多坏！我说这个你明白我没有？怎么会到饭箩里半年？那是一只做样子的东西，挂到斗窗上。我记起那事了，是我削尖劈，手上刮了皮，流了血，生了大气，抖气把刀一丢。……到水上磨了半天，还不错；仍然能吃肉，你一不小心，就得流血。我还不曾同老七说到这个，她不会忘记那哭得伤心的一回事。找到了，哈哈，真找到了。"

"找到它就好了。"

"是的，得到了它那是好的。因为我总疑心这东西是老七掉到溪里，不好意思说明。我知道她不骗我了。我明白了。我知道她受了冤屈，因为我说过：'找不出么？那我就要打人！'我并不曾动过手。可是生气时也真吓人。她哭了半夜！"

"你不是用得着它割草么？"

"嗨，哪里，用处多咧，是小镰刀，那么精巧，你怎么说割草！那是削一点薯皮，刮刮箫：这些这些用的。它小得很，值三百钱，钢火妙极了。我们都应当有这样一把刀放到身边，不明白么？"

水保说："明白明白，都应当有一把，我懂你这个话。"

他以为水保当真懂的！因此再说下去，什么也说到了，甚至于希望明年来一个小宝宝，这样只合宜于同自己的妻睡到一个枕头上的话也说到了。年青人毫无拘束的还加上许多粗话蠢话，说了半天，水保起身要走了，他记起问客人贵姓。

"大爷，您贵姓？留一个片子到这里，我好回话。"

"你告她有这么一个大个儿到过船上，穿这样大靴子，告她晚上不要接客，我要来。"

"不要接客，你要来？"

"就是这样说，我一定要来的。我还要请你喝酒。我们是朋友。"

"好，我们是朋友。"

水保用他那大而肥厚的手掌，拍了一下年青人的肩膊，从船头上岸，走到别一个船上去了。

在水保走后，年青人就一面等候一面猜想到这个大汉子是谁。他还是第一次同这样尊贵的人物谈话，他不会忘记这很好的印象的。人家今天不仅是同他谈话，还喊他做朋友，答应请他喝酒！他猜想这人一定是老七的熟客。他猜想老七一定得了这人许多钱。他忽然觉得愉快，感到要唱一个歌了，就轻轻的唱了一首山歌，用四溪人体裁，他唱的是"水涨了，鲤鱼上梁，大的有大草鞋那么大，小的有小草鞋那么小"。

但是等了一会还不见老七回来，一个鬼也不回来，他又想起那大汉子的丰彩言谈了。他记起那一双靴子，闪闪发光，以为不是极好的山柿油涂到上面，是不会如此体面好看的。他记起那黄而发沉的戒子，说不分明那将值多少钱，一点不明白那宝贝为什么如此可爱。他记起那伟人点头同发言，一个督抚的派头，一个军长的身分——这是老七的财神！他于是又唱了一首歌。用杨村人不庄重口吻，唱的是"山坳里团总烧炭，山脚里地保爬灰；爬灰红薯才肥，烧炭脸庞发黑"。

到午时，各处船上皆已有人烧饭了。湿柴烧不燃，烟子各处窜，使人流泪打嚏，柴烟平铺到水面时如薄绸。听到河街馆子里大师傅用铲敲打锅边的声音，听到邻船上白菜落锅的声音，老七还不见回来。可是船上烧湿柴的本领年青人还没有学到，小钢灶总是冷冷的不发吼。做了半天还是无结果，只有拿它放下一个办法了。

应当吃饭时候不得吃饭，人饿了，坐到小凳上敲打舱板，他仍然得想一点事情。一个不安分的估计在心上滋长了，正似乎为装满了钱钞便极其骄傲模样的抱兜，在他眼下再现时，把和平已失去了。一个用酒糟同红血所捏成的橘皮红色四方脸，也是极其讨厌的神气，保留在印象上。并且，要记忆有什么用？他记忆得到那嘱咐，是当到一个丈夫面前说的！"今晚上不要接客，我要来。"该死的话，是那么不客气的从那吃红薯的大口里说出！为什么要说这个？有什么理由要说这个？……

胡想使他心上增加了愤怒，饥饿重复揪着了这愤怒的心，便有一些原始人不缺少的情绪，在这个年青简单的人反省中长大不已。

他不能再唱一首歌了。喉咙为妒嫉所扼，唱不出什么歌。他不能再有什么快乐。按照一个种田人的身分，他想到明天就要回家。

有了脾气再来烧火，更不行了，于是把所有的柴全丢到河里去了。

"雷打你这柴！要你到洋里海里去！"

但那柴是在两丈以外便被别个船上的人捞起了的。那船上人似乎正等待一点从河面漂流而来的湿柴，把柴捞上，即刻就见到用废缆一段引火，且即刻满船发烟，火就带着小小爆裂声音燃好了。眼看这一切，新的愤怒使年青人感到羞辱，他想不必等待人回船就要走路。

在街尾遇到女人同小毛头五多两个人，牵了手走来，五多手上拿得有一把胡琴，崭新的样子，这是做梦也不曾遇到的一个好家伙！

"你走哪里去？"

"我——要回去。"

"要你看船船也不看，要回去，什么人得罪了你，这样小气？"

"我要回去，你让我回去。"

"回到船上去！"

看看妻，样子比说话还硬，并且看到那一张胡琴，明知道这是特别买来给他的，所以不能坚持，摸了摸自己发烧的额角，幽幽的说"转去也好，转去也好"。就跟了妻的身后跑转船上。

掌班大娘也赶来了，原来提了一付猪肺，好像东西只是乘便偷来的，深恐被人追上带到衙门里去。所以颧骨发了红，喘气不止。大娘一上船，女人在舱中就喊：

"大娘，你瞧，我家汉子想走！"

"谁说的，戏也不看就走！"

"我们到街口碰到他，他生气样子，一定是怪我们不回来。"

"那是我的错；是菩萨的错；是屠户的错。我不该同屠户为一个钱吵闹半天，屠户不该肺里灌了这样多水。"

"是我的错。"陪男子在舱里的女人，这样说了一句话，坐下了，对面是男子汉：她于是有意的在把衣服解换时，露出极风情的红绫胸襟。

男子觑着。不说话，有说不出的什么东西，在血里窜着涌着。

在后梢，听到大娘同五多谈着柴米。

"怎么，柴都被谁偷去了！"

"米是谁淘好的？"

"一定是火烧不燃。……姊夫是乡下人，只会烧松香。"

"我们不是昨天才解散了一捆柴么？"

"都完了。"

"去前面搬一捆，不要说了。"

"姊夫知道淘米！"

听到这些话的年青汉子，一句话不说，静静的坐在舱里望着那一把新买来的胡琴。

女人说："弦早配好了，试拉拉看。"

先是不作声，到后把琴搁在膝上，查看松香，调琴时，生疏的音响从指间流出，拉琴人便快乐的微笑了。

不到一会满舱是烟，男子被女人喊出，仍然把琴拿到外面去，站据船头调弦。

到吃中饭时，五多说：

"姊夫你回头拉《孟姜女哭长城》，我唱。"

"我不会。"

"我听你拉得很好，你骗我谎我。"

"我不骗你。"

大娘说："我听老七说你拉得好，所以到庙里，一见这琴，我才说就为姊夫买回去吧。是运气，烂贱就买来了。这到乡里一块钱还恐怕买不到，不是么？"

"是的，值多少钱？"

"一吊六。他们都说值得！"

五多搭嘴说："谁说值得？"

大娘很生气的说："毛丫头，谁说不值得？你知道？"

因为这琴是从一个卖琴熟人手上拿来，一个钱不花，听到大娘的谎话，五多分辩，大娘就骂五多，老七却笑了。男子以为这是笑大娘不懂事，所以也在一旁笑着。

男子先把饭吃完，就动手拉琴，新琴声音又清又亮，五多放下碗筷唱将起来，被大娘结结实实打了一筷子头，才忙着吃饭收碗洗锅子。

到了晚上，前舱盖了篷，男子拉琴，五多唱歌，老七也唱歌，美孚灯罩子有红纸剪成的遮光帽，全舱灯光如办大喜事作红颜色，年青人在热闹中像过年，心上开了花。有兵士从河街过身，喝得烂醉，听到这声音了。

两个醉鬼跟跟跄跄到了船边，两手全是污泥，用手扳船，口含胡桃那么混混胡胡的嚷叫：

"什么人唱，报上名来！好，赏一个五百。不听到么，老子赏你五百！？"

里面琴声戛然而止，沉静了。

醉鬼用脚踢船，蓬蓬蓬发钝而沉闷的声音，且想推篷，搜索不到篷盖接榫处，"不要赏么，婊子狗造的？装聋，装哑？什么人敢在这里作乐？我怕谁？王帝我也不怕。大爷，我怕王帝么？我不是人！……"

另一个喉咙发沙的说道：

"骚婊子？出来拖老子上船！"

且即刻听到用石头打船篷，大声的辱骂祖宗，一船人皆吓慌了，大娘忙把灯扭小一点，走出去推篷，男子听到那汹汹声气，挟了胡琴就往后舱钻去。不一会，醉人已经进到前舱了，两个人一面说着野话一面还要争夺同老七亲嘴，同大娘五多亲嘴，且听到有个哑嗓子问是谁在此唱歌作乐，把拉琴的抓来再唱一个歌。

大娘不敢作声，老七也无主意了，两个酒疯子就大声的骂人。

"臭货，喊龟子出来，跟老子拉琴，赏一千，英雄盖世的曹孟德也不会这样大方！我赏一千，一千个红薯，快来，不出来我烧掉你们这船。听着没有，老东西！？赶快，莫使老子们生了气，认不得人！"

"大爷，这是我们自己家几个人玩玩，不！……"

"不？不？不？老婊子，你不中吃。你老了。快叫拉琴的来！杂种！我要拉琴，我要自己唱！"一面说一面便站起身来，想向后舱去搜寻，大娘弄慌了，把口张大合不拢去。老七急了，拖着那醉鬼的手，安置到自己的大奶上。醉鬼懂到这意思，又坐下了。"好的，妙的，老子出得起钱，老子今天晚上要到这里睡觉！"

这一个在老七左边躺下去了，另一个不说什么，也在右边躺下去了。

年青人听到前舱仿佛安静了一会，在隔壁轻轻的喊大娘。正感到一种侮辱的大娘，爬过去，男子还不大分明是什么事情。

"什么事？"

"营上的副爷，醉了，像猫，等一会儿就得走。"

"要走才行。我忘记告你们了，今天有一个大方脸人来，好像大官，吩咐过我，他晚上要来，不许留客。"

"是大皮靴子，说话像打锣么？"

"是的。是的。他手上还有一个大金戒子。"

"那是干爹，他今早上来过了么？"

"来过的。他说了半天话才走，吃过些干栗。"

"他说些什么事？"

"他说一定要来，一定莫留客，……还说一定要请我喝酒。"

大娘想想，难道是水保自己要来歇夜？难道是老对老，水保注意到……？想不通，一个老鸨虽一切丑事做成习惯，什么也不至于红脸，但被人说到"不中吃"时，是多少感到一种羞辱的。她悄悄的回到前舱，看前舱的事情不成样子，伸伸舌头骂了一声猪狗，终归又转到后舱来了。

"怎么？"

"不怎么。"

"怎么，他们走了？"

"不怎么，他们睡了。"

"睡——?"

大娘虽看不清楚这时男子的脸色，但她很懂得这语气，就说："姊夫，我们可以上岸玩玩去，今夜三元宫夜戏，我请你坐高台子，戏是《秋胡三戏结发妻》。"

男子摇头不语。

兵士走后，五多大娘老七皆在前舱灯光下说笑。说那兵士的醉态。男子留在后舱不出来。大娘到门边喊过了二次不答应，不明白这脾气从什么地方发生。大娘回头就来检查那四张票子的花纹，因为她已经认得出票子的真假了。票子倒是真的，她在灯光下指点给老七看那些记号，那些花，且放近鼻子上嗅嗅，说这个一定是清真馆子里找出来的，因为有牛油味道。

五多第二次又走过去："姊夫，姊夫，他们走了，我们应当把那个唱完，我们还得……"

女人老七像是想到了什么心事，拉着了五多，不许她说话。

一切沉默了，男子在后舱先还是正用手指扣琴弦，作小小声音，这时手也离开那弦索了。

四个人都听到从河街上飘来的锣鼓唢呐声音，河街上一个做生意人办喜事，客来贺喜，大唱堂戏，一定有一整夜的热闹。

　　过了一会，老七一个人轻脚轻手爬到后舱去，但即刻又回来了。

　　大娘问："怎么了？"

　　老七摇摇头，叹了一口气。

　　先以为水保恐怕不会来的，所以仍然睡了觉，大娘老七五多三个人在前舱，只把男子放到后面。

　　查船的在半夜时，由水保领来了，鸦雀无声，四个警察守在船头，水保同巡官进到前舱。这时大娘已把灯捻明了，她懂得这不是大事情。老七披了衣坐在床上，喊干爹，喊老爷，要五多倒茶，五多还只想到梦里在乡下摘三月莓。

　　男子被大娘摇醒，揪出来，看到水保，看到一个穿黑制服的大人物，嘎吓得不能说话，不晓得有什么事情发生。

　　"什么人？"

　　水保代为答应："老七的汉子，才从乡下来的。"

　　老七补说道："老爷，他昨天才来的。"

　　巡官看了一会儿男子，又看了一会儿女人，仿佛看出水保的话不是谎话，就不再说话了，随意在前舱各处翻翻，注意到那个贮风干栗子的小缸子，水保便抓了一把栗子塞进巡官那件体面制服的大口袋里去，巡官只是笑。

一伙人一会儿就走到另一船上去了。大娘刚要盖篷，一个警察回来了。

"大娘，你告老七，巡官要回来过细考察她一下，懂不懂？"

大娘说："就来么？"

"查完夜就来。"

"当真吗？"

"我什么时候同你这老婊子说过谎？"

大娘很欢喜的样子，使男子奇怪，因为他不明白为什么巡官还要回来考察老七。但这时节望到老七睡起的样子，上半晚的气已经没有了，他愿意讲和，愿意同她在床上说点话，商量件事情，就傍床沿坐定不动。

大娘像是明白男子的心事，明白男子的欲望，也明白他不懂事，故只同老七打知会，"巡官就要来的。"

老七咬着嘴唇不作声，半天发痴。

男子一早起来就要走路，沉默的一句话不说，端整了自己的草鞋，找到了自己的烟袋。一切归一了，就坐到那矮床边沿，像是有话说又说不出口。

老七问他："你不是昨晚上答应过干爹，今天到他家中吃中饭吗？"

"……"摇摇头不作答。

"人家特意为你办了酒席！"

"……"

"戏也不看看么？"

"……"

"满天红的荤油包子，到半日才上笼，那是你欢喜的包子！"

"……"

一定要走了，老七很为难，走出船头呆了一会，回身从荷包里掏出昨晚上那兵士给的票子来，点了一下数，一共四张，捏成一把塞到男子左手心里去。男子无话说，老七似乎懂到那意思了，"大娘，你拿那三张也把我，"大娘将钱取出。老七又将这钱塞到男子右手心里去。

男子摇摇头，把票子撒到地下去，两只大而粗的手掌捂着脸孔，像小孩子那样莫名其妙的哭了。

　　五多同大娘看情形不好，逃到后舱去了，五多心想这真是怪事，那么大的人会哭，好笑！她站在船后梢看挂在梢舱顶梁上的胡琴，很愿意唱一个歌，可是也总唱不出声音来。

　　水保来船上请远客吃酒时，只有大娘同五多在船上，问及时，才明白两夫妇一早皆回转乡下去了。

十九年四月十三作于吴淞

二十三年七月廿一改于北平

　　（原载 1930 年 4 月 10 日《小说月报》第 21 卷第 4 号；选自《从文小说习作选》，上海良友图书印刷公司 1936 年 5 月初版）

边　城

题　记

　　对于农人与兵士，怀了不可言说的温爱，这点感情在我一切作品中，随处皆可以看出。我从不隐讳这点感情。我生长于作品中所写到的那类小乡城，我的祖父，父亲，以及兄弟全列身军籍；死去的莫不皆在职务上死去，不死的也必然的将在职务上终其一生。就我所接触的世界一面，来叙述他们的爱憎与哀乐，即或这枝笔如何笨拙，或尚不至于离题太远。因为他们是正直的，诚实的，生活有些方面极其伟大，有些方面又极其平凡，性情有些方面极其美丽，有些方面又极其琐碎，——我动手写他们时，为了使其更有人性，更近人情，自然便老老实实的写下去。但因此一来，这作品或者便不免成为一种无益之业了。

照目前风气说来，文学理论家，批评家，及大多数读者，对于这种作品是极容易引起不愉快的感情的。前者表示"不落伍"，告给人中国不需要这类作品，后者"太担心落伍"，目前也不愿意读这类作品。这自然是真事。"落伍"是什么？一个有点理性的人，也许就永远无法明白，但多数人谁不害怕"落伍"？我有句话想说："我这本书不是为这种多数人而写的。"念了三五本关于文学理论文学批评问题的洋装书籍，或同时还念过一大堆古典与近代世界名作的人，他们生活的经验，却常常不许可他们在"博学"之外，还知道一点点中国事情。因此这个作品即或与某种文学理论相符合，批评家便加以各种赞美，这种批评其实仍然不免成为作者的侮辱。他们既并不想明白这个民族真正的爱憎与哀乐，便无法说明这个作品的得失，——这本书不是为他们而写的。关于文艺爱好者呢，他们或是大学生，或是中学生，分布于国内人口较密的都市中，常常很诚实天真的，把一部分极可宝贵的时间，来阅读国内新近出版的文学书籍。他们为一些理论家，批评家，聪明出版家，以及习惯于说谎造谣的文坛消息家，同力协作造成一种习气所控制，所支配，他们的生活，同时又实在与这个作品所提到的世界相去太远了。——他们不需要这种作品，这本书也就并不希望得到他们。理论家有各国出版物中的文学理论可以参证，不愁无话可说，批评家有他们欠了点儿小恩小怨的作家与作品，够他们去毁誉一世。大多数的读者，不问趣味如何，信仰如何，皆有作品可读；正因为关心读者大众，不是便有许多人，据说为读者大众，永远如蛇螺在那里转变吗？这本书的出版，即或并不为领导多数的理论家与批评家所弃，被领导的多数读者又并不完全放弃它，但本书作者，却早已存心把这个"多数"放弃了。

我这本书只预备给一些"本身已离开了学校，或始终就无从接近学校，还认识些中国文字，置身于文学理论文学批评以及说谎造谣消息所达不到的那种职务上，在那个社会里生活，而且极关心全国民族在空间与时间下所有的好处与坏处"的人去看。他们真知道农村是什么，他们必也愿意从这本书上同时还知道点世界一小角隅的农村与军人。我所写到的世界，即或在他们全然是一个陌生的世界，然而他们的宽容，他们向本书去求取安慰与知识的热忱，却一定使他们能够把这本书很从容读下去的。我并不即此而止，还预备给他们一种对照的机会，将在另外一个作品里，来提到二十年来的内战，使一些首当其冲的农民，性格灵魂被大力所压，失去了原来的朴质，勤俭，和平，正直的型范，成了一个什么样子的新东西；他们受横征暴敛以及鸦片烟的毒害，变成了如何穷困与懒惰！我将把这个民族为历史所带走向一个不可知的命运中前进时，一些小人物在变动中的忧患，与由于营养不足所产生的"活下去"以及"怎样活下去"的观念和欲望，来作朴素的叙述。我的读者应是有理性，而这点理性便基于对中国现社会变动有所关心，认识这个民族的过去伟大处与目前堕落处，各在那里很寂寞的从事与民族复兴大业的人。这作品或者只能给他们一点怀古的幽情，或者只能给他们一次苦笑，或者又将给他们一个噩梦，但同时说不定，也许尚能给他们一种勇气同信心！

二十三年四月二十四日记

一

由四川过湖南去，靠东有一条官路。这官路将近湘西边境到了一个地方名为"茶峒"的小山城时，有一小溪，溪边有座白色小塔，塔下住了一户单独的人家。这人家只一个老人，一个女孩子，一只黄狗。

小溪流下去，绕山岨流，约三里便汇入茶峒的大河，人若过溪越小山走去，则只一里路就到了茶峒城边。溪流如弓背，山路如弓弦，故远近有了小小差异。小溪宽约廿丈，河床为大片石头作成。静静的水即或深到一篙不能落底，却依然清澈透明，河中游鱼来去皆可以计数。小溪既为川湘来往孔道，限于财力不能搭桥，就安排了一只方头渡船，一次连人带马，约可以载二十位，人数多时则反复来去。渡船头竖了一枝小小竹竿，挂着一个可以活动的铁环，溪岸两端水面牵了一段废缆，有人过渡时，把铁环挂在废缆上，船上人则引手攀缘那横缆，慢慢的牵船过对岸去。船将拢岸了，管理这渡船的，一面口中嚷着"慢点慢点"，自己霍的跃上了岸，拉着铁环，于是人货牛马全上了岸，翻过小山不见了。渡头为公家所有，故过渡人不必出钱，有人心中不安，抓了一把钱掷到船板上时，管渡船的必为一一拾起，仍然塞到那人手心里去，俨然吵嘴时的认真神气："我有了口量，三斗米，七百钱，够了！谁要这个？！"

　　但不成，不管如何还是有人把钱的。管船人也为了心安起见，便把这些钱托人到茶峒去买茶叶和草烟，将茶峒出产的上等草烟，挂在自己腰带边，过渡的谁需要这东西皆慷慨奉赠，估计那远路人对于身边草烟引起了相当的注意时，便把一小束草烟扎到那人包袱上去，一面说，"不吸这个吗，这好的，这妙的，送人也很合式！"茶叶则在六月里放进大缸里去，用开水泡好，给过路人解渴。

　　管理这渡船的，就是住在塔下的那个老人。活了七十年，从二十岁起便守在这小溪边，五十年来不知把船来去渡了若干人。年纪虽那么老了，本来应当休息了，但天不许他休息，他仿佛便不能够同这一分生活离开。他从不思索自己的职务对于本人的意义，只是静静的很忠实在那里活下去。代替了天，使他在日头升起时，感到生活的力量，当日头落下时，又不至于思量与日头同时死去的，是那个伴在他身旁的女孩子。他唯一的朋友为一只渡船与一只黄狗，唯一的亲人便只那个女孩子。

　　女孩子的母亲，老船夫的独生女，十五年前同一个茶峒军人，很秘密的背着那忠厚爸爸发生了暧昧关系。有了小孩子后，这屯戍军士便想约了她一同向下游逃去。但从逃走的行为上看来，一个违悖了军人的责任，一个却必得离开孤独的父亲。经过一番考虑后，军人见她无远走勇气，自己也不便毁去作军人的名誉，就心想：一同去生既无法聚首，一同去死当无人可以阻拦，首先服了毒。事情业已为作渡船夫的父亲知道，父亲却不加上一个有分量的字眼儿，只作为并不听到过这事情一样，仍然把日子很平静的过下去。女儿一面怀了羞惭一面却怀了怜悯，仍守在父亲身边，待到腹中小孩生下后，却到溪边吃了许多冷水死去了。在一种奇迹中这遗孤居然已长大成人，一转眼间便十三岁了。为了住处两山多篁竹，翠色逼人而来，老船夫随便为这可怜的孤雏，拾取了一个近身的名字，叫作"翠翠"。

翠翠在风日里长养着，故把皮肤变得黑黑的，触目为青山绿水，故眸子清明如水晶。自然既长养她且教育她，故天真活泼，处处俨然如一只小兽物。人又那么乖，如山头黄麂一样，从不想到残忍事情，从不发愁，从不动气。平时在渡船上遇陌生人对她有所注意时，便把光光的眼睛瞅着那陌生人，作成随时皆可举步逃入深山的神气，但明白了人无机心后，就又从从容容的在水边玩耍了。

老船夫不论晴雨，皆守在船头，有人过渡时，便略弯着腰，两手缘引了竹缆，把船横渡过小溪。有时疲倦了，躺在临溪大石上睡着了，人在隔岸招手喊过渡，翠翠不让祖父起身，就跳下船去，很敏捷的替祖父把路人渡过溪，一切皆溜刷在行，从不误事。有时又与祖父黄狗一同在船上，过渡时与祖父一同动手，船将近岸边，祖父正向客人招呼："慢点，慢点"时，那只黄狗便口衔绳子，最先一跃而上，且俨然懂得如何方为尽职似的，把船绳紧衔着拖船拢岸。

风日清和的天气，无人过渡，镇日长闲，祖父同翠翠便坐在门前大岩石上晒太阳，或把一段木头从高处向水中抛去，嗾身边黄狗自岩石高处跃下，把木头衔回来。或翠翠与黄狗皆张着耳朵，听祖父说些城中多年以前的战争故事。或祖父同翠翠两人，各把小竹作成的竖笛，逗在嘴边吹着迎亲送女的曲子，过渡人来了，老船夫放下了竹管，独自跟到船边去，横溪渡人，在岩上的一个，见船开动时，于是锐声喊着：

"爷爷，爷爷，你听我吹——你唱！"

爷爷到溪中央便很快乐的唱起来，哑哑的声音同竹管声，振荡在寂静空气里，溪中仿佛也热闹了一些。（实则歌声的来复，反而使一切更寂静一些了。）

有时过渡的是从川东过茶峒的小牛，是羊群，是新娘子的花轿，翠翠必争着作渡船夫，站在船头，懒懒的攀引缆索，让船缓缓的过去，牛羊花轿上岸后，翠翠必跟着走，站到小山头，目送这些东西走去很远了，方回转船上，把船牵靠近家的岸边。且独自低低的学小羊叫着，学母牛叫着，或采一把野花缚在头上，独自装扮新娘子。

茶峒山城只隔渡头一里路，买油买盐时，逢年过节祖父得喝一杯酒时，祖父不上城，黄狗就伴同翠翠入城里去备办东西。到了买杂货的铺子里，有大把的粉条，大缸的白糖，有炮仗，有红蜡烛，莫不给翠翠一种很深的印象，回到祖父身边，总把这些东西说个半天。那里河边还有许多船，比起渡船来全大得多，有趣味得多，翠翠也不容易忘记。

二

茶峒地方凭水依山筑城，近山的一面，城墙如一条长蛇，缘山爬去。临水一面则在城外河边留出余地设码头，湾泊小小篷船，船下行时运桐油青盐，染色的子。上行则运棉花，棉纱，以及布匹杂货同海味。贯串各个码头有一条河街，人家房子多一半着陆，一半在水，因为余地有限，那些房子莫不设吊脚楼。河中涨了春水，到水进街后，河街上人家，便各用长长的梯子，一端搭在屋檐口，一端搭在城墙上，人人皆骂着嚷着，带了包袱，铺盖，米缸，从梯子上进城里去，水退时，方又从城门口出城。水若特别猛一些，沿河吊脚楼，必有一处两处为水冲去，大家皆在城上头呆望，受损失的也同样呆望着，对于所受的损失仿佛无话可说，与在自然安排下，眼见其他无可挽救的不幸来时相似。涨水时在城上还可望着骤然展宽的河面，流水浩浩荡荡，随同山水从上流浮沉而来的有房子、牛、羊、大树。于是在水势较缓处，税关趸船前面，便常常有人驾了小舢板，一见河心浮沉而来的是一匹牲畜，一段小木，或一只空船；船上有一个妇人或一个小孩哭喊的声音，便急急的把船桨去，在下游一些迎着了那个目的物，把它用长绳系定，再向岸边桨去。这些勇敢的人，也爱利，也仗义，同一般当地人相似。不拘救人救物，却同样在一种愉快冒险行为中，做得十分敏捷勇敢，使人见及不能不为之喝彩。

那条河水便是历史上知名的酉水，新名字叫作白河。白河到辰州与沅水汇流后，便略显浑浊，有出山泉水的意思。若溯流而上，则三丈五丈的深潭皆清澈见底。深潭中为白日所映照，河底小小白石子，有花纹的玛瑙石子，皆看得明明白白。水中游鱼来去，皆如浮在空气里。两岸多高山，山中多可以造纸的细竹，长年作深翠颜色，逼人眼目。近水人家多在桃杏花里，春天时只需注意，凡有桃花处必有人家，凡有人家处必可沽酒。夏天则晒晾在日光下耀目的紫花布衣裤，可以作为人家所在的旗帜。秋冬来时，房屋在悬崖上的，滨水的，无不朗然入目，黄泥的墙，乌黑的瓦，位置则永远那么妥贴，且与四围环境极其调和，使人迎面得到的印象，非常愉快。一个对于诗歌图画稍有兴味的旅客，在这小河中，蜷伏于一只小船上，作三十天的旅行，必不至于感到厌烦，正因为处处有奇迹，自然的大胆处与精巧处，无一处不使人神往倾心。

白河的源流，从四川边境而来，故凡从白河上行的小船，春水发时可以直达川属的秀山。但属于湖南境界的，则茶峒为最后一个水码头。这条河水的河面，在茶峒时虽宽约半里，当秋冬之际水落时，河床流水处还不到二十丈，其余皆一滩青石，小船到此后，既无从上行，故凡川东的进出口货物，皆由这地方落水起岸。出口货物俱由脚夫用杉木扁担压在肩膊上挑抬而来，入口货物也莫不从这地方成束成担的用人力搬去。

这地方城中只驻扎一营由昔年绿营屯丁改编而成的戍兵，及五百家左右的住户。（这些住户中，除了一部分拥有了些山田同油坊，或放账屯油、屯米、屯棉纱的小资本家外，其余多数皆为当年屯戍来此有军籍的人家。）地方还有个厘金局，办事机关在城外河街下面小庙里，局长则住在城中。一营兵士驻在老参将衙门，除了号兵每天上城吹号玩，使人知道这里驻有军队以外，兵士皆仿佛并不存在。冬天的白日里，到城里去，便只见各处人家门前皆晾晒有衣服同青菜。红薯多带悬挂在屋檐下。用棕衣作成的口袋，装满了栗子榛子，也多悬挂在檐口下。各处有大小鸡叫着玩着。间或有什么男子，占据在自己屋前门限上锯木，或用斧头劈树，把劈好的柴堆到敞坪里去如宝塔。又或可以见到几个妇人，穿了浆洗得极硬的蓝布衣裳，胸前挂有白布围裙，躬着腰在日光下一面说话一面作事。一切总永远那么静寂，所有人民每个日子皆在这种寂寞里过去。一分安静增加了人对于"人事"的思索力，增加了梦，在这小城中生存的，各人也一定皆各在分定一份日子里，怀了对于人事爱憎必然的期待。但这些人想些什么？谁知道。住在城中较高处，门前一站便可以眺望对河以及河中的景致，船来时，远远的就从对河滩上看着无数纤夫。那些纤夫也有从下游地方，带了细点心洋糖之类，拢岸时却拿进城中来换钱的。船来时，小孩子的想象，当在那些拉船人方面。大人呢，孵一窠小鸡，养两只猪，托下行船夫带两丈官青布，或一坛好酱油，一个双料的美孚灯罩回来，便占去了大部分作主妇的心了。

这小城里虽那么安静和平，但地方既为川东商业交易接头处，故城外小小河街，却不同了一点。也有商人落脚的客店，坐镇不动的理发馆。此外饭店，杂货铺，油行，盐栈，花衣庄，莫不各有一种地位，装点了这条河街。还有卖船上檀木活车竹缆与罐锅铺子，介绍水手职业吃码头饭的人家。小饭店门前，常有煎得焦黄的鲤鱼豆腐，身上装饰了红辣椒丝，卧在浅口钵头里，钵旁大竹筒中插着大把红筷子，不拘谁个愿意花点钱，这人就可以傍了门前长案坐下来，抽出一双筷子到手上，那边一个眉毛扯得极细脸上擦了白粉的妇人，就走过来问："要甜酒？要烧酒？"男子火焰高一点的，谐趣的，对内掌柜有点意思的，必装成生气似的说："吃甜酒？又不是小孩，还问人吃甜酒！"那么，酽冽的烧酒，从大瓮里用木滤子舀出，倒进土碗里，即刻就来到身边案桌上了。杂货铺卖美孚油，及点美孚油的洋灯，与香烛纸张。油行屯桐油。盐栈堆火井出的青盐。花衣庄则有白棉纱，大布，棉花，以及包头的黑绉绸出卖。卖船上用物的，百物罗列，无所不备，且间或有重至百斤以外的铁锚，搁在门外路旁，等候主顾问价的。专以介绍水手为事业，吃水码头饭的，则在河街的家中，终日大门敞开着，常有穿青羽缎马褂的船主与毛手毛脚的水手进出，地方像茶馆却不卖茶，不是烟馆又可以抽烟。来到这里的，虽说所谈的是船上生意经，然而船只的上下，划船拉纤人大都有一定规矩，不必作数目上的讨论。他们来到这里大多数倒是在"联欢"。以"龙头管事"作中心，谈论点本地时事，两省商务上情形，以及下游的"新事"。邀会的，集款时大多数皆在此地，爬骰子看点数多少轮作会首时，也常常在此举行。真真成为他们生意经的，有两件事：买卖船只，买卖媳妇。

大都市随了商务发达而产生的某种寄食者，因为商人的需要，水手的需要，这小小边城的河街，也居然有那么一群人，聚集在一些有吊脚楼的人家。这种妇人不是从附近乡下弄来，便是随同川军来湘流落后的妇人，穿了假洋绸的衣服，印花标布的裤子，把眉毛扯得成一条细线，大大的发髻上敷了香味极浓俗的油类，白日里无事，皆坐在门口做鞋子，在鞋尖上用红绿丝线挑绣双凤，或靠在临河窗口上看水手起货，听水手爬桅子唱歌。到了晚间，则轮流的接待商人同水手，切切实实尽一个妓女应尽的义务。

由于边地的风俗淳朴，便是作妓女，也永远那么浑厚，遇不相熟的人，做生意时得先交钱，再关门撒野，人既相熟后，钱便在可有可无之间了。妓女多靠四川商人维持生活，但恩情所结，则多在水手方面。感情好的，互相咬着嘴唇咬着颈脖发了誓，约好了"分手后各人皆不许胡闹"，四十天或五十天，在船上浮着的那一个，同在岸上蹴着的这一个，便皆呆着打发这一堆日子，尽把自己的心紧紧缚定远远的一个人。尤其是妇人，痴到无可形容，男子过了约定时间不回来，做梦时，就总常常梦船拢了岸，一个人摇摇荡荡的从船跳板到了岸上，直向身边跑来。或日中有了疑心，则梦里必见男子在桅上向另一方面唱歌，却不理会自己。性格弱一点儿的，接着就在梦里投河吞鸦片烟，强一点儿的便手执菜刀，直向那水手奔去。他们生活虽那么同一般社会疏远，但是眼泪与欢乐，在一种爱憎得失间，揉进了这些人生活里时，也便同另外一片土地另外一些人相似，全个身心为那点爱憎所浸透，见寒作热，忘了一切。若有多少不同处，不过是这些人更真切一点，也更近于胡涂一点罢了。短期的包定，长期的嫁娶，一时间的关门，这些关于一个女人身体上的交易，由于民情的淳朴，身当其事的不觉得如何下流可耻，旁观者也就从不用读书人的观念，加以指摘与轻视。这些人既重义轻利，又能守信自约，即便是娼妓，也常常较之知羞耻的城市中人还更可信任。

掌水码头的名叫顺顺，一个前清时便在营伍中混过日子来的人物，革命时在著名的陆军四十九标做个什长。同样做什长的，有因革命成了伟人名人的，有杀头碎尸的，他却带着少年喜事得来的脚疯痛，回到了家乡，把所积蓄的一点钱，买了一条六桨白木船，租给一个穷船主，代人装货在茶峒与辰州之间来往。气运好，半年之内船皆不坏事，于是他从所赚的钱上，又讨了一个略有产业的白脸黑发小寡妇。数年后，在这条河上，他就有了八只船，一个妻子，两个儿子了。

但这个大方洒脱的人，事业虽十分顺手，却因欢喜交朋结友，慷慨而又能济人之急，便不能同贩油商人一样大大发作起来。自己既在粮子里混过日子，明白出门人的甘苦，理解失意人的心情，故凡因船失事破产的船家，过路的退伍兵士，游学文人，凡到了这个地方，闻名求助的莫不尽力帮助。一面从水上赚来钱，一面就这样洒脱散去。这人虽然脚上有点小毛病，还能泅水，走路难得其平，为人却那么公正无私。水面上各事原本极其简单，一切皆为一个习惯所支配，谁个船碰了头，谁个船妨害了别一个人别一只船的利益，皆照例有习惯方法来解决。惟运用这种习惯规矩排调一切的，必需一个高年硕德的中心人物。某年秋天，那原来一个人死去了，顺顺作了这样一个代替者。那时他还只五十岁，明事明理，为人既正直和平，又不爱财，故无人对他年龄怀疑。

到如今，他的儿子大的已十六岁，小的已十四岁。两个年青人皆结实如小公牛，能驾船，能泅水，能走长路。凡从小乡城里出身的年青人所能够作的事，他们无一不作，作去无一不精。年纪较长的，如他们爸爸一样，豪放豁达，不拘常套小节，年幼的则气质近于那个白脸黑发的母亲，不爱说话，眼眉却秀拔出群，一望即知其为人聪明而又富于感情。

两兄弟既年已长大，必需在各一种生活上来训练他们的人格，作父亲的就轮流派遣两个小孩子各处旅行；向下行船时，多随了自己的船只充伙计，甘苦与人相共。荡桨时选最重的一把，背纤时拉头纤二纤，吃的是干鱼，辣子，臭酸菜，睡的是硬帮帮的舱板。向上行从旱路走去，则跟了川东客货，过秀山龙潭酉阳作生意，不论寒暑雨雪，必穿了草鞋按站赶路。且佩了短刀，遇不得已必需动手，便霍的把刀抽出，站到空阔处去，等候对面的一个，继着就同这个人用肉搏来解决。帮里的风气，既为"对付仇敌必需用刀，联结朋友也必需要用刀"，故需要刀时，他们也就从不让它失去那点机会。学贸易，学应酬，学习到一个新地方去生活，且学习用刀保护身体同名誉，教育的目的，似乎在使两个孩子学得做人的勇气与义气。一分教育的结果，弄得两个人皆结实如老虎，却又和气亲人，不骄惰，不浮华，故父子三人在茶峒边境上，为人所提及时，人人对这个名姓无不加以一种尊敬。

作父亲的当两个儿子很小时，就明白大儿子一切与自己相似，却稍稍见得溺爱那第二个儿子。由于这点不自觉的私心，他把长子取名天保，次子取名傩送。天保佑的在人事上或不免有龃龉处，至于傩神所送来的，照当地习气，人便不能稍加轻视了。傩送美丽得很，茶峒船家人拙于赞扬这种美丽，只知道为他取出一个诨名为"岳云"。虽无什么人亲眼看到过岳云，一般的印象，却从戏台上小生岳云，得来一个相近的神气。

三

两省接壤处，十余年来主持地方军事的，注重在安辑保守，处置极其得法，并无变故发生。水陆商务既不至于受战争停顿，也不至于为土匪影响，一切莫不极有秩序，人民也莫不安分乐生。这些人，除了家中死了牛，翻了船，或发生别的死亡大变，为一种不幸所绊倒，觉得十分伤心外，中国其他地方正在如何不幸挣扎中的情形，似乎就永远不会为这边城人民所感到。

边城所在一年中最热闹的日子，是端午，中秋，与过年。三个节日过去三五十年前，如何兴奋了这地方人，直到现在，还毫无什么变化，仍能成为那地方居民最有意义的几个日子。

端午日，当地妇女小孩子，莫不穿了新衣，额角上用雄黄蘸酒画了个王字。任何人家到了这天必皆可以吃鱼吃肉。大约上午十一点钟左右，全茶峒人就皆吃了午饭，把饭吃过后，在城里住家的，莫不倒锁了门，全家出城到河边看划船。河街有熟人的，可到河街吊脚楼门口边看，不然就站在税关门口与各个码头上看。河中龙船以长潭某处作起点，税关前作终点，因为这一天军官税官以及当地有身分的人，莫不在税关前看热闹。划船的事各人在数天以前就早有了准备，分组分帮各自选出了若干身体结实手脚伶俐的小伙子，在潭中练习进退，船只的形式，与平常木船皆不相同，形体一律又长又狭，两头高高翘起，船身绘着朱红颜色长线，平常时节多搁在河边干燥洞穴里，要用它时，拖下水去。每只船可坐十二个到十八个桨手，一个带头的，一个鼓手，一个锣手。桨手每人持一支短桨，随了鼓声缓促为节拍，把船向前划去。坐在船头上，头上缠裹着红布包头，手上拿两枝小令旗，左右挥动，指挥船只的进退。擂鼓打锣的，多坐在船只的中部，船一划动便即刻蓬蓬镗镗把锣鼓很单纯的敲打起来，为划桨水手调理下桨节拍。一船快慢既不得不靠鼓声，故每当两船竞赛到剧烈时，鼓声如雷鸣，加上两岸人呐喊助威，便使人想起梁红玉老鹳河时水战擂鼓，牛皋水擒杨么时也是水战擂鼓。凡把船划到前面一点的，必可在税关前领赏，一疋红，一块小银牌，不拘缠挂到船上某一个人头上去，皆显出这一船合作的光荣。好事的军人，且当每次某一只船胜利时，必在水边放些表示胜利庆祝的五百响鞭炮。

赛船过后，城中的戍军长官，为了与民同乐，增加这节日的愉快起见，便把绿头长颈大雄鸭，颈脖上缚了红布条子，放入河中，尽善于泅水的军民人等，下水追赶鸭子。不拘谁把鸭子捉到，谁就成为这鸭子的主人。于是长潭换了新的花样，水面各处是鸭子，各处有追赶鸭子的人。

船与船的竞赛，人与鸭子的竞赛，直到天晚方能完事。

掌水码头的龙头大哥顺顺，年青时节便是一个泅水的高手，入水中去追逐鸭子，在任何情形下总不落空。但一到次子傩送年过十二岁时，已能入水闭气氽着到鸭子身边，再忽然从水中冒水而出，把鸭子捉到，这作爸爸的便解嘲似的说："好，这种事有你们来作，我不必再下水了。"于是当真就不下水与人来竞争捉鸭子。但下水救人呢，当作别论。凡帮助人远离患难，便是入火，人到八十岁，也还是成为这个人一种不可逃避的责任！

天保傩送两人皆是当地泅水划船好选手。

端午又快来了，初五划船，河街上初一开会，就决定了属于河街的那只船当天入水。天保恰好在那天应向上行，随了陆路商人过川东龙潭送节货，故参加的就只傩送。十六个结实如牛犊的小伙子，带了香、灯、鞭炮、同一个用生牛皮蒙好绘有朱红太极图的高脚鼓，到了搁船的河上游山洞边，烧了香灯，把船拖入水后，各人上了船，燃着鞭炮，擂着鼓，这船便如一枝箭似的，很迅速的向下游长潭射去。

那时节还是上午，到了午后，对河渔人的龙船也下了水，两只龙船就开始预习种种竞赛的方法。水面上第一次听到了鼓声，许多人从这鼓声中，感到了节日临近的欢悦。住临河吊脚楼有所盼望的，也莫不因鼓声想到远人。在这个节日里，必然有许多船只可以赶回，也有许多船只合在半路过节，这之间，便有些眼目所难见的人事哀乐，在这小山城河街间，让一些人嬉喜，也让一些人皱眉！

蓬蓬鼓声掠水越山到了渡船头那里时，最先注意到的是那只黄狗。那黄狗汪汪的吠着，受了惊似的绕屋乱走，有人过渡时，便随船渡过河东岸去，且跑到那小山头向城里一方面大吠。

翠翠正坐在门外大石上用棕叶编蚱蜢蚁蚁玩，见黄狗先在太阳下睡着，忽然醒来便发疯似的乱跑，过了河又回来，就问它骂它：

"狗，狗，你做什么！不许这样子！"

可是一会儿那声音被她发现了，她于是也绕屋跑着，且同黄狗一块儿渡过了小溪，站在小山头听了许久，让那点迷人的鼓声，把自己带到一个过去的节日里去。

四

还是两年前的事。五月端阳，渡船头祖父找人作了代替，便带了黄狗同翠翠进城，过大河边去看划船。河边站满了人，四只朱色长船在潭中滑着，龙船水刚刚涨过，河中水皆豆绿色，天气又那么明朗，鼓声蓬蓬响着，翠翠抿着嘴一句话不说，心中充满了不可言说的快乐。河边人太多了一点，各人皆尽张着眼睛望河中，不多久，黄狗还在身边，祖父却挤得不见了。

翠翠一面注意划船，一面心想"过不久祖父总会找来的"。但过了许久，祖父还不来，翠翠便稍稍有点儿着慌了。先是两人同黄狗进城前一天，祖父就问翠翠："明天城里划船，倘若一个人去看，人多怕不怕？"翠翠就说："人多我不怕，但自己只是一个人可不好玩。"于是祖父想了半天，方想起一个住在城中的老熟人，赶夜里到城里去商量，请那老人来看一天渡船，自己却陪翠翠进城玩一天。且因为那人比渡船老人更孤单，身边无一个亲人，也无一只狗，因此便约好了那人早上过家中来吃饭，喝一杯雄黄酒。第二天那人来了，吃了饭，把职务委托那人以后，翠翠等便进了城。到路上时，祖父想起什么似的，又问翠翠，"翠翠，翠翠，人那么多，好热闹，你一个人敢到河边看龙船吗？"翠翠说："怎么不敢？可是一个人有什么意思。"到了河边后，长潭里的四只红船，把翠翠的注意力完全占去了，身边祖父似乎也可有可无了。祖父心想："时间还早，到收场时，至少还得三个时刻。溪边的那个朋友，也应当来看看年青人的热闹，回去一趟，换换地位还赶得及。"因此就告翠翠，"人太多了，站在这里看，不要动，我到别处去有事情，无论如何总赶得回来伴你回家。"翠翠正为两只竞速并进的船迷着，祖父说的话毫不思索皆答应了。祖父知道黄狗在翠翠身边，也许比他自己在她身边还稳当，于是便回家看船去了。

祖父到了那渡船处时，见代替他的老朋友，正站在白塔下注意听远处鼓声。

祖父喊他，请他把船拉过来，两人渡过小溪仍然站到白塔下去。那人问老船夫为什么又跑回来，祖父就说想替他一会儿故把翠翠留在河边，自己赶回来，好让他也过河边去看看热闹，且说，"看得好，就不必再回来，只须见了翠翠告她一声，翠翠到时自会回家的，小丫头不敢回家，你就伴她走走！"但那替手对于看龙船已无什么兴味，却愿意同老船夫在这溪边大石上各自再喝两杯烧酒。老船夫十分高兴，把酒葫芦取出，推给城中来的那一个。两人一面谈些端午旧事，一面喝酒，不到一会，那人却在岩石上为烧酒醉倒了。

人既醉倒了，无从入城，祖父为了责任又不便与渡船离开，留在河边的翠翠便不能不着急了。

河中划船的决了最后胜负后，城里军官已派人驾小船在潭中放了一群鸭子，祖父还不见来。翠翠恐怕祖父也正在什么地方等着她，因此带了黄狗各处丛中挤着去找寻祖父，结果还是不得祖父的踪迹。后来看看天快要黑了，军人抗了长凳出城看热闹的，皆已陆续抗了那凳子回家。潭中的鸭子只剩下三五只，捉鸭人也渐渐的少了。落日向上游翠翠家中那一方落去，黄昏把河面装饰了一层薄雾。翠翠望到这个景致，忽然起了一个怕人的想头，她想："假若爷爷死了？"

她记起祖父嘱咐她不要离开原来地方那一句话，便又为自己解释这想头的错误，以为祖父不来必是进城去或到什么熟人处去，被人拉着喝酒，故一时不能来的。正因为这也是可能的事，她又不愿在天未断黑以前，同黄狗赶回家去，只好站在那石码头边等候祖父。

再过一会，对河那两只长船已泊到对河小溪里去不见了，看龙船的人也差不多全散了。吊脚楼有娼妓的人家，已上了灯，且有人敲小斑鼓弹月琴唱曲子。另外一些人家，又有划拳行酒的吵嚷声音。同时泊在吊脚楼下的一些船只，上面也有人在摆酒炒菜，把青菜萝卜之类，倒进滚热油锅里去时发出咻——的声音。河面已濛濛眬眬，看去好像只有一只白鸭在潭中浮着，也只剩一个人追着这只鸭子。

翠翠还是不离开码头，总相信祖父会来找她，同她一起回家。

吊脚楼上唱曲子声音热闹了一些，只听到下面船上有人说话，一个水手说："金亭，你听你那婊子陪川东庄客喝酒唱曲子，我赌个手指，说这是她的声音！"另一个水手就说："她陪他们喝酒唱曲子，心里可想我。她知道我在船上！"先前那一个又说："身体让别人玩着，心还想着你；你有什么凭据？"另一个说："有凭据。"于是这水手吹着唿哨，作出一个古怪的记号，一会儿，楼上歌声便停止了。歌声停止后，两个水手皆笑了。两人接着便说了些关于那个女人的一切，使用了不少粗鄙字眼，翠翠很不习惯把这种话听下去，但又不能走开。且听水手之一说楼上妇人的爸爸是被人杀死的，一共杀了十七刀，翠翠心中那个古怪的想头，"爷爷死了呢？"便仍然占据到心里有一忽儿。

两个水手还正在谈话，潭中那只白鸭慢慢的向翠翠所在的码头边游来，翠翠想："再过来些我就捉住你！"于是静静的等着，但那鸭子将近岸边三丈远近时，却有个人笑着，喊那船上水手。原来水中还有个人，那人已把鸭子捉到手，却慢慢的"踹水"游近岸边的。船上人听到水面的喊声，在隐约里也喊道："二老，二老，你真能干，你今天得了五只罢。"那水上人说："这家伙狡滑得很，现在可归我了。""你这时捉鸭子，将来捉女人，一定有同样的本领。"水上那一个不再说什么，手脚并用的拍着水傍了码头。湿淋淋的爬上岸时，翠翠身旁的黄狗，仿佛警告水中人似的，汪汪的叫了几声，那人方注意到翠翠。码头上已无别的人，那人问：

"是谁人？"

"是翠翠！"

"翠翠又是谁？"

"是碧溪岨撑渡船的孙女。"

"你在这儿做什么？"

"我等我爷爷。我等他来。"

"等他来他可不会来，你爷爷一定到城里军营里喝了酒，醉倒后被人抬回去了！"

"他不会这样子，他答应来找我，他就一定会来的。"

"这里等也不成，到我家里去，到那边点了灯的楼上去，等爷爷来找你好不好？"

翠翠误会邀他进屋里去那个人的好意，正记着水手说的妇人丑事，她以为那男子就是要她上有女人唱歌的楼上去，本来从不骂人，这时正因等候祖父太久了，心中焦急得很，听人要她上去，以为欺侮了她，就轻轻的说：

"悖时砍脑壳的！"

话虽轻轻的，那男的却听得出，且从声音上听得出翠翠年纪，便带笑说："怎么，你骂人！你不愿意上去，要耽在这儿，回头水里大鱼来咬了你，可不要叫喊！"

翠翠说："鱼咬了我也不管你的事。"

那黄狗好像明白翠翠被人欺侮了，又汪汪的吠起来，那男子把手中白鸭举起，向黄狗吓了一下，便走上河街去了。黄狗为了自己被欺还想追过去，翠翠便喊："狗，狗，你叫人也看人叫！"翠翠意思仿佛只在告给狗"那轻薄男子还不值得叫"，但男子听去的却是另外一种好意，放肆的笑着，不见了。

又过了一阵，有人从河街拿了一个废缆做成的火炬，喊叫着翠翠的名字来找寻她，到身边时翠翠却不认识那个人。那人说：老船夫回到家中，不能来接她，故搭了过渡以口信来告翠翠要她即刻就回去。翠翠听说是祖父派来的，就同那人一起回家，让打火把的在前引路，黄狗时前时后，一同沿了城墙向渡口走去。翠翠一面走一面问那拿火把的人，是谁告他就知道她在河边。那人说这是二老告他的，他是二老家里的伙计，送翠翠回家后还得回转河街。

翠翠说："二老他怎么知道我在河边？"

那人便笑着说："他从河里捉鸭子回来，在码头上见你，他说好意请你上家里坐坐，等候你爷爷，你还骂过他！"

翠翠带了点儿惊讶轻轻的问："二老是谁？"

那人也带了点儿惊讶说："二老你还不知道？！就是傩送二老！就是岳云！他要我送你回去！"

傩送二老在茶峒地方不是一个生疏的名字！

翠翠想起自己先前骂人那句话，心里又吃惊又害羞，再也不说什么，默默的随了那火把走去。

翻过了小山岨，望得见对溪家中火光时，那一方面也看见了翠翠方面的火把，老船夫即刻把船拉过来，一面拉船一面哑声儿喊问："翠翠，翠翠，是不是你？"翠翠不理会祖父，口中却轻轻的说："不是翠翠，不是翠翠，翠翠早被大河里鲤鱼吃去了。"翠翠上了船，二老派来的人，打着火把走了，祖父牵着船问："翠翠，你怎么不答应我，生我的气了吗？"

翠翠站在船头还是不作声。翠翠对祖父那一点儿埋怨，等到把船拉过了溪，一到了家中，看明白了醉倒的另一个老人后，就完事了。但另一件事，属于自己不关祖父的，却使翠翠沉默了一个夜晚。

五

　　两年日子过去了。

　　这两年来两个中秋节，恰好皆无月亮可看，凡在这边城地方，因看月而起整夜男女唱歌的故事，皆不能如期举行，故两个中秋留给翠翠的印象，极其平淡无奇。两个新年虽照例可以看到军营里与各乡来的狮子龙灯，在小教场迎春，锣鼓喧阗很热闹，到了十五夜晚，城中舞龙耍狮子的镇兵士，还各自赤裸着肩膊，往各处去欢迎炮仗烟火。城中军营里，税关局长公馆，河街上一些大字号，莫不预先截老毛竹筒，或镂空棕榈树根株，用洞硝拌和矿炭钢砂，一千捶八百捶把烟火做好。好勇取乐的光身军士，玩着灯打着鼓来了，小鞭炮如落雨的样子，从悬到长竿尖端的空中落到玩灯的肩背上，锣鼓催动急促的拍子，大家皆为这事情十分兴奋。鞭炮放过一阵后，用长凳绑着的大筒灯火，在敞坪一端燃起了引线，先是咝咝的流泻白光，慢慢的这白光便吼啸起来，作出如雷如虎惊人的声音，白光向上空冲去，高至二十丈，下落时便洒散着满天花雨。玩灯的兵士，在火花中绕着圈子，俨然毫不在意的样子。翠翠同他的祖父，也看过这样的热闹，留下一个热闹的印象，但这印象不知为什么原因，总不如那个端午所经过的事情甜而美。

翠翠为了不能忘记那件事，上年一个端午又同祖父到城边河街去看了半天船，一切玩得正好时，忽然落了行雨，无人衣衫不被雨湿透，为了避雨，祖孙二人同那只黄狗，走到顺顺吊脚楼上去，挤在一个角隅里。有人抗凳子从身边过去，翠翠认得那人是去年打了火把送她回家的人，就告给祖父：

"爷爷，那个人去年送我回家，他拿了火把走路时，真像个喽啰！"

祖父当时不作声，等到那人回头又走过面前时，就一把抓住那个人，笑嘻嘻说：

"嗨嗨，你这个人！要你到我家喝一杯也不成，还怕酒里有毒，把你这个真命天子毒死！"

那人一看是守渡船的，且看到了翠翠，就笑了。"翠翠，你大长了！二老说你在河边大鱼会吃你，我们这里河中的鱼，现在可吞不下你了。"

翠翠一句话不说，只是抿起嘴唇笑着。

　　这一次虽在这喽啰长年口中听到个"二老"名字，却不曾见及这个人。从祖父与那长年谈话里，翠翠听明白了二老是在下游六百里外青浪滩过端午的。但这次不见二老却认识了"大老"，且见着了那个一地出名的顺顺。大老把河中的鸭子捉回家里后，因为守渡船的老家伙称赞了那只肥鸭两次，顺顺就要大老把鸭子给翠翠。且知道祖孙二人所过的日子，十分拮据，节日里自己不能包粽子，又送了许多三角粽子。

　　那水上名人同祖父谈话时，翠翠虽装作眺望河中景致，耳朵却把每一句话听得清清楚楚。那人向祖父说翠翠长得很美，问过翠翠年纪，又问有不有人家。祖父则很快乐的夸奖了翠翠不少，且似乎不许别人来关心翠翠的婚事，故一到这件事便闭口不谈。

　　回家时，祖父抱了那只白鸭子同别的东西，翠翠打火把引路。两人沿城墙走去，一面是城，一面是水。祖父说："顺顺是好人，大方得很。大老也很好。这一家人都好！"翠翠说："一家人都好，你认识他们一家人吗？"祖父不明白这句话的意思所在，因为今天太高兴一点，便笑着说："翠翠，假若大老要你做媳妇，请人来做媒，你答应不答应？"翠翠就说："爷爷，你疯了！再说我就生你的气！"

祖父话虽不说了，心中却很显然的还转着这些不好的可笑的念头。翠翠着了恼，把火炬向路两旁乱晃着，向前快快的走去了。

"翠翠，莫闹，我摔到河里去，鸭子会走脱的！"

"谁也不希罕那只鸭子！"

祖父明白翠翠为什么事不高兴，祖父便唱起摇橹人驶船下滩时催橹的歌声，声音虽然哑沙沙的，字眼儿却稳稳当当毫不含糊。翠翠一面听着一面向前走去，忽然停住了发问：

"爷爷，你的船是不是正在下青浪滩呢？"

祖父不说什么，还是唱着，两人皆记顺顺家二老的船正在青浪滩过节，但谁也不明白另外一个人的记忆所止处。祖孙二人便沉默的一直走还家中。到了渡口，那代理看船的，正把船泊在岸边等候他们。几人渡过溪到了家中，剥粽子吃，到后那人要进城去，翠翠赶即为那人点上火把，让他有火把照路。人过了小溪上小山时，翠翠同祖父在船上望着，翠翠说：

"爷爷，看喽罗上山了啊！"

祖父把手攀引着横缆，注目溪面的薄雾，仿佛看到了什么东西，轻轻的吁了一口气。祖父静静的拉船过对岸家边时，要翠翠先上岸去，自己却守在船边，因为过节，明白一定有乡下人从城里看龙船，还得乘黑赶回家乡。

六

白日里，老船夫正在渡船上，同个卖皮纸的过渡人有所争持。一个不能接受所给的钱，一个却非把钱送给老人不可。正似乎因为那个过渡人送钱气派，使老船夫受了点压迫，这撑渡船人就俨然生气似的，迫着那人把钱收回，使这人不得不把钱捏在手里，但船拢岸时，那人跳上了码头，一手铜钱向船舱里一撒，却笑迷迷的匆匆忙忙走了。老船夫手还得拉着船让别一个人上岸，无法去追赶那个人，就喊小山头的孙女：

"翠翠，翠翠，为我拉着那个卖皮纸的小伙子，不许他走！"

翠翠不知道是怎么会事，当真便同黄狗去拦着那第一个下山人。那人笑着说：

"不要拦我！……"

正说着，第二个商人赶来了，就告给翠翠是什么事情。翠翠明白了，更拉着卖纸人衣服不放，只说："不许走！不许走！"
黄狗为了表示同主人的意见一致，也便在翠翠身边汪汪汪的吠
着。其余商人皆笑着，一时不能走路。祖父气吁吁的赶来了，
把钱强迫塞到那人手心里，且搭了一大束草烟到那商人担子上
去，搓着两手笑着说："走呀！你们上路走！"那些人于是全笑
着走了。

翠翠说："爷爷，我还以为那人偷你东西同你打架！"

祖父就说：

"他送我好些钱，我才不要这些钱！告他不要钱，他还同我
吵，不讲道理！"

翠翠说："全还给他了吗？"

祖父抿着嘴把头摇摇，装成狡猾得意神气笑着，把扎在腰
带上留下的那枚单铜子取出，送给翠翠。且说：

"他得了我们那把烟叶，可以吃到镇城！"

远处鼓声又蓬蓬的响起来了，黄狗张着两个耳朵听着。翠
翠问祖父，听不听到什么声音。祖父一注意，知道是什么声音了，
便说：

"翠翠，端午又来了。你记不记得去年天保大老送你那只肥

鸭子。早上大老同一群人上川东去，过渡时还问你。你一定忘记那次落的行雨。我们这次若去，又得打火把回家；你记不记得我们两人用火把照路回家？"

翠翠还正想起两年前的端午一切事情哪。但祖父一问，翠翠却微带点儿恼着的神气，把头摇摇，故意说："我记不得，我记不得。"其实她那意思就是"我怎么记不得？！"

祖父明白那话里意思，又说："前年还更有趣，你一个人在河边等我，差点儿不知道回来，我还以为大鱼会吃掉你！"

提起旧事翠翠嗤的笑了。

"爷爷，你还以为大鱼会吃掉我？！是别人家说我，我告给你！你那天只是恨不得让城中的那个爷爷把装酒的葫芦吃掉！你这种记性！"

"我人老了，记性也坏透了。翠翠，现在你也人大了，一个人一定敢上城看船不怕鱼吃掉你了。"

"人大了就应当守船呢。"

"人老了才当守船。"

"人老了应当歇憩！"

"你爷爷还可以打老虎，人不老！"祖父说着，于是，把膀

97

子弯曲起来，努力使筋肉在局束中显得又有力又年青，且说："翠翠，你不信，你咬。"

翠翠睨着腰背微驼的祖父，不说什么话。远处有吹唢哪的声音，她知道那是什么事情，且知道唢哪方向。要祖父同她下了船，把船拉过家中那边岸旁去。为了想早早的看到那迎婚送亲的喜轿，翠翠还爬到屋后塔下去眺望。过不久，那一伙人来了，两个吹唢哪的，四个强壮乡下汉子，一顶空花轿，一个穿新衣的团总儿子模样的青年，另外还有两只羊；一个牵羊的孩子，一坛酒，一盒糍粑；一个担礼物的人。一伙人上了渡船后，翠翠同祖父也上了渡船，祖父拉船，翠翠却傍花轿站定，去欣赏每一个人的脸色与花轿上的流苏。拢岸后，团总儿子模样的人，从扣花抱肚里掏出了一个小红纸包封，递给老船夫。这是规矩，祖父再不能说不接收了。但得了钱祖父却说话了，问那个人，新娘是什么地方人，明白了，又问姓什么，明白了，又问多大年纪，一起皆弄明白了，吹唢哪的一上岸后又把唢哪呜呜喇喇吹起来，一行人便翻山走了。祖父同翠翠留在船上，感情仿佛皆追着那唢哪声音走去，走了很远的路方回到自己身边来。

祖父掂着那红纸包封的分量说："翠翠，宋家堡子里新嫁娘只十五岁。"

翠翠明白祖父这句话的意思所在，不作理会，**静静的把船拉动起来**。

到了家边，翠翠跑还家中去取小小竹子做的双管哨哪，请祖父坐在船头吹"娘送女"曲子给她听，她却同黄狗躺到门前大岩石上荫处看天上的云。白日渐长，不知什么时节，祖父睡着了，翠翠同黄狗睡着了。

七

到了端午。祖父同翠翠在三天前业已顶先约好，祖父守船，翠翠同黄狗过顺顺吊脚楼去看热闹。翠翠先不答应，后来答应了。但过了一天，翠翠又翻悔回来，以为要看两人去看，要守船两人守船。祖父明白那个意思，是翠翠玩心与爱心相战争的结果。为了祖父的牵绊，应当玩的也无法去玩，这不成！祖父含笑说："翠翠，你这是为什么？说定了的又翻悔，同茶峒人平素品德不相称。我们应当说一是一，不许三心二意。我记性并不坏到这样子，把你答应了我的即刻忘掉！"祖父虽那么说，很显然的事，祖父对于翠翠的打算是同意的。但人太乖了，祖父有点愀然不乐了。见祖父不再说话，翠翠就说："我走了，谁陪你？"

祖父说："你走了，船陪我。"

翠翠把眉毛皱拢去苦笑着，"船陪你，嗨，嗨，船陪你。"

祖父心想："你总有一天会要走的。"但不敢提这件事。祖父一时无话可说，于是走过屋后塔下小圃里去看葱，翠翠跟过去。

"爷爷，我决定不去，要去让船去，我替船陪你！"

"好，翠翠，你不去我去，我还得戴了朵红花，装老太婆去见识面！"

两人皆为这句话笑了许久。

祖父理葱，翠翠却摘了一根大葱吹着，有人在东岸喊过渡，翠翠不让祖父占先，便忙着跑下去，跳上了渡船，援着横溪缆子拉船过溪去接人。一面拉船一面喊祖父：

"爷爷，你唱，你唱！"

祖父不唱，却只站在高岩上望翠翠，把手摇着，一句话不说。

祖父有点心事。

　　翠翠一天比一天大了，无意中提到什么时，会红脸了。时间在成长她，似乎正催促她，使她在另外一件事情上负点儿责。她欢喜看扑粉满脸的新嫁娘，欢喜说到关于新嫁娘的故事，欢喜把野花戴到头上去，还欢喜听人唱歌。茶峒人的歌声，缠绵处她已领略得出。她有时仿佛孤独了一点，爱坐在岩石上去，向天空一片云一颗星凝眸。祖父若问："翠翠，想什么，"她便带着点儿害羞情绪，轻轻的说："翠翠不想什么。"但在心里却同时又自问："翠翠，你想什么？"同是自己也在心里答着:"我想的很远，很多。可是我不知想些什么！"她的确在想，又的确连自己也不知在想些什么。这女孩子身体既发育得很完全，在本身上因年龄自然而来的一件"奇事"，也使她多了些思索。

　　祖父明白这类事情对于一个女子的影响，祖父心情也变了些。祖父是一个在自然里活了七十年的人，但在人事上的自然现象，就有了些不能安排处。因为翠翠的长成，使祖父记起了些旧事，从掩埋在一大堆时间里的故事中，重新找回了些东西。

　　翠翠的母亲，某一时节原同翠翠一个样子。眉毛长，眼睛大，

皮肤红红的。也乖得使人怜爱——也懂在一些小处，使家中长
辈快乐。也仿佛永远不会同家中这一个分开。但一点不幸来了，
她认识了那个兵。这些事从老船夫说来谁也无罪过，只应"天"
去负责。翠翠的祖父口中不怨天，心却不能完全同意这种不幸
的安排。到底还像年青人，说是放下了，也正是不能放下的莫
可奈何容忍到的一件事！

　　并且那时还有个翠翠。如今假若翠翠又同妈妈一样，老船
夫的年龄，还能把小雏儿再抚育下去吗？人愿意神却不同意！
人太老了，应当休息了，凡是一个良善的乡下人，所应得到的
劳苦与不幸，全得到了。假若另外高处有一个上帝，这上帝且
有一双手支配一切，很明显的事，十分公道的办法，是应把祖
父先收回去，再来让那个年青的在新的生活上得到应分接受那
一分的。

　　可是祖父不那么想。他为翠翠担心。他有时便躺到门外岩
石上，对着星子想他的心事。他以为死是应当快到了的，正因
为翠翠人已长大了，证明自己也真正老了。无论如何，得让翠
翠有个着落。翠翠既是她那可怜母亲交把他的，翠翠大了，他
也得把翠翠交给一个人，他的事才算完结！交给谁？必需什么

样的方不委屈她？

前几天顺顺家天保大老过溪时，同祖父谈话，这心直口快的青年人，第一句话就说：

"老伯伯，你翠翠长得真标致，再过两年，若我有闲空能留在茶峒照料事情，不必像老鸦到处飞，我一定每夜到这溪边来为翠翠唱歌。"

祖父用微笑奖励这种自白。一面把船拉动，一面把那双小眼睛瞅着大老。

于是大老又说：

"翠翠太娇了，我担心她只宜于听点茶峒人的歌声，不能作茶峒女子做媳妇的一切正经事。我要个能听我唱歌的情人，却更不能缺少个照料家务的媳妇。'又要马儿不吃草，又要马儿走得好，'唉，这两句话说是古人为我说的！"

祖父慢条斯理把船转了头，让船尾傍岸，就说：

"大老，也有这种事儿！你瞧着吧。"

那青年走去后，祖父温习着那些出于一个男子口中的真话，实在又愁又喜。翠翠若应当交把一个人，这个人是不是适宜于照料翠翠？当真交把了他，翠翠是不是愿意？

八

初五大清早落了点毛毛雨，上游且涨点了"龙船水"，河水已作豆绿色。祖父上城买办过节的东西，戴了个粽粑叶"斗篷"，携带了一个篮子，一个装酒的大葫芦，肩头上挂了个褡裢，其中放了一吊六百钱就走了。因为是节日，这一天从小村小寨带了铜钱担了货物上城去办货掉货的极多，这些人起身也极早，故祖父走后，黄狗就伴同翠翠守船。翠翠头上戴了一个崭新的斗篷，把过渡人一趟一趟的送来送去。黄狗坐在船头，每当船拢岸时必先跳上岸边去衔绳头，引起每个过渡人的兴味。有些过渡乡下人也携了狗上城，照例如俗话说的，"狗离不得屋"，一离了自己的家，即或傍着主人，也变得非常老实了，到过渡时，翠翠的狗必走过去嗅嗅，从翠翠方面讨取了一个眼色，似乎明白翠翠的意思，就不敢有什么举动。直到上岸后，把拉绳子的事情作完，眼见到那只陌生的狗上小山去了，也必跟着追去。或者向狗主人轻轻吠着，或者逐着那陌生的狗，必得翠翠带点儿嗔恼的嚷着："狗，狗，你狂什么？还有事情做，你就跑呀！"

于是这黄狗赶快跑回船上来，且依然满船闻嗅不已。翠翠说："这算什么轻狂举动！跟谁学得的！还不好好蹲到那边去！"狗俨然极其懂事，便即刻到它自己原来地方去，只间或又想象起什么似的，轻轻的吠几声。

雨落个不止，溪面一片烟，翠翠在船上无事可作时，便算着老船夫的行程。她知道他这一去应到什么地方碰到什么人，谈些什么话，这一天城门边应当是些什么情形，河街上应当是些什么情形，"心中一本册"，她完全如同眼见到的那么明明白白。她又知道祖父的脾气，一见城中相熟粮子上人物，不管是马夫火夫，总会把过节时应有的颂祝说出。这边说，"副爷，你过节吃饱喝饱！"那一个便也将说，"划船的，你吃饱喝饱！"这边若说着如上的话，那边人说，"有什么可以吃饱喝饱？四两肉，两碗酒，既不会饱也不会醉！"那么，祖父必很诚实邀请这熟人过碧溪岨喝个够量。倘若有人当时就想喝一口祖父葫芦中的酒，这老船夫也从不吝啬，必很快的就把葫芦递过去。酒喝过了，那兵营中人卷舌子着嘴唇，称赞酒好，于是又必被勒迫着喝第二口。酒在这种情形下少起来了，就又跑到原来铺上去，加满为止。翠翠且知道祖父还会到码头上去同刚拢岸一天两天的上水船水手谈谈话，问问下河的米价盐价，有时且弯着腰钻进那带有海带鱿鱼味，以及其他油味、醋味、柴烟味的船舱里去，水手们从小坛中抓出一把红枣，递给老船夫，过一阵，等到祖父回家被翠翠埋怨时，这红枣便成为祖父与翠翠和解的工具。祖父一到河街上，且一定有许多铺子上商人送他粽子与其他东西，作为对这个忠于职守的划船人一点敬意，祖父虽嚷着"我带了那么一大堆，回去会把老骨头压断"，可是不管如何，这些东西多少总得领点情。走到卖肉案桌边去，他想"买肉"人家却不愿接钱，屠户若不接钱，他却宁可到另外一家去，决不想沾那点便宜。那屠户说，"爷爷，你为人那么硬算什么？又不是要你去做犁口耕田！"但不行，他以为这是血钱，不比别的事情，你不收钱他会把钱预先算好，猛的把钱掷到大而长的钱筒里去，攫了肉就走去的。卖肉的明白他那种性情，到他称肉时总选取最好的一处，且把分量故意加多，他见及时却将说："喂喂，大老板，我不要你那些好处！腿上的肉是城里人炒鱿鱼肉丝用的肉，莫同我开玩笑！我要夹项肉，我要浓的糯的，我是个划船人，我要拿去炖葫萝卜喝酒的！"得了肉，把钱交过手时，自己先数一次，又嘱咐屠户再数，屠户却照例不理会他，把一手钱哗的向长竹筒口丢去，他于是简直是妩媚的微笑着走了。屠户与其他买肉人，见到他这种神气，必笑个不止。……

翠翠还知道祖父必到河街上顺顺家里去。

翠翠温习着两次过节两个日子所见所闻的一切，心中很快乐，好像目前有一个东西，同早间在床上闭了眼睛所看到那种捉摸不定的黄葵花一样，这东西仿佛很明朗的在眼前，却看不准，抓不住。

翠翠想："白鸡关真出老虎吗？"她不知道为什么忽然想起白鸡关。

于是又想："三十二个人摇六匹橹，上水走风时张起个大篷，一百幅白布拼成的一片东西，先在这样大船上过洞庭湖，多可笑……"她不明白洞庭湖有多大，也就从不见过这种大船，更可笑的，还是她自己也不知道为什么却想到这个问题！

一群过渡人来了，有担子，有跑差模样的人物，另外还有母女二人。母亲穿了新浆洗得硬朗的蓝布衣服，女孩子脸上涂着两饼红色，穿了新衣，上城到亲戚家中去拜节看龙船的。等待众人上船稳定后，翠翠一面望着那小女孩，一面把船拉过溪去。那小孩从翠翠估来年纪也将十岁了。神气却很娇，似乎从不能离开过母亲。脚下穿得是一双尖头新油过的钉鞋，上面沾污了些黄泥。裤子是那种翻紫的葱绿布做的。见翠翠尽是望她，她也便看着翠翠，眼睛光光的如同两粒水晶球。那母亲模样的妇人便问翠翠，年纪有几岁。翠翠笑着，不高兴答应，却反问小女孩今年几岁。听那母亲说十二岁时，翠翠忍不着笑了。那母女显然是财主人家的妻女，从神气上就可看出的。翠翠注视那女孩，发现了女孩子手上还戴得有一副麻花铰的银手镯，闪着白白的亮光，心中有点儿爱慕。船傍岸后，人陆续的上了岸，妇人从身上摸出一铜子，塞到翠翠手中，就走了，翠翠当时竟忘了祖父的规矩了，也不说道谢，也不把钱退还，只望着这一行人中那个女孩子身后发痴，一行人正将翻过小山时，翠翠忽又忙匆匆的追上去，在山头上把钱还给那妇人。那妇人说："这是送你的！"翠翠不说什么，只微笑把头尽摇，且不等妇人来得及说第二句话，就很快的向自己渡船边跑去了。

到了渡船上，溪那边又有人喊过渡，翠翠把船又拉回去。第二次过渡是七个人，又有两个女孩子，也同样因为看龙船特意换了干净衣服，像貌却并不如何美观，因此使翠翠更不能忘记先前那一个。

今天过渡的人特别多，其中女孩子比平时更多，翠翠既在船上拉缆子摆渡，故见到什么好看的，极古怪的，人乖的，眼睛眶子红红的，莫不在记忆中留下个印象。无人过渡时，等着祖父祖父又不来，便尽只反复温习这些女孩子的神气。且轻轻的无所谓的唱着：

"白鸡关出老虎咬人，不咬别人，团总的小姐派第一。……大姐戴副金簪子，二姐戴副银钏子，只有我三妹莫得什么戴，耳朵上长年戴条豆芽菜。"

城中有人下乡的，在河街上一个酒店前面，曾见及那个撑渡船的老头子，把葫芦嘴推让给一个年青水手，请水手喝他新买的白烧酒，翠翠问及时，那城中人就告给她所见到的事情。翠翠笑祖父的慷慨不是时候，不是地方。过渡人走了，翠翠就在船上又轻轻的哼着巫师迎神的歌玩。

那首歌声音既极柔和，快乐中又微带忧，歌调末尾说：

"福禄绵绵是神恩，

和风和雨神好心，

好酒好饭当前陈，

肥猪肥羊火上烹，

…………

洪秀全，李鸿章，

你们在生是霸王，

杀人放火尽节全忠各有道，

今来坐席又何妨！

…………

慢慢吃，慢慢喝，

月白风清好过河！

醉时携手同归去，

我当为你再唱歌！"

唱完了这歌，翠翠觉得有一丝儿凄凉。她想起秋末还愿时田坪中的火燎同鼓角。

远处鼓声已起来了，她知道绘有朱红长线的龙船这时节已下河了，细雨还依然落个不止，溪面一片烟。

九

祖父回家时，大约已将近平常吃早饭时节了，肩上手上皆是东西，一上小山头便喊翠翠，要翠翠拉船过小溪来迎接他。翠翠眼看到多少人皆进了城，正在船上急得莫可奈何，听到祖父的声音，神旺了，锐声答着："爷爷，爷爷，我来了！"老船夫从码头边上了渡船后，把肩上手上的东西皆搁到船头上，一面帮着翠翠拉船，一面向翠翠笑着，如同一个小孩子，神气充满了谦虚与羞怯。"你急坏了，是不是？"翠翠本应埋怨祖父的，但她却回答说："爷爷，我知道你在河街上劝人喝酒，好玩得很。"翠翠还知道祖父极高兴到河街上去玩，但如此说来，将更使祖父害羞乱嚷了，故不提出。

翠翠把搁在船头的东西一一估记在眼里，不见了酒葫芦。翠翠嗤的笑了。

"爷爷，你倒大方，请副爷同船上人吃酒，连葫芦也吃到肚里去了！"

祖父笑着：

"哪里，哪里，我那葫芦被顺顺大哥，扣下了，他见我在河街上请人喝酒，就说：'喂，喂，摆渡的张横，这不成的。你不开糟坊，如何这样子。把你那个放下来，请我全喝了罢。'他当真那么说，请我全喝了罢。我把葫芦放下了。但我猜想他是同我闹着玩的。他家里还少热酒吗？翠翠，你说，……"

"爷爷，你以为人家真想喝你的酒，便是同你开玩笑吗？"

"那是怎么的？"

"你放心，人家一定因为你请客不是地方，故扣下你的葫芦，等等就会为你送来的，你还不明白，真是！——"

"唉，当真会是这样的！"

说着船已拢了岸，翠翠抢先为祖父搬东西，但结果却只拿了那尾鱼，那个花裰裰；裰裰中钱已用光了，却有一包白糖，一包小饼子。

两人刚把新买的东西搬运到家中，对溪就有人喊过渡，祖父要翠翠看着肉菜免得被野猫拖去，争着下溪去做事，一会儿，便同那个过渡人嚷着到家中来了。原来这人便是送酒葫芦的。只听到祖父说："翠翠，你猜对了。人家当真把酒葫芦送来了！"

翠翠来不及向灶边走去，祖父同一个年纪青青的脸黑肩膊宽的人物，便进到屋里了。

翠翠同客人皆笑着，让祖父把话说下去。客人又望着翠翠笑，翠翠仿佛明白为什么被人望着，有点不好意思起来，走到灶边烧火去了。溪边又有人喊过渡，翠翠赶忙跑出门外船上去，把人渡过了溪。恰好又有人过溪。天虽落小雨，过渡人却分外多，一连三次。翠翠在船上一面作事一面想起祖父的趣处。不知怎么的，从城里被人打发来送酒葫芦的，她觉得好像是个熟人。可是眼睛里像是熟人，却不明白在什么地方见过面。但也正像是不肯把这人想到某方面去，方猜不着这来人的身分。

祖父在岩坎上边喊："翠翠，翠翠，你上来歇歇，陪陪客！"本来无人过渡便想上岸去烧火，但经祖父一喊，反而不上岸了。

来客问祖父"进不进城看船"，老渡船夫就说"应当看守渡船"。两人又谈了些别的话。到后来客方言归正传：

"伯伯，你翠翠像个大人了，长得很好看！"

撑渡船的笑了。"口气同哥哥一样，倒爽快呢。"这样想着，却那么说："二老，这地方配受人称赞的只有你，人家都说你好看！'八面山的豹子，地地溪的锦鸡，'全是特为颂扬你这个人好处的警句！"

"但是，这很不公平。"

"很公平的！我听船上人说，你上次押船，船到三门下面白鸡关滩出了事，从急浪中你援救过三个人，你们在滩上过夜，被村子里女人见着了，人家在你棚子边唱歌一夜，是不是真事？"

"不是女人唱歌一夜，是狼嗥。那地方著名多狼，只想得机会吃我们！"

老船夫笑了，"那更妙！人家说的话还是很对的。狼是只吃姑娘，吃小孩，吃标致青年，像我这种老骨头，它不会要的！"

那二老说："伯伯，你到这里见过两万个日头，别人家全说我们这个地方风水好，出大人，不知为什么原因，如今还不出大人？"

"你是不是说风水好应出有大名头的人？我以为这种人，不生在我们这个小地方，也不碍事。我们有聪明，正直，勇敢，耐劳的年青人，就够了。像你们父子兄弟，为本地也增光！"

"伯伯，你说得好，我也是那么想。地方不出坏人出好人，如伯伯那么样子，人虽老了，还硬朗得同棵楠木树一样，稳稳当当的活到这块地面，又正经，又大方，难得的咧。"

"我是老骨头了，还说什么。日头，雨水，走长路，挑分量沉重的担子，大吃大喝，挨饿受寒，自己分上的皆拿过了，不久就会躺到这冰凉土地上喂蛆吃的。这世界有得是你们小伙子分上的一切，好好的干，日头不辜负你们，你们也莫辜负日头！"

"伯伯，看你那么勤快，我们年青人不敢辜负日头！"

说了一阵，二老想走了，老船夫便站到门口去喊叫翠翠，要她到屋里来烧水煮饭，掉换他自己看船。翠翠不肯上岸，客人却已下船了，翠翠把船拉动时，祖父故意装作埋怨神气说：

"翠翠，你不上来，难道要我在家里做媳妇煮饭吗？"

翠翠斜睨了客人一眼，见客人正盯着她，便把脸背过去，抿着嘴儿，很自负的拉着那条横缆，船慢慢拉过对岸了。客人站在船头同翠翠说话：

"翠翠，吃了饭，同你爷爷去看划船吧？"

翠翠不好意思不说话，便说："爷爷说不去，去了无人守这个船！"

"你呢？"

"爷爷不去我也不去。"

"你也守船吗？"

“我陪我爷爷。”

“我要一个人来替你们守渡船，好不好？”

砰的一下船头已撞到岸边土坎上了，船拢岸了。二老向岸上一跃，站在岸上说：

“翠翠，难为你！……我回去就要人来替你们，你们快吃饭，一同到我家里去看船，今天人多咧。”

翠翠不明白这陌生人的好意，不懂得为什么一定要到他家中去看船，抿着小嘴笑笑，就把船拉回去了。到了家中一边溪岸后，只见那个人还正在对溪小山上。翠翠回转家中，到灶口边去烧火，一面把带点湿气的草塞进灶里去，一面向正在把客人带回的那一葫芦酒试着的祖父询问：

“爷爷，那人说回去就要人来替你，要我们两人去看船，你去不去？”

“你高兴去吗？”

“两人同去我高兴。那个人很好，我像认得他，他是谁？”

祖父心想：“这倒对了，人家也觉得你好！”祖父笑着说：“翠翠，你不记得你以前在大河边时，有个人说要让大鱼咬你吗？”

翠翠明白了，却仍然装不明白问：“他是谁？”

"顺顺船总家的二老，他认识你你不认识他啊！"他抿了一口酒，像赞美这个酒又像赞美另一个人，低低的说："好的，妙的，这是难得的。"

过渡的人在门外坎下叫唤着，老祖父口中还是"好的，妙的，……"匆匆的下船做事去了。

十

吃饭时隔溪有人喊过渡，翠翠抢着下船，到了那边，方知道原来过渡的人，便是船总顺顺家派来作替手的水手，一见翠翠就说道："二老要你们一吃了饭就去，他已下河了。"见了祖父又说："二老要你们吃了饭就去，他已下河了。"

张耳听听，便可听出远处鼓声已较密，从鼓声里使人想到那些极狭的船，在长潭中笔直前进时，水面上画着如何美丽的长长的线路！

新来的人茶也不吃，便在船头站妥了，翠翠同祖父吃饭时，邀他喝一杯，只是摇头推辞。祖父说：

"翠翠，我不去，你同小狗去好不好？"

"要不去我也不想去！"

"我去呢？"

"我本来也不想去，但我愿意陪你去。"

祖父微笑着，"翠翠，翠翠，你陪我去，好的，你陪我去！"

…………

祖父同翠翠到城里大河边时河边早站满了人。细雨已经停止，地面还是湿湿的，祖父要翠翠过河街船总家吊脚楼上去看船，翠翠却以为站在河边较好。两人虽在河边站定，不多久，顺顺便派人把他们请去了。吊脚楼上也有了很多的人。早上过渡时，为翠翠所注意的乡绅妻女，受顺顺的款待，占据了最好窗口，一见到翠翠，那女孩子就说："你来，你来！"翠翠带着点儿羞怯走去，坐在他们身边后，祖父便走开了。

祖父并不看龙船竞渡，却为一个熟人拉到河上游半里路远近，过一个新碾坊看水碾子去了。老船夫对于水碾子原来就极有兴味的。倚山滨水来一座小小茅屋，屋中有那么一个圆石片子，固定在一个横轴上，斜斜的搁在石槽里，当水闸门抽去时，流水冲激地下的暗轮，上面的石片便飞转起来。作主人的管理这个东西，把毛谷倒进石槽中去，把碾好的米弄出放在屋角隅

筛子里，再筛去糠灰。地下全是糠灰，自己头上包着块白布帕
子，头上肩上也全是糠灰。天气好时就在碾坊前后隙地里种些
萝卜青菜大蒜四季葱。水沟坏了，就把裤子脱去，到河里去堆
砌石头修理泄水处。管理一个碾坊比管理一只渡船有趣味，一
看也就明白了。但一个撑渡船的想有座碾坊，那是不可能的妄
想，凡碾坊照例是属于当地小财主的。那熟人把老船夫带到碾
坊边时，就告给他这碾坊业主为谁。两人一面各处视察一面说
话。

那熟人用脚踢着新碾盘说：

"中寨人自己坐在高山上，却欢喜来到这大河边置产业；这
是中寨王团总的，大钱七百吊！"

老船夫转着那双小眼睛，很羡慕的去看一切，把头点着，
且对于碾坊中物件一一加以很得体的批评。后来两人就坐到那
还未完功的白木条凳上去，熟人又说到这碾坊的将来，似乎是
团总女儿陪嫁的妆奁。那人于是想起了翠翠，且记起大老托过
他的事情来了，便问道：

"伯伯，你翠翠今年十几岁？"

"十四岁。"老船夫说过这句话后，便接着在心中计算过去

的年月。

"十四岁多能干！将来谁得她真有福气！"

"有什么福气？又无碾坊陪嫁，一个光人。"

"别说一个光人，两只手敌得五座碾坊！洛阳桥也是鲁班两只手造的！……"这样那样的说着，那人笑了。

老船夫也笑了，心想："翠翠将来也去造洛阳桥吧，新鲜事！"

那人过了一会又说：

"茶峒人年青男子眼睛光，选媳妇也极在行。伯伯，你若不多我的心时，我就说个笑话给你听。"

老船夫问："是什么笑话。"

那人说："伯伯你若不多心时，这笑话也可以当真话去听咧。"

接着说的下去就是顺顺家大老如何在人家赞美翠翠，且如何托他来探听老船夫口气那么一件事。末了同老船夫来转述另一回会话的情形。"我问他：'大老，大老，你是说真话还是说笑话？'他就说：'你为我去探听探听那老的，我欢喜翠翠，想要翠翠，是真话呀！'我说：'我这口钝得很，说出了口老的一巴掌打来呢？'他说：'你怕打，你先当笑话去说，不会挨打的！'所以，伯伯，我就把这件真事情当笑话来同你说了。你试想想，他初九从川东回来见我时，我应当如何回答他？"

老船夫记前一次大老亲口所说的话，知道大老的意思很真，且知道顺顺也欢喜翠翠，故心里很高兴。但这件事照规矩得这个人带封点心亲自到碧溪岨家中去说，方见得慎重其事，老船夫就说："等他来时你说：老家伙听过了笑话后，自己也说了个笑话，他说，'车是车路，马是马路，大老走的是车路，应当由大老爹爹作主，请了媒人来同我说，走的是马路，应当自己作主，站在渡口对溪高崖上，为翠翠唱三年六个月的歌。'"

"伯伯，若唱三年六个月的歌动得翠翠的心，我赶明天就自己来唱歌了。"

"你以为翠翠肯了我还会不肯吗？"

"不啊，人家以为你肯了翠翠便无有不肯呢！"

"不能那么说，这是她的事呵！"

"便是她的事，人家也仍然以为在日头月光下唱三年六个月的歌，还不如得伯伯说一句话好！"

"那么，我说，我们就这样办，等他从川东回来时要他同顺

顺去说明白，我呢，我也先问问翠翠；若以为听了三年六个月
的歌再跟那唱歌人走去有意思些，我就请你劝大老走他那弯弯
曲曲的马路。"

"那好的。见了他我就说：'笑话吗，我已说过了，真话呢，
看你自己的命运去了。'当真看他的命运去了，不过我明白他的
命运，还是在你老人家手上捏着的。"

"不是那么说！我若捏得定这件事，我马上就答应了。"

这里两人把话说妥后，就过另一处看一只顺顺新近买来的
三舱船去了，河街上顺顺吊脚楼方面，却有了如下事情。

翠翠虽被那乡绅女人喊到身边去坐，地位非常之好，从窗
口望出去，河中一切朗然在望，然而心中可不安宁。挤在其他
几个窗口看热闹的人，似乎皆常常把眼光从河中景物挪到这边
几个人身上来。还有些人故意装成有别的事情样子，从楼这边
走过那一边，事实上却全为得是好仔细看看翠翠这方面几个
人。翠翠心中老不自在，只想藉故跑去。一会儿河下的炮声响
了，几只从对河取齐的船只直向这方面划来，先是四条船皆相
去不远，如四枝箭在水面射着，到了一半，已有两只船占先了
些，再过一会子，那两只船中间便又有一只超过了并进的船只

而前，看看船到了税局门前时，第二次炮声又响，那船便胜利了。这时节胜利的已判明属于河街人所划的一只，各处便皆响着庆祝的小鞭炮。那船于是沿了河街吊脚楼划去，鼓声蓬蓬作响，河边与吊脚楼各处，皆呐喊表示快乐的祝贺。翠翠眼见在船头站定摇动小旗指挥进退头上包着红布的那个年青人，便是送酒葫芦到碧溪岨的二老，心中便印着三年前的旧事，"大鱼吃掉你！""吃掉不吃掉，不用你管！""好的，我不管！""狗，狗，你也看人叫！"想起狗，翠翠才注意到自己身边那只黄狗，已不知跑到什么地方去，便离了座位，在楼上各处找寻她的黄狗，把船头人忘掉了。

她一面在人丛里找寻黄狗，一面听人家正说些什么话。

一个大脸妇人问："是谁家的人，坐到顺顺家当中窗口前的那块好地方？"

一个妇人就说："是王乡绅大姑娘，今天说是自己来看船，其实来看人，同时也让人看！人家有本领坐那好地方！"

"看谁人，被谁看？"

"那乡绅想同顺顺成为一对亲家呢。"

"是大老，还是二老呢？"

"是二老呀，等等你们看这岳云，就会上楼来看他丈母娘的！"

另有一个便插嘴说："事弄同了，好得很呢，人家有一座崭新碾坊陪嫁，比十个长年还好一些。"

有人问："二老怎么样？"

有人就轻轻的说："二老已说过了，这不必看，第一件事我就不想作那个碾坊的主人！"

"你听岳云二老说吗？"

"我听别人说的。还说二老欢喜一个撑渡船的。"

"他不要碾坊，要渡船吗？"

"那谁知道。横顺人是'牛肉炒韭菜，只看各人心里爱什么就吃什么。'渡船不会不如碾坊！"

当时各人眼睛对着河里，口中说着这些话，却无一个人回头来注意到身后边的翠翠。

翠翠脸发火烧走到另外一处去，又听有两个人提及这件事。且说："一切早安排好了，只须要二老一句话。"又说："只看二老今天那么一股劲儿，就可以猜想得出这劲儿是岸上一个黄花姑娘给他的！"

谁是激动二老的黄花姑娘？

翠翠人矮了些，在人背后已望不见河中情形，只听到敲鼓声渐近渐激越，岸上呐喊声自远而近，便知道二老的船正经过楼下。楼上人也大喊着，杂夹叫着二老的名字，乡绅太太那方面，且有人放小百子鞭炮。忽然又用另外一种惊讶声音喊着，且同时便见许多人出门向河下走去。翠翠不知出了什么事，心中有点迷乱，正不知走回原来座位边去好，还是依然站在人背后好。只见那边正有人拿了个托盘，装了一大盘粽子同细点心，在请乡绅太太小姐用点心，不好意思再过那边去，便想也挤出大门外到河下去看看。从河街一个盐店旁边甬道下河时，正在一排吊脚楼的梁柱间，迎面碰头一群人，拥着那个头包红布的二老来了。原来二老因失足落水，已从水中爬起来了。路太窄了一些，翠翠虽闪过一旁，仍然得肘子触着肘子。二老一见翠翠就说：

"翠翠，你来了，爷爷也来了吗？"

翠翠脸还发着烧不便作声，心想："黄狗跑到什么地方去了呢？"

二老又说：

"怎不到我家楼上去看呢？我已要人替你弄了个好位子。"

翠翠心想："碾坊陪嫁，希奇事情咧。"

二老不能逼迫翠翠回去，到后便各自走开了。翠翠到河下时，心中充满了一种说不分明的东西。是烦恼吧，不是！是忧愁吧，不是！是快乐吧，不，有什么事情使这个女孩子快乐呢？是生气了吧，——是的，她当真仿佛觉得自己是在生一个人的气。河边人太多了，码头边浅水中，船桅船篷上，以至于吊脚楼的柱子上，也莫不有人。翠翠自言自语说："人那么多，有什么可看的？"先还以为可以在什么船上发现她的祖父，但搜寻了一阵，各处却无祖父的影子。她挤到水边去，一眼便看到了自己家中那条黄狗，同顺顺家一个长年，正在去岸数丈一只空船上看热闹。翠翠锐声叫喊，黄狗张着耳叶昂头四面一望，便猛的扑下水中，向翠翠方面泅来了。到了身边时狗身上已全是水，把水抖着且跳跃不已，翠翠便说："得了，你又不翻船，谁要你落水呢？"

翠翠同黄狗找祖父去，在河街上一个木行前恰好遇着了祖父。

老船夫说："翠翠，我看了个好碾坊，碾盘是新的，水车是新的，屋上稻草也是新的！水坝管着一绺水，抽水闸时水车转得如蛇螺。"

翠翠带着点做作问:"是谁的?"

"是谁的?住在山上的王团总的。我听人说是那中寨人为女儿作嫁妆的东西,好不阔气,包工就是七百吊大制钱,还不管风车,不管家什!"

"谁讨那个人家的女儿?"

祖父望着翠翠干笑着,"翠翠,大鱼咬你,大鱼咬你。"

翠翠因为对于这件事心中有了个数目,便仍然装着全不明白,只询问祖父,"谁个人得到那个碾坊?"

"岳云二老!"祖父说了又自言自语的说:"有人羡慕二老得到碾坊,也有人羡慕碾坊得到二老!"

"谁羡慕呢,祖父?"

"我羡慕。"祖父说着便又笑了。

翠翠说:"爷爷,你醉了。"

"可是二老还称赞你长得美呢。"

翠翠:"爷爷,你疯了。"

祖父说:"爷爷不醉不疯,……去,我们看他们放鸭子去。"他还想说,"二老捉得鸭子,一定又会送给我们的。"话不及说,

127

二老来了，站在翠翠面前笑着。

于是三个人回到吊脚楼上去。

十一

　　有人带了礼物到碧溪岨，掌水码头的顺顺，当真请了媒人为儿子向渡船的认亲戚来了。老船夫慌慌张张把这个人渡过溪口，一同到家里去。翠翠正在屋门前剥豌豆，来了客并不如何注意。但一听到客人进门说"贺喜贺喜"，心中有事，不敢再蹲在屋门边，就装作追赶菜园地的鸡，拿了竹响篙唰唰的摇着，一面口中轻轻喝着，向屋后白塔跑去了。

　　来人说了些闲话，言归正传转述到顺顺的意见时，老船夫不知如何回答，只是很惊惶的搓着两只茧结的大手，且神气中则只像在说：

　　"那好的，那妙的，"其实这老头子却不曾说过一句话。

　　来人把话说完后，就问作祖父的意见怎么样。老船夫笑着把头点着说："大老想走车路，这个很好。可是我得问问翠翠，看她自己主张怎么样。"来人被打发走后，祖父在船头叫翠翠下河边来说话。

翠翠拿了一簸箕豌豆下到溪边，上了船，娇娇的问他的祖父："爷爷，你有什么事？"祖父笑着不说什么，只看翠翠。看了许久。翠翠坐到船头，低下头去剥豌豆，耳中听着远处竹篁里的黄鸟叫。翠翠想："日子长咧，爷爷话也长了。"翠翠心跳着。

过了一会祖父说："翠翠，翠翠，先前那个人来作什么，你知道不知道。"

翠翠说："我不知道，"说后脸同颈脖全红了。

祖父看看那种情景，明白翠翠的心事了，便把眼睛向远处望去，在空雾里望见了十五年前翠翠的母亲，老船夫心中异常柔和了。轻轻的自言自语说："每一只船总要有个码头，每一只雀儿得有个窠。"他同时想起那个可怜的母亲过去的事情，心中有了一点隐痛，却勉强笑着。

翠翠呢，正从山中黄鸟杜鹃叫声里，以及伐竹人咔咔一下一下的砍伐竹声音里，想到许多事情。老虎咬人的故事，与人对骂时四句头的山歌，造纸作坊中的方坑，溶铁炉里泄出的铁汁，耳朵听来的，眼睛看到的，她似乎皆去温习它。她其所以这样作，又似乎全只为了希望掉眼前的一桩事而起。但她实在有点误会了。

祖父说:"翠翠,船总顺顺家里请人来为大老作媒,讨你作媳,问我愿不愿。我呢,人老了。再过三年两载会过去的,我没有不愿的事情。这是你自己的事,你自己想想,自己来说。愿意,就成了;不愿意,也好。"

翠翠弄明白了,人来做媒的大老,不曾把头抬起,心忡忡的跳着,脸烧得厉害,仍然剥她的豌豆,且随手把空豆荚抛到水中去,望着它们在流水中从从容容的流去,自己也俨然从容了许多。

见翠翠总不作声,祖父于是笑了,且说:"翠翠,想几天不碍事。洛阳桥并不是一个晚上弄得好的,要日子咧。前次那人来的就向我说到这件事,我已经就告过他:车是车路,马是马路,想爸爸作主,请媒人正正经经来说是车路;要自己作主,站到对溪高崖竹林里为你唱三年六个月的歌是马路,——你若欢喜走马路,我相信人家会为你在日头下唱热情的歌,在月光下唱温柔的歌,一直唱到吐血喉咙烂!"

翠翠不作声,心中只想哭,可是也无理由可哭。祖父是再说下去,便引到死过了的母亲来了。说了一阵,沉默了。翠翠悄悄把头撂过一些，祖父眼中业已酿了一汪眼泪。翠翠又惊又怕怯生生的说："爷爷，你怎么的？"祖父不作声，用大手掌擦着眼睛，小孩子似的咕咕笑着，跳上岸跑回家中去了。

翠翠想赶去却不赶去。

雨后放晴的天气，日头炙到人肩上背上已有了点儿力量。溪边芦苇水杨柳，菜园中菜蔬，莫不繁荣滋茂，带着一分有野性的生气。草丛里绿色蚱蜢各处飞着，翅膀搏动空气时皆习习作声。枝头新蝉声音已渐渐宏大。两山深翠逼入竹篁中，有黄鸟与竹雀杜鹃鸣叫。翠翠感觉着，望着，听着，同时也思索着：

"爷爷今年七十岁……三年六个月的歌——谁送那只白鸭子呢？……得碾子的好运气，碾子得谁更是好运气？……"

痴着，忽地站起，半簸箕豌豆便倾倒到水中去了。伸手把那簸箕从水中捞起时，隔溪有人喊过渡。

十二

翠翠第二天第二次在白塔下菜园地里，被祖父询问到自己主张时，仍然心儿憧憧的跳着，把头低下不作理会，只顾用手去掏葱。祖父笑着，心想："还是等等看，再说下去这一坪葱会全掏掉了。"同时似乎又觉得这其间有点古怪处，不好再说下去，便自己按捺到言语，用一个做作的笑话，把问题引到另外一件事情上去了。

　　天气渐渐的越来越热了。近六月时，天气热了些，老船夫把一个满是灰尘的黑缸子，从屋角隅里搬出，自己还匀出闲工夫，拼了几方木板，作成一个圆盖，锯木头作成一个架子，且削刮了个大竹筒，用葛藤系定，放在缸边作为舀茶的家具。自从这茶缸移到屋门溪边后，每早上翠翠就烧一大锅开水，倒进那缸子里去。有时缸里加些茶叶，有时却只放下一些用火烧焦的锅巴，乘那东西还燃着时便抛进缸里去。老船夫且照例准备了些发痧肚痛治疱疮疡子的草根木皮，把这些药搁在家中当眼处，一见过渡人神气不对，就忙匆匆的把药取来，善意的勒迫这过路人使用他的药方，且告人这许多救急丹方的来源，（这些丹方自然全是他从城中军医同巫师学来的。）他终日裸着两只膀子，在溪中方头船上站定，头上还常常是光光的，一头短短白发，在日光下如银子。翠翠依然是个快乐人，屋前屋后跑着唱着，不走动时就坐在门前高崖树荫下，吹小竹管儿玩。爷爷仿佛把大老提婚的事早已忘掉，翠翠自然也早忘掉这件事情了。

可是那做媒的不久又来探口气了，依然是同从前一样，祖父把事情成否全推到翠翠身上去，打发了媒人上路。回头又同翠翠谈了一次，也依然不得结果。

老船夫猜不透这事情在这什么方面有个疙瘩，解除不去，夜里躺在床上便常常陷入一种沉思里去，隐隐约约体会到一件事情，便是……想到了这里时，他笑了，为了害怕而勉强笑了。其实他有点忧愁，因为他忽然觉得翠翠一切全像那个母亲，而且隐隐约约便感觉到这母女二人共通的命运。一堆过去的事情蜂拥而来，不能再睡下去了，一个人便跑出门外，到那临溪高崖上去，望天上的星辰，听河边纺织娘以及一切虫类如雨的声音，许久许久还不睡觉。

这件事翠翠是毫不注意的，这小女孩子日里尽管玩着，工作着，也同时为一些很神秘的东西驰骋她那颗心，但一到夜里，却甜甜的睡眠了。

不过一切皆得在一份时间中变化。这一家安静平凡的生活，也因了一堆接连而来的日子，在人事上把那安静空气完全打破了。

　　船总顺顺家中一方面，则天保大老的事已被二老知道了，傩送二老同时也让他哥哥知道了弟弟的心事。这一对难兄难弟原来皆爱上了那个撑渡船的外孙女。这事情在茶峒人并不希奇，茶峒人的俗话说："火是各处可烧的，水是各处可流的，日月是各处可照的，爱情是各处可到的。"有钱船总儿子，爱上一个弄渡船的穷人家女儿，不能成为希罕的新闻，有一点困难处，只是这两兄弟到了谁应取得这个女人作媳妇时，是不是也还得照茶峒人规矩，来一次流血的挣扎？

　　兄弟两人在这方面是不至于动刀的，但也不作兴有"情人奉让"如大都市懦怯男子爱与仇对面时作出的可笑行为。

　　那哥哥同弟弟在河上游一个造船的地方看他家中那一只新船，在新船旁把一切心事全告给了弟弟，且附带说明，这点爱还是两年前植下根基的。弟弟微笑着，把话听下去。两人从造船处沿了河岸又走到王乡绅新碾坊去，那大哥就说：

　　"二老，你倒好，有座碾坊，我呢，若把事情弄好了，我应当划渡船了。我欢喜这个事情，我还想把碧溪岨两个山头买过来在界线上种大南竹，围着这一条小溪作为我的砦子！"

　　那二老仍然的听着，把手中拿的一把弯月形镰刀随意斫削路旁的草木，到了碾坊时，却站住了向他哥哥说：

"大老，你信不信这女子早已有了个人？"

"我不信。"

"大老，你信不信这碾坊将来归我？"

"我不信。"

两人进了碾坊。

二老说："你不必——大老，我再问你假若我不想得这座碾坊，却打量要那只渡船，而且这念头还三年前的事你信不信呢？"

那大哥真着了一惊，望了一下坐在碾盘横轴上的傩送二老，知道二老不是说谎，于是站近了一点，伸手在二老肩上拍打了一下，且想把二老拉下来。他明白了这件事，他笑了。他说，"我相信的，你说的是真话！"

二老把眼睛望着他的哥哥，很诚实的说：

"大老，相信我，这是真事。我早就那么打算到了。家中不答应，那边若答应了，我当真预备去弄渡船的！——你告我，你呢？"

"爸爸已听了我的话，为我要城里的杨马兵做保山，向划渡船说亲去了！"大老说到这个求亲手续时，好像知道二老要笑他，又解释要保山去的用意，只是"因为老的说车有车路，马有马路，我就走了车路。"

"结果呢？"

"得不到什么结果。"

"马路呢？"

"马路呢，那老的说若走马路，得在碧溪岨对溪高崖上唱三年六个月的歌。"

"这并不是个坏主张！"

"是呀，一个结巴人话说不出还唱得出。可是这件事轮不到我了，我不是竹雀，不会唱歌。鬼知道那老的存心是要把孙女儿嫁个会唱歌的水车，还是预备规规矩矩嫁个人！"

"那你怎么样？"

"我想告那老的，要他说句实在话。只一句话。不成，我跟船下桃源去了；成呢，便是要我撑渡船，我也答应了他。"

"唱歌呢？"

"这是你的拿手好戏，你要去做竹雀你就去罢，我不会检马粪塞你嘴吧的。"

　　二老看到哥哥那种样子，便知道为这件事哥哥感到的是一种如何烦恼了。他明白他哥哥的性情，代表了茶峒人粗卤爽直一面，弄得好，掏出心子来给人也很慷慨作去，弄不好，亲舅舅也必一是一二是二。大老何尝不想在车路上失败时走马路；但他一听到二老的坦白陈述后，他就知道马路只二老有份，他自己的事不能提了。因此他有点气恼，有点愤慨，自然是无从掩饰的。

　　二老想出了个主意，就是两兄弟月夜里同过碧溪岨去唱歌，莫让人知道是弟兄两个，两人轮流唱下去，谁得到回答，谁便继续用那张唱歌胜利的嘴唇，服侍那划渡船的外孙女。大老不善于唱歌，轮到大老时也仍然由二老代替。两人凭命运来决定自己的幸福，这么办可说是极公平了。提议时，那大老还以为他自己不会唱，也不想请二老替他作竹雀。但二老那种诗人性格，却使他很固持的要哥哥实行这个办法。二老说必需这样作，一切方公平一点。

　　大老把弟弟提议想想，作了一个苦笑。"×娘的，自己不是竹雀，还请老弟做竹雀？好，就是这样子，我们各人轮流唱，我也不要你帮忙，一切我自己来吧。树林子里的猫头鹰，声音

137

不动听，要老婆时，也仍然是自己叫下去，不请人帮忙的！"

两人把事情说妥当后，算算日子，今天十四，明天十五，后天十六，接连而来的三个日子，正是有大月亮天气。气候既到了中夏，半夜里不冷不热，穿了自家机布汗褂，到那些月光照及的高崖上去，遵照当地的习惯，很诚实与坦白去为一个"初生之犊"的黄花女唱歌。露水降了，歌声涩了，到应当回家了时，就趁残月赶回家去。或过那些熟识的整夜工作不息的碾坊里去，躺到温暖的谷仓里小睡，等候天明。一切安排皆极其自然，结果是什么，两人虽不明白，但也看得极其自然，两人便决定了从当夜起始，来作这种为当地习惯所认可的竞争。

十三

黄昏来时翠翠坐在家中屋后白塔下，看天空为夕阳烘成桃花色的薄云。十四中寨逢场，城中生意人过中寨收买山货的很多，过渡人也特别多，祖父在溪中渡船上，忙个不息。天快夜了，别的雀子皆似乎在休息了，只杜鹃叫个不息。石头泥土为白日晒了一整天，草木为白日晒了一整天，到这时节皆放散一种热气。空气中有泥土气味，有草木气味，且有甲虫类气味。翠翠看着天上的红云，听着渡口飘乡生意人的杂乱声音，心中有些儿薄薄的凄凉。

黄昏照样的温柔，美丽，平静。但一个人若体念到这个当前一切时，也就照样的在这黄昏中会有点儿薄薄的凄凉。于是，这日子成为痛苦的东西了。翠翠觉得好像缺少了什么。好像眼见到这个日子过去了，想在一件新的人事上攀住它，但不成。好像生活太平凡了，忍受不住。

"我要坐船下桃源县过洞庭湖，让爷爷满城打锣去叫我，点了灯笼火把去找我。"

她便同祖父故意生气似的，很放肆的去想到这样一件事，她且想象祖父用各种方法寻觅她皆无结果，到后如何躺在渡船上。

"人家喊，'过渡，过渡，老伯伯，你怎么的！''怎么的！翠翠走了，下桃源县了！''那你怎的？''怎么的吗？拿了把刀，放在包袱里，搭下水船去杀了她！'……"

翠翠仿佛听着这种对话，吓怕起来了，一面锐声喊着她的祖父，一面从坎上跑向溪边渡口去。见到了祖父正把船拉在溪中心，船上人喁喁说着话，小小心子还依然跳跃不已。

"爷爷，爷爷，你拉回来呀！"

那老船夫不明白她的意思，还以为是翠翠要为他代劳了，就说：

"翠翠，等一等，我就回来！"

"你不拉回来了吗？"

"我就回来！"

翠翠坐在溪边，望着溪面为暮色所笼罩的一切，且望到那只渡船上一群过渡人，其中有个吸旱烟的打着火镰吸烟，且把烟杆在船边剥剥的敲着烟灰，忽然哭起来了。

祖父把船拉回来时，见翠翠痴痴的坐在岸边，问她是什么事，翠翠不作声。祖父要她去烧火煮饭，想了一会儿，觉得自己哭得可笑，一个人便回到屋中去。坐在黑黝黝的灶边把火烧燃后，她又走到门外高崖上去，喊叫她的祖父，要他回家里来，在职务上毫不儿戏的老船夫，因为明白过渡人皆是赶回城中吃晚饭的人，来一个就渡一个，不便要人站在那岸边呆等，故不上岸来。只站在船头告翠翠，且让他做点事，把人渡完事后，就会回家里来吃饭。

翠翠第二次请求祖父祖父不理会，她坐在悬崖上，很觉得悲伤。

天夜了，有一匹大萤火虫尾上闪着蓝光，很迅速的从翠翠身旁飞过去，翠翠想，"看你飞得多远！"便把眼睛随着那萤火虫的明光追去。杜鹃又叫了。

"爷爷，为什么不上来？我要你！"

在船上的祖父听到这种带着娇有点儿埋怨的声音，一面粗声粗气的答道："翠翠，我就来，我就来！"一面心中却自言自语："翠翠，爷爷不在了，你将怎么样？"

老船夫回到家中时，见家中还黑黢黢的，只灶间有火光，见翠翠坐在灶边矮条凳上，用手蒙着眼睛。

走过去才晓得翠翠已哭了许久。祖父一个下半天来，皆弯着个腰在船上拉来拉去，歇歇时手也酸了，腰也酸了，照规矩，一到家里就会嗅到锅中所焖瓜菜的味道，且可见到翠翠安排晚饭在灯光下跑来跑去的影子。

祖父说："翠翠，我来慢了，你就哭，这还成吗？我死了呢？"

翠翠不作声。

祖父又说："不许哭，做一个大人，不管有什么事皆不许哭，要硬扎一点，结实一点，方配活到这块土地上！"

　　翠翠把手从眼睛边移开，靠近了祖父身边去，"我不哭了。"

　　两人作饭时，祖父为翠翠说到一些有趣味的故事。因此提到了死去了的翠翠的母亲。两人在豆油灯下把饭吃过后，老船夫因为工作疲倦，喝了半碗白酒，故饭后兴致极好，又同翠翠到门外高崖上月光下去说故事。说了些那个可怜母亲的乖巧处，同时且说到那可怜母亲性格强硬处，使翠翠听来神往倾心。

　　翠翠抱膝坐在月光下，傍着祖父身边，问了许多关于那个可怜母亲的故事。间或吁一口气，似乎心中压上了些分量沉重的东西，想挪移得远一点，才吁着这种气，可是却无从把东西挪开。

　　月光如银子，无处不可照及，山上篁竹在月光下皆成为黑色。身边虫声繁密如落雨。间或不知道从什么地方，忽然会有一只草莺"嗤嗤嗤嗤嘘！"嗤着她的喉咙，不久之间，这小鸟儿又好像明白这是半夜，便仍然闭着那小小眼儿安睡了。

　　祖父夜来兴致很好，为翠翠把故事说下去，就提到了本城人二十年前唱歌的风气，如何驰名于川黔边地。翠翠的父亲，便是唱歌的第一手，能用各种比喻解释爱与憎的结子，这些事也说到了。翠翠母亲如何爱唱歌，且如何同父亲在未认识以前在白日里对歌，一个在半山上竹篁里砍竹子，一个在溪面渡船上拉船，这些事也说到了。

翠翠问："后来怎么样？"

祖父说："后来的事长得很，最重要的事情，就是这种歌唱出了你。"

十四

老船夫做事累了睡了，翠翠哭倦了也睡了。翠翠不能忘记祖父所说的事情，梦中灵魂为一种美妙歌声浮起来了，仿佛轻轻的各处飘着，上了白塔，下了菜园，到了船上，又复飞窜过悬崖半腰——去作什么呢？摘虎耳草！白日里拉船时，她仰头望着崖上那些肥大虎耳草已极熟习。

一切皆像是祖父说的故事，翠翠只迷迷胡胡的躺在粗麻布帐子里草荐上，以为这梦做得顶美顶甜。祖父却在床上醒着张起个耳朵听对溪高崖上大唱了半夜的歌。他知道那是谁唱的，他知道是河街上天保大老走马路的第一着，又忧愁又快乐的听下去。翠翠因为日里哭倦了，睡得正好，他就不去惊动她。

第二天，天一亮翠翠就同祖父起身了，用溪水洗了脸，把早上说梦的忌讳去掉了，翠翠赶忙同祖父去说昨晚上所梦的事情。

"爷爷，你说唱歌，我昨天就在梦里听到一种歌声，又软又缠绵，我像跟了这声音各处飞，飞到对溪悬崖半腰，摘了一大把虎耳草，得到了虎耳草，我可不知道把这个东西交给谁去了。我睡得真好，梦的真有趣！"

祖父温和悲悯的笑着，并不告给翠翠昨晚上的事实。

祖父心里想："做梦一辈子更好，还有人在梦里作宰相咧。"

昨晚上唱歌的，老船夫还以为是天保大老，日来便要翠翠守船，藉故到城里去送药，在河街见到了大老，就一把拉住那小伙子，很快乐的说：

"大老，你这个人，又走车路又走马路，是怎样一个狡滑东西！"

但老船夫却作错了一件事情，把昨晚唱歌人"张冠李戴"了。这两弟兄昨晚上同时到碧溪岨去，为了作哥哥的走车路占了先，无论如何也不肯先开腔唱歌，一定得让那弟弟先唱。弟弟一开口，哥哥却因为明知不是敌手，更不能开口了。翠翠同她祖父晚上听到的歌声，便全是那傩送二老所唱的。大老伴弟弟回家时，就决定了同茶峒地方离开，驾家中那只新油船下驶，好忘却了上面的一切。这时正想下河去看新船装货。老船夫见他冷冷的，不明白他的意思，就用眉眼做了一个可笑的记号，表示他明白大老的冷淡处是装成的，表示他有消息可以奉告。

他拍了大老一下，轻轻的说：

"你唱得很好，别人在梦里听着你那个歌，为那个歌带得很远，走了不少的路！"

大老望着弄渡船的老船夫涎皮的老脸，轻轻的说：

"算了吧，你把宝贝女儿送给了竹雀吧。"

这句话使老船夫完全弄不明白它的意思。大老从一个吊脚楼甬道走下河去了，老船夫也跟着下去，到了河边，见那只新船正在装货，许多油篓子搁到岸边，一个水手正在用茅草扎成长束，备作船舷上挡浪用的茅把，还有人在河边用脂油擦桨板。老船夫问那个坐在大太阳下扎茅把的水手，这船什么日子下行，谁押船。那水手把手指着大老。老船夫搓着手说：

"大老，听我说句正经话，你那件事走车路，不对；走马路，你有份的！"

那大老把手指着窗口说："伯伯，你看那边，你要竹雀做孙女婿，竹雀在那里啊！"

老船夫抬头望到二老，正在窗口整理一个鱼网。

回碧溪岨到渡船上时，翠翠问：

"爷爷，你同谁吵了架，面色那样难看！"

祖父莞尔而笑，他到城里的事情，不告给翠翠一个字。

十五

大老坐了那只新油船向下河走去了，留下傩送二老在家。老船夫方面还以为上次歌声既归二老唱的，在此后几个日子里，自然还会听到那种歌声。一到了晚间就故意从别样事情上，促翠翠注意夜晚的歌声。两人吃完饭坐在屋里，因屋前滨水，长脚蚊子一到黄昏就嗡嗡的叫着，翠翠便把蒿艾束成的烟包点燃，向屋中角隅各处晃着驱逐蚊子。晃了一阵，估计全屋子里皆为

蒿艾烟气薰透了，方搁到床前地上去，再坐在小板凳上来听祖
父说话。从一些故事上慢慢的谈到了唱歌，祖父话说得很妙。
祖父到后发问道：

"翠翠，梦里的歌可以使你爬上高崖去摘那虎耳草，若当真
有谁来在对溪高崖上为你唱歌，你怎么样？"祖父把话当笑话
说着的。

翠翠便也当笑话答道："有人唱歌我就听下去，他唱多久我
也听多久！"

"唱三年六个月呢？"

"唱得好听，我听三年六个月。"

"这不公平吧。"

"怎么不公平？为我唱歌的人，不是极愿意我长远听他的歌
吗？"

"照理说：炒菜要人吃，唱歌要人听。可是人家为你唱，是
要你懂他歌中的意思！"

"爷爷，懂歌中什么意思？"

"自然是他那颗想同你要好的真心！不懂那点心事，不是同
听竹雀唱歌一样了吗？"

"我懂了他的心又怎么样？"

祖父用拳头把自己腿重重的捶着，且笑着："翠翠，你人乖，爷爷笨得很，话也不说得温柔，莫生气。我信口开河，说个笑话给你听。应当当笑话听。河街天保大老走车路，请保山来提亲，我告给过你这件事了，你那神气不愿意，是不是？可是，假若那个人还有个兄弟，走马路，为你来唱歌，向你求婚，你将怎么说？"

翠翠吃了一惊，低下头去。因为她不明白这笑话有几分真，又不清楚这笑话是谁诌的。

翠翠便微笑着轻轻的带点儿恳求的神气说：

"爷爷莫说这个笑话吧。"翠翠站起身了。

"我说的若是真话呢？"

"爷爷你真是个……"翠翠说着走出去了。

祖父说："我说的是笑话，你生我的气吗？"

翠翠不敢牛祖父的气，走近门限边时，就把话引到另外一件事情上去："爷爷看天上的月亮，那么大！"说着，出了屋外，便在那一派清光的露天中站定。站了一忽儿，祖父也从屋中出到外边来了。翠翠于是坐到那白日里为强烈阳光晒热的岩石上去，石头正散发日间所储的余热。祖父就说：

"翠翠，莫坐热石头，免得生坐板疮。"

但自己用手摸摸后，自己便也坐到那岩石上了。

月光极其柔和，溪面浮着一层薄薄白雾，这时节对溪若有
人唱歌，隔溪应和，实在太美丽了。翠翠还记着先前祖父说的
笑话。耳朵又不聋，祖父的话说得极分明，一个兄弟走马路，
唱歌来打发这样的晚上，算是怎么回事？她似乎为了等着这样
的歌声，沉默了许久。

她在月光下坐了一阵，心里却当真愿意听一个人来唱歌。
久之，对溪除了一片草虫的清音复奏以外别无所有。翠翠走回
家里去，在房门边摸着了那个芦管，拿出来在月光下自己吹着。
觉吹得不好，又递给祖父要祖父吹。老船夫把那个芦管竖在嘴
边，吹了个长长的曲子，翠翠的心被吹柔软了。

翠翠依傍祖父坐着，问祖父：

"爷爷，谁是第一个做这个小管子的人？"

"一定是个最快乐的人作的，因为他分给人的也是许多快
乐；可又像是个最不快乐的人作的，因为他同时也可以引起人
不快乐！"

"爷爷，你不快乐了吗？生我的气了吗？"

"我不生你的气。你在我身边，我很快乐。"

"我万一跑了呢？"

"你不会离开爷爷的。"

"万一有这种事，爷爷你怎么样？"

"万一有这种事，我就驾了这只渡船去找你。"

翠翠嗤的笑了。"凤滩茨滩不为凶，下面还有绕鸡笼；绕鸡笼也容易下，青浪滩浪如屋大。爷爷你渡船也能下凤滩茨滩青浪滩吗？那些地方的水，你不说过像疯子吗？"

祖父说："翠翠，我到那时可真像疯子，还怕大水大浪？"

翠翠俨然极认真的想了一下，就说："祖父，我一定不走，可是，你会不会走？你会不会被一个人抓到别处去？"

祖父不作声了，他想到被死亡抓走那一类事情。

老船夫打量着自己被死亡抓走以后的情形，痴痴的看望天南角上一颗星子，心想："七月八月天上方有流星，人也会在七月八月死去吧？"又想起白日在河街上同大老谈话的经过，想起中寨人陪嫁的那座碾坊，想起二老！想起一大堆事情，心中有点儿乱。

翠翠忽然说："爷爷，你唱个歌给我听听，好不好？"

祖父唱了十个歌，翠翠傍在祖父身边，闭着眼睛听下去，等到祖父不作声时，翠翠自言自语说："我又摘了一把虎耳草了。"

祖父所唱的歌便是那晚上听来的歌。

十六

二老有机会唱歌却从此不再到碧溪岨唱歌。十五过去了，十六也过去了，到了十七，老船夫忍不住了，进城往河街去找寻那个年青小伙子，到城门边正预备入河街时，就遇着上次为大老作保山的杨马兵，正牵了一匹骟马预备出城，一见老船夫，就拉住了他：

"伯伯，我正有事情告你，碰巧你就来城里！"

"什么事？"

"天保大老坐下水船到茨滩出了事，闪不知这个人掉到滩下漩水里就淹坏了。早上顺顺家里得到这个信，听说二老一早就赶去了。"

这消息同有力巴掌一样重重的捆了他那么一下，他不相信这是当真的消息。他故作从容的说：

"天保大老淹坏了吗？从不闻有水鸭子被水淹坏的！"

"可是那只水鸭子仍然有那么一次被淹坏了……。我赞成你的卓见，不让那小子走车路十分顺手。"

从马兵言语上，老船夫还十分怀疑这个新闻，但从马兵神气上注意，老船夫却看清楚这是个真的消息了。他惨惨的说：

"我有什么卓见可言？这是天意！……"老船夫说时心中充满了感情。

特为证明那马兵所说的话，有多少可靠处，老船夫同马兵分手后，于是匆匆赶到河街上去。到了顺顺家门前，正有人烧纸钱，许多人围在一处说话。搀加进去听听，所说的便是杨马兵提到的那件事。但一到有人发现了身后的老船夫时，大家便把话语转了方向，故意来谈下河油价涨落情形了。老船夫心中很不安，正想找一个比较要好的水手谈谈。

一会船总顺顺从外面回来了，样子沉沉的，这豪爽正直的中年人，正似乎为不幸打倒，努力想挣扎爬起的神气，一见到老船夫就说：

"老伯伯，我们谈的那件事情吹了吧。天保大老已经坏了，你知道了吧。"

老船夫两只眼睛红红的，把手搓着，"怎么的，这是真事！是昨天，是前天？"

另一个像是赶路同来报信的，插嘴说道："十六中上，船搁到石包子上，船头进了水，大老想把篙撑着，人就弹到水中去了。"

老船夫说："你眼见他下水吗？"

"我还与他同时下水！"

"他说什么？"

"什么都来不及说！这几天来他都不说话！"

老船夫把头摇摇，向顺顺那么溜了一眼。船总顺顺像知道他的心中不安处，说："伯伯，一切是天，算了吧。我这里有大兴场送来的好烧酒，你拿一点去喝罢。"一个伙计用竹筒上了一筒酒，用新桐木叶蒙着筒口，交给了老船夫。

老船夫把酒拿走，到了河街后，低头向河码头走去，到河边天保大老前天上船处去看看。杨马兵还在那里放马到沙地上打滚，自己坐在柳树荫下乘凉，老船夫就走过去请马兵试试那

153

大兴场的烧酒，两人兴致似乎皆好些了，老船夫告给杨马兵，十四夜里二老两兄过碧溪岨唱歌那件事情。

那马兵听到后便说：

"伯伯，你是不是以为翠翠愿意二老应该派归二老……"

话不说完，傩送二老却从河街下来了。这年青人正像要远行的样子，一见了老船夫就回头走去。杨马兵就喊他说："二老，二老，你来，有话同你说呀！"

二老站定了，问马兵"有什么话说"。马兵望望老船夫，就向二老说："你来，有话说！"

"什么话？"

"我听人说你已经走了，——你过来我同你说，我不会吃掉你！"

那黑脸宽肩膊，样子虎虎有生气的傩送二老，勉强似的笑着，到了柳荫下时，老船夫指着河上游远处那座新碾坊说："二老，听人说那碾坊将来是归你的！归了你，派我来守碾子，行不行？"

二老仿佛听不惯这个询问的用意，便不作声。杨马兵看风头有点儿僵，便说："二老，你怎么的，预备下去吗？"那年青人把头点点，就走开了。

老船夫讨了个没趣，赶回碧溪岨去，到了渡船上时，就装作把事情看得极随便似的，告给翠翠。

"翠翠，城里出了件新鲜事情，天保大老驾油船下辰州，掉到茨滩淹坏了。"

翠翠因为听不懂，对于这个报告最先好像全不在意，祖父又说：

"翠翠，这是真事，上次来到这里做保山的杨马兵，还说我早不答应亲事极有见识！"

翠翠瞥了祖父一眼，见他眼睛红红的，知道他喝了酒，且有了点事情不高兴，心中想："谁撩你生气？"船到家边时，祖父不自然的笑着向家中走去，翠翠守船，半天不闻祖父声息，赶回家去看看，见祖父正坐在门槛上编草鞋耳子。

翠翠见祖父神气极不对，就蹲到他身前去。

"爷爷，你怎么的？"

"天保当真死了！二老生了我们的气，以为他家中出这件事情是我们分派的！"

有人在溪边大喊渡船过渡，祖父匆匆出去了。翠翠坐在那

155

屋角隅稻草上，心中极乱，等等还不见祖父回来，就哭起来了。

十七

　　祖父似乎生谁的气，脸上笑容减少了，对于翠翠方面也不大注意了。翠翠像知道祖父已不很疼她，但又像不明白它的原因。但这并不是很久的事，日子一过去，也就好了。两人仍然划船过日子，一切依旧，惟对于生活，却仿佛什么地方有了个看不见的缺口，无法填补起来。祖父过河街去仍然可以得到船总顺顺的款待，但很明显的事，那船总却并不忘掉死去者死亡的原因。二老出北河下辰州走了六百里，沿河找寻那个可怜哥哥的尸骸，毫无结果，在各处税关上贴下招字，返回茶峒来了。过不久，他又过川东去办货，过渡时见到老船夫。老船夫看看那小伙子，好像已完全忘掉了从前的事情，就同他说话。

　　"二老，大六月日头毒人，又上川东去？"

　　"要饭吃，头上是火也得上路！"

　　"要吃饭！二老家还少饭吃！"

　　"有饭吃，爹爹说年青人也不应该在家中白吃不作事！"

"你爹爹好吗？"

"吃得做得，有什么不好。"

"你哥哥坏了，我看你爹爹为这件事情也好像萎悴多了！"

二老听到这句话，不作声了，眼睛望着老船夫屋后那个白塔。他似乎想起了过去那个晚上，那件旧事，心中十分惆怅。

老船夫怯怯的望了年青人一眼，一个微笑在脸上漾开。

"二老，我家里翠翠说，五月里有天晚上，做了个梦，……"说时他又望望二老，见二老并不惊讶，也不厌烦，又接着说，"她梦得古怪，说在梦中被一个人的歌声浮起来，上悬岩摘了一把虎耳草！"

二老把头偏过一旁去作了一个苦笑，心中想到"老头子倒会做作。"这点意思在那个苦笑上，仿佛同样泄露出来，仍然被老船夫看到了，老船夫就说："二老，你不信吗？"

那年青人说："我怎么不相信？因为我做傻子在那边岩上唱过一晚的歌！"

老船夫被一句料想不到的老实话窘住了，口中结结巴巴的说："这是真的……这是假的……"

老船夫的做作处，原意只是想把事情弄明白一点，但一起始自己叙述这段事情时，方法上就有了错处，故反而被二老误会了。他这时正想把那夜的情形好好说出来，船已到了岸边。二老一跃上了岸，就想走去。老船夫在船上显得有点忙乱的样子说：

"二老，二老，你等等我有话同你说，你先前不是说到那个——你做傻子的事情吗？你并不傻，别人方当真为你那歌弄成傻相！"

那年青人虽站定了，口中却轻轻的说："得了够了，不要说了。"

老船夫说："二老，我听人说你不要碾子要渡船，这是杨马兵说的，不是真的吧？"

那年青人说："要渡船又怎样？"

老船夫看看二老的神气，心中忽然高兴起来了，就情不自禁的高声叫着翠翠，要她下溪边来。不知翠翠是故意不从屋里出来，是到别处去了，许久还不见到翠翠的影子，也不闻这个女孩子的声音。二老等了一会看看老船夫那副神气，一句话不说，便微笑着，大踏步同一个挑担粉条白糖货物的脚夫走去了。

过了碧溪岨小山，两人应沿着一条曲曲折折的竹林走去，那个脚夫这时节开了口：

"傩送二老，看那弄渡船的神气，很欢喜你！"

二老不作声，那人就又说道：

"二老，他问你要碾坊还是要渡船，你当真预备做他的孙女婿，接替他那只渡船吗？"

二老笑了，那人又说：

"二老，若这件事派给我，我要那座碾坊。一座碾坊的出息，每天可收七升米，三斗糠。"

二老说："我回来时向我爹爹去说，为你向中寨人做媒，让你得到这座碾坊吧。至于我呢，我想弄渡船是很好的。只是老家伙坏，大老是他弄死的。"

老船夫见二老那么走去了，翠翠还不出来，心中很不快乐，走回家去看看，原来翠翠并不在家。过一会，翠翠提了个篮子从小山后回来了，方知道大清早翠翠已出门掘竹鞭笋去了。

"翠翠，我喊了你好久，你不听到！"

"做什么？"

"一个过渡，……一个熟人，我们谈起你，……我喊你你可不答应！"

"是谁？"

"你猜，翠翠。不是陌生人，……你认识他！"

翠翠想起适间从竹林里无意中听来的话，脸红了，半天不说话。

老船夫问："翠翠，你得了多少鞭笋？"

翠翠把竹篮向地下一倒，除了十来根小小鞭笋外，只是一把大的虎耳草。

老船夫望了翠翠一眼，翠翠两颊绯红跑了。

十八

日子平平的过了一个月，一切人心上的病痛，似乎皆在那么份长长的白日下医治好了。天气特别热，各人皆只忙着流汗，用凉水淘江米酒吃，不用什么心事，心事在人生活中，也就留不住了。翠翠每天皆到白塔下背太阳的一面去午睡，高处既极凉快，两山竹篁里叫得使人发松的竹雀，与其他鸟类，又如此之多，致使她在睡梦里尽为山鸟歌声所浮着，做的梦也便常是顶荒唐的梦。

这不是人的罪过。诗人们会在一件小事上写出一整本整部的诗，雕刻家在一块石头上雕得出骨血如生的人像，画家一撇儿绿，一撇儿红，一撇儿灰，画得出一幅一幅带有魔力的彩画，谁不是为了惦着一个微笑的影子，或是一个皱眉的记号，方弄出那么些古怪成绩？翠翠不能用文字，不能用石头，不能用颜色，把那点心头上的爱憎移到别一件东西上去，却只让她的心，在一切顶荒唐事情上驰骋。她从这分隐秘里，常常得到又惊又喜的兴奋。一点儿不可知的未来，摇撼她的极厉害，她无从完全把那种痴处不让祖父知道。

祖父呢，可以说一切都知道了的。但事实上他又却是个一无所知的人。他明白翠翠不讨厌那个二老，却不明白那小伙子二老怎样。他从船总处与二老处，皆碰过了钉子，但他并不灰心。

"要安排得对一点，方合道理，"他那么想着，就更显得好事多磨起来了。睁着眼睛时，他做的梦比那个外孙女翠翠便更荒唐更寥阔。

他向各个过渡本地人打听二老父子的生活，关切他们如同自己家中一样。但也古怪，因此他却怕见到那个船总同二老了。一见他们他就不知说些什么，只是老脾气把两只手搓来搓去，从容处完全失去了。二老父子方面皆明白他的意思，但那个死去的人，却用一个凄凉的印象，镶嵌到父子心中，两人便对于老船夫的意思，俨然全不明白似的，一同把日子打发下去。

明明白白夜来并不作梦，早晨同翠翠说话时，那作祖父的会说：

"翠翠，翠翠，我做了个好不怕人的梦！"

翠翠问："什么怕人的梦？"

就装作思索梦境似的，一面细看翠翠小脸长眉毛，一面说出他另一时张着眼睛所做的好梦。不消说，那些梦并不是当真怎样使人吓怕的。

一切河流皆得归海，话起始说得纵极远，到头来总仍然是归到使翠翠红脸那件事情上去。待到翠翠显得不大高兴，神气上露出受了点小窘时，这老船夫又才像有了一点儿吓怕，忙着解释，用闲话来遮掩自己所说到那问题的原意。

"翠翠，我不是那么说，我不是那么说。爷爷老了，糊涂了，笑话多咧。"

但有时翠翠却静静的把祖父那些笑话糊涂话听下去，一直听到后来还抿着嘴儿微笑。

根本就不疯；但临到尾声她又令人警觉地跑了火车，拐进燕尾服与哈欠的泥淖，有点风马牛不相及的意思，我不得不考虑到，这个老太婆会间歇性地神经错乱，就像任何女人，不知何时就给你来上一下，全无征兆，因为你看，我测试她也有一会儿了吧，给她做心理分析，可到现在我还得不出一个清晰的结论。

大夫这么想对我十分有利，因为我很乐意待在这儿，又不愿一直装疯卖傻——那太痛苦了，又烦又累。因此我采取了这个折中的办法，也就是，表现得像个清醒的女人，但偶尔也和所有人一样犯糊涂。我相信只要这么做，时醒时癫，就能将那大夫吊住，令他在诊断时摇摆不定，以赢得我所需要的时间，留在康复院中，直至找到我的朋友丽塔·罗维拉，那才是我真正感兴趣的。

当晚我就找到了她。我并没有告诉医生我第一记忆的全部。我只字未提关于我朋友丽塔的事：她也在那个剧院的穹顶之下，与我一同见到了那个怪物。事实上，那天——还有许许多多个日月——丽塔和我坐在一起，朝我微笑，看着深秋的阳光从巨大的穹顶中渗透进来，使面具发明者的嘴变得愈发恐怖。早在那么久远的年代，丽塔就已陪伴在我身边：她是我密不可分的友伴，甚至参与了我最初的记忆。我清楚地记得，那天，她在我身旁不断重复着：那是巴里摩尔——她说着与我父亲同样的话，仿佛是他女性版的轻柔回声。

实际上，丽塔始终以各种形式与我同在——哪怕她住在马里布的家里，而我，习惯待在马德里，夏天则去往阿利坎特的海边。她始终与我同在，在这充斥着可怕邻居与哈欠的世界，在这无聊生活中，一秒都不曾离弃我。

丽塔在许多事上特别像你。我和她也正如我和你，是我内心困惑与景仰交杂的情感推动了我们的结合。这结合也似巴里摩尔的嘴一般等了半天也不来个人！"

"我以为——"老船夫四处一望，并不见翠翠的影子，只见黄狗从山上竹林里跑来，知道翠翠上山了，便改口说，"我以为你们过了渡。"

"过了渡！不得你上船，谁敢开船？"那长年说着，一只水鸟掠着水面飞去，"翠鸟儿归窠了，我们还得赶回家去吃饭！"

"早咧，到河街早咧，"说着，老船夫已跳上了船，且在心中一面说着，"你不是想承继这只渡船吗！"一面把船索拉动，船便离岸了。

"二老，路上累得很！……"

老船夫说着，二老不置可否不动感情听下去，船拢了岸，那年青小伙子同家中长年挑担子翻山走了。那点淡漠印象留在老船夫心上，老船夫于是在两个人身后，捏紧拳头威吓了三下，轻轻的吼着，把船拉回去了。

十九

翠翠向竹林里跑去，老船夫半天还不下船，这件事从傩送二老看来，前途显然有点不利。虽老船夫言词之间，无一句话不在说明"这事有边"，但那畏畏缩缩的说明，极不得体，二老想起他的哥哥，便把这件事曲解了。他有一点愤愤不平，有一点儿气恼，回到家里第三天，中寨有人来探口风，在河街顺顺家中住下，把话问及顺顺，想明白二老的心中，是不是还有意接受那座新碾坊，顺顺就转问二老自己意见怎么样。

二老说："爸爸，你以为这事为你，家中多座碾坊多个人，便可以快活，你就答应了。若果为得是我，我要好好去想一下，过些日子再说它吧。我尚不知道我应当得座碾坊，还应当得一只渡船，因为我命里或只许我撑个渡船！"

探口风的人把话记住，回中寨去报命，到碧溪岨过渡时，见到了老船夫，想起二老说的话，不由得不迷迷的笑着。老船夫问明白了他是中寨人，就又问他过茶峒作些什么事。

那心中有分寸的中寨人说：

"什么事也不作，只是过河街船总顺顺家里坐了一会儿。"

"坐了一定就有话说！"

"话倒说了几句。"

"说了些什么话？"那人不再说了。老船夫却问道：

"听说你们中寨人想把大河边一座碾坊连同家中闺女儿送给河街上顺顺，这事情有不有了点眉目？"

那中寨人笑了，"事情同了，我问过顺顺，顺顺很愿意同中寨人结亲家，又问过那小伙子，……"

"小伙子意思怎么样？"

"他说：我眼前有座碾坊，有条渡船，我本想要渡船，现在就决定要碾坊了。渡船是活动的，不如碾坊固定，这小子会打算盘呢。"

中寨人是个米场经纪人，话说得极有斤两，他明知道"渡船"指得是什么意思，但他可并不说穿。他看到老船夫口唇嚅动，想要说话，中寨人便又抢着说道：

"一切皆是命，可怜顺顺家那个大老，相貌一表堂堂，会淹死在水里！"

老船夫被这句话在心上戳了一下，把想问的话咽住了。中寨人上岸走去后，老船夫闷闷的立在船头，痴了许久。又把二老日前过渡时落漠神气温习一番，心中大不快乐。

翠翠在塔下玩得极高兴，走到溪边高岩上想要祖父唱唱歌，见祖父不理会她，一路埋怨赶下溪边去，到了溪边方见到祖父神气十分沮丧，不明白为什么原因。翠翠来了，祖父看看翠翠的快活黑脸儿，粗卤的笑笑。对溪有扛货物过渡的，便不说什么，沉默的把船拉过溪南，到了中心却大声唱起歌来了。把人渡了过溪，祖父跳上码头走近翠翠身边来，还是那么粗卤的笑着，把手抚着头额。

翠翠说：

"爷爷怎么的，你发痧了？你躺到荫下去，我来管船！"

"你来管船，好的妙的，这只船归你管！"

老船夫似乎当真发了痧，心头发闷，虽当着翠翠还显出硬扎样子，独自走回屋里后，找寻得到一些碎磁片，在自己臂上腿上扎了几下，放出了些乌血，就躺到床上睡了。

翠翠自己守船，心中却古怪的快乐，心想："爷爷不为我唱歌，我自己会唱！"

她唱了许多歌，老船夫躺在床上闭着眼睛，一句一句听下去。心中极乱，但他知道这不是能够把他打倒的大病，他明天就仍然会爬起来的。他想明天进城，到河街去看看，又想起许多旁的事情。

但到了第二天，人虽起了床，头还沉沉的。祖父当真已病了，翠翠显得懂事了些，为祖父煎了一罐大发药，逼着祖父喝，又为过屋后菜园地里摘取蒜苗泡在米汤里作酸蒜苗。一面照料船只，一面还时时刻刻抽空赶回家里来看祖父，问这样那样。祖父可不说什么，只是为一个秘密痛苦着。躺了三天，人居然好了。屋前屋后走动了一下，骨头还硬硬的，心中惦念到一件事情，便预备进城过河街去。翠翠看不出祖父有什么要紧事情，必须当天入城，请求他莫去。

老船夫把手搓着，估量到是不是应说出那个理由。翠翠一张黑黑的瓜子脸，一双水汪汪的眼睛，使他吁了一口气。

他说："我有要紧事情，得今天去！"

翠翠苦笑着说："有多大要紧事情，还不是……"

老船夫知道翠翠脾气，听翠翠口气已有点不高兴，不再说要走了，把预备带走的竹筒，同扣花褡裢搁到长机上后，带点儿谄媚笑着说："不去吧，你担心我会把自己摔死，我就不去吧。我以为天气早上不很热，到城里把事办完了就回来，……不去也得，我明天去！"

翠翠轻声的温柔的说："你明天去也好，你腿还软！"

老船夫似乎心中还不甘服，洒着两手走出去，在门限边一

169

个打草鞋的棒槌，差点儿把他绊了一大跤。稳住了时翠翠苦笑着说：“爷爷，你瞧，还不服气！”老船夫拾起那棒槌，向屋角隅摔去，说道：“爷爷老了！过几天打豹子给你看！”

到了午后，落了一阵行雨，老船夫却同翠翠好好商量，仍然进了城。翠翠不能陪祖父进城，就要黄狗跟去。老船夫在城里被一个熟人拉着谈了许久的盐价米价，又过守备衙门看了一会新买的骡马，方到河街顺顺家里去。到了那里见到顺顺正同三个人打纸牌，不便谈话，就站在身后看了一阵牌，后来顺顺请他喝酒，借口病刚好点不敢喝酒推辞了。牌既不散场，老船夫又不想即走，顺顺似乎并不明白他等着有何话说，却只注意手中的牌。后来老船夫的神气倒为另外一个人看出了，就问他是不是有什么事情。老船夫方忸忸怩怩照老方子搓着他那两只大手，说别的事没有，只想同船总说两句话。

那船总方明白在看牌半天的理由，回头对老船夫笑将起来。

“怎不早说？你不说，我还以为你在看我牌学张子！”

“没有什么，只是三五句话，我不便扫兴，不敢说出！”

船总把牌向桌上一撒，笑着向后房走去了，老船夫跟在身后。

"什么事？"船总问着，神气似乎先就明白了他来此要说的话，显得略微有点儿怜悯的样子。

"我听一个中寨人说你预备同中寨团总打亲家，是不是真事？"

船总见老船夫的眼睛盯着他的脸，想得一个满意的回答，就说："有这事情。"那么答应，意思却是："有了你怎么样？"

老船夫说："真的吗？"

那一个很自然的说："真的。"意思却依旧包含了"真的又怎么样？"一个疑问。

老船夫装得很从容的问："二老呢？"

船总说："二老坐船下桃源好些日子了！"

二老下桃源的事，原来还同他爸爸吵了一阵方走的。船总性情虽异常豪爽，可不愿意间接把第一个儿子弄死的女孩子，又来作第二个儿子的媳妇。若照当地风气，这些事认为只是小孩子的事，大人管不着，二老当真欢喜翠翠，翠翠又爱二老，他也并不反对这种爱怨纠缠的婚姻。但不知怎么的，老船夫的关心处，使二老父子对于老船夫皆有了一点误会了。船总想起家庭间的近事，以为全与这老而好事的船夫有关。

船总不让老船夫再开口了，就语气略粗的说道：

"伯伯，算了吧，我们的口只应当喝酒了，莫再只想替儿女唱歌！你的意思我全明白，你是好意。可是我也求你明白我的意思，我以为我们只应当谈点自己分上的事情，不适宜于想那些年青人的门路了。"

老船夫被一个闷拳打倒后，还想说两句话，但船总却不让他再有说话机会，把他拉出到牌桌边去。

老船夫无话可说，看看船总时，船总虽还笑着谈到许多笑话，心中却似乎很沉郁，把牌用力掷到桌上去，老船夫不说什么，戴起他那个斗笠，自己走了。

天气还早，老船夫心中很不高兴，又进城去找杨马兵。那马兵正在喝酒，老船夫虽推病，也免不了喝个三五杯。回到碧溪岨，走得热了一点，又用溪水去抹身子。觉得很疲倦，就要翠翠守船，自己回家睡去了。

黄昏时天气十分郁闷，溪面各处飞着红蜻蜓。天上已起了云，热风把两山竹篁吹得声音极大，看样子到晚上必落大雨。翠翠守在渡船上，看着那些溪面飞来飞去的蜻蜓，心也极乱。看祖父脸上颜色惨惨的，放心不下，便又赶回家中去。先以为祖父一定早睡了，谁知还坐在门限上打草鞋！

"爷爷，你要多少双草鞋，床头上不是还有十四双吗？怎么不好好的躺一躺？"

老船夫不作声，却站起身来昂头向天空望着，轻轻的说："翠翠，今晚上要落大雨响大雷的！回头把我们的船系到岩下去，这雨大哩。"

翠翠说："爷爷，我真吓怕！"翠翠怕的似乎并不是晚上要来的雷雨。

老船夫似乎也懂得那个意思，就说："怕什么？一切要来的都得来，不必怕！"

二十

夜间果然落了大雨，挟以吓人的雷声。电光从屋脊上掠过时，接着就是訇的一个炸电。翠翠在暗中抖着，祖父也醒了，知道她害怕，且担心她着凉，还起身来把一条布单搭到她身上去。祖父说：

"翠翠，不要怕！"

翠翠说："我不怕！"说了还想说："爷爷你在这里我不怕！"

訇的一个大雷，接着是一种超越雨声而上的洪大倾圮声。两人皆以为一定是溪岸悬崖崩落了；担心到那只渡船，会早已压在崖石上面去了。

祖孙两人便默默的躺在床上听雨声雷声。

但无论如何大雨，过不久，翠翠却仍然就睡着了。醒来时天已亮了，雨不知在何时业已止息，醒来只听到溪两岸山沟里注水入溪的声音，翠翠爬起身来看看祖父还似乎睡得很好，开了门走出去，门前已成为一个水沟，一股水便从塔后哗哗的流来，从前面悬崖直堕而下。并且各处皆是那么一种临时的水道。屋旁菜园地已为山水冲乱了，菜秧皆掩在粗砂泥里了。再走过前面去看看溪里一切，才知道溪中也涨了大水，已满过了码头，水脚快到茶缸边了。下到码头去的那条路，正同一条小河一样，哗哗的泄着黄泥水。过渡的那一条横溪牵定的缆绳，已被水淹去了，泊在岸下的渡船，已不见了。

翠翠看看屋前悬崖并不崩坍，故当时还不注意渡船的失去。但再过一阵，她上下搜索不到这东西，无意中回头一看，屋后白塔已不见了，一惊非同小可。赶忙向屋后跑去，才知道白塔业已坍倒，大堆砖石极凌乱的摊在那儿，翠翠吓慌得不知所措，只锐声叫她的祖父。祖父不起身，也不答应，就赶回家里去，到得祖父床边摇了祖父许久，祖父还不作声。原来这个老年人在雷雨将息时已死去了。

翠翠于是大哭起来。

过一阵，有从茶峒过川东跑差事的人，到了溪边，隔溪喊过渡，翠翠正在灶边一面哭着一面烧水预备为死去的祖父抹澡。

那人以为老船夫一家还不醒，急于过河，喊叫不应，就抛掷小石头过溪，打到屋顶上。翠翠鼻涕眼泪成一片的走出来，跑到溪边高崖前站定。

"喂，不早了！把船划过来！"

"船跑了！"

"你爷爷做什么事情去了呢？他管船！"

"他管船，管五十年的船——他死了啊！"

翠翠一面向隔溪人说着一面大哭起来。那人知道老船夫死了，得进城去报信，就说：

"真死了吗？我回去告他们，要他们弄条船带东西来！"

那人回到茶峒城边时，一见熟人就报告这件事，不多久，全茶峒城里外便皆知道这个消息了。河街上船总顺顺，派人找了一只空船，带了副白木匣子，即刻向碧溪岨撑去。城中杨马兵却同一个老军人，赶到碧溪岨去，砍了几十根大毛竹，用葛藤编作筏子，作为来往过渡的临时渡船。筏子编好后，撑了那个东西，到翠翠家中那一边岸下，留老兵守竹筏来往渡人，自己跑到翠翠家去看那个死者，眼泪湿莹莹的，摸了一会躺在床上硬僵僵的老友，又赶忙着做些应做的事情。到后帮忙的人来了，从大河船上运的棺木也来了，住在城中的老道士，还带了法宝，提了一只公鸡，来尽义务办理念经起水诸事，也从筏上渡过来了。家中人出出进进，翠翠只坐在灶边矮凳上呜呜的哭着。

到了中午，船总顺顺也来了，还跟着一个人抗了一口袋米，一坛酒，火腿猪肉。见了翠翠就说：

"翠翠，爷爷死了我知道了，老年人是必需死的，不要发愁，一切有我！"

各方面看看，就回去了。到了下午入了殓，一些帮忙的回的回家去了，晚上便只剩下了那老道士，杨马兵，同顺顺家派来两个年青长年。黄昏以前老道士用红绿纸剪了一些花朵，用黄泥作了一些烛台。天断黑后，棺木前小桌上点起黄色九品蜡，燃了香，棺木周围也点了小蜡烛，老道士披上那件蓝麻布道服，开始了丧事中绕棺仪式。老道士在前拿着纸幡引路，孝子第二，马兵殿后，绕着那寂寞棺木慢慢转着圈子，两个长年则站在灶边空处，胡乱的打着锣钵。老道士一面闭了眼睛走去，一面且唱且哼，安慰亡灵。提到关于亡魂所到西方极乐世界花香四季时，老马兵就把木盘里的纸花，向棺木上高高撒去。

到了半夜，事情办完了，放过爆竹，蜡烛也快熄灭了，翠翠眼泪婆娑的，赶忙又到灶边去烧火，为帮忙的人办消夜。吃了消夜，老道士歪到死人床上睡着了。剩下几个人还得照规矩在棺木前守夜，老马兵为大家唱丧堂歌取乐，用个空的量米木升子，当作小鼓，把手剥剥剥的一面敲着一面唱下去——唱《王祥卧冰》的事情，唱《黄香扇枕》的事情。

翠翠哭了一整天，也同时忙了一整天，到这时已倦极，把头靠在棺前迷着了。两长年同马兵精神还虎虎的，便轮流把丧堂歌唱下去。但只一会儿，翠翠又醒了，仿佛梦到什么，惊醒后明白祖父已死，于是又幽幽的干哭起来。

"翠翠，翠翠，不要哭啦，人死了哭不回来的！"

老马兵接着就说了一个做新嫁娘的人哭泣的笑话，话语中夹杂了三个粗野字眼儿，因此引起两个长年咕咕的笑了许久。黄狗在屋外吠着，翠翠开了大门，到外面去站了一下，耳听到各处是虫声，天上月色极好，大星子嵌进透蓝天空里，非常沉静温柔。翠翠想：

"这是真事吗？爷爷当真死了吗？"

老马兵原来跟在她的后边，因为他知道女孩子心门儿窄，说不定一炉火闷在灰里，痕迹不露，见祖父去了，自己一切皆已无望，跳崖悬梁，想跟着祖父一块儿去，也说不定！故随时小心监视到翠翠。

老马兵见翠翠痴痴的站着，时间过了许久还不回头，就打着咳叫翠翠说：

"翠翠，露落了，不冷么？"

"不冷。"

"天气好得很！"

"呀……"一颗大流星使翠翠轻轻的喊了一声。

接着南方又是一颗流星划空而下。对溪有猫头鹰叫。

"翠翠，"老马兵业已同翠翠并排一块儿站定了，很温和的说，"你进屋里去了吧，不要胡思乱想！"

翠翠默默的回到祖父棺木前面，坐在地上又呜咽起来。守在屋中两个长年已睡着了。

那一个马兵便幽幽的说道："不要哭了！不要哭了！你爷爷也难过咧。眼睛哭胀喉咙哭嘶有何好处。听我说，爷爷的心事我全都知道，一切有我；我会把一切安排得好好的，对得起你爷爷。我会安排，什么事都会。我要一个爷爷欢喜你也欢喜的人来接收这渡船！不能如我们的意，我老虽老，还能拿镰刀同他们拼命。翠翠，你放心，一切有我！……"

远处不知什么地方鸡叫了，老道士在那边床上胡胡涂涂的自言自语："天亮了吗？早咧！"

二十一

大清早，帮忙的人从城里拿了绳索杠子赶来了。

老船夫的白木小棺材，为六个人抬着到那个倾圮了的塔后山岨上去埋葬时，船总顺顺，马兵，翠翠，老道士，黄狗，皆跟在后面。到了预先掘就的方阱边，老道士照规矩先跳下去，把一点朱砂颗粒同白米，安置到阱中四隅及中央，又烧了一点纸钱，爬出阱时就要抬棺木的人动手下葬，翠翠哑着喉咙干号，伏在棺木上不起身。经马兵用力把她拉开，方能移动棺木。一会儿，那棺木便被新土掩盖了，翠翠还坐在地上呜咽。老道士要回城，去替人做斋，过渡走了。船总把一切事托给老马兵，也赶回城去了。帮忙的皆到溪边去洗手，家中各人还有各人的事，且知道这家人的情形，不便再叨扰，也皆不再惊动主人，过渡回家去了。于是碧溪岨便只剩下三个人，一个是翠翠，一个是老马兵，一个是由船总家派来暂时帮忙照料渡船的秃头陈四四。黄狗因被那秃头打了一石头，对于那秃头仿佛很不高兴，尽是轻轻的吠着。

到了下午，翠翠同老马兵商量，要老马兵回城去把马托给营里人照料，再回碧溪岨来陪她。老马兵回转碧溪岨时，秃头陈四四被打发回城去了。

翠翠仍然自己同黄狗来弄渡船，让老马兵坐在溪岸高崖上玩，或嘶着个老喉咙唱歌给她听。

过三天后船总来商量接翠翠过家里去住，翠翠却想看守祖父的坟山，不愿即刻进城。只请船总过城里衙门去为说句话，许杨马兵暂时同她住住，船总顺顺答应了这件事，就走了。

杨马兵既是个上五十岁了的人，说故事的本领比翠翠祖父高一筹，加之凡事特别关心，做事又勤快又干净，故同翠翠住下来，使翠翠仿佛去了一个祖父，却新得了一个伯父。过渡时有人问及可怜的祖父，黄昏时想起祖父，皆使翠翠心酸，觉得十分凄凉。但这分凄凉日子过久一点，也就渐渐淡薄些了。两人每日在黄昏中同晚上，坐在门前溪边高崖上，谈点那个躺在湿土里可怜祖父的旧事，有许多是翠翠先前所不知道的，说来便更使翠翠心中柔和。又说到翠翠的父亲，那个又要爱情又惜名誉的军人，在当时按照绿营军勇的装束，如何使女孩子动心。又说到翠翠的母亲，如何善于唱歌，而且所唱的那些歌在当时如何流行。

时候变了，一切也自然不同了，皇帝已不再坐江山，平常人还消说？！杨马兵想起自己年青作马夫时，牵了马匹到碧溪岨来对翠翠母亲唱歌，翠翠母亲不理会，到如今这自己却成为这孤雏的唯一靠山唯一信托人，不由得不苦笑！

因为两人每个黄昏必谈祖父，以及这一家有关系的事情，后来便说到了老船夫死前的一切，翠翠因此明白了祖父活时所不提到的许多事。二老的唱歌，顺顺大儿子的死，顺顺父子对于祖父的冷淡，中寨人用碾坊作陪嫁妆奁，诱惑傩送二老，二老既记忆着哥哥的死亡，且因得不到翠翠理会，又被家中逼着接受那座碾坊，意思还在渡船，因此抖气下行，祖父的死因，又如何与翠翠有关……凡是翠翠不明白的事，如今可全明白了。翠翠把事弄明白后，哭了一个夜晚。

过了四七，船总顺顺派人来请马兵进城去，商量把翠翠接到他家中去，作为二老的媳妇。但二老人既在辰州，先就莫提这件事，且搬过河街去住，等二老回来时再看二老意思。马兵以为这件事得问翠翠。回来时，把顺顺的意思向翠翠说过后，又为翠翠出主张，以为名分既不定妥，到一个生人家里去不好，还是不如在碧溪岨等，等到二老驾船回来时，再看二老意思。

这办法决定后，老马兵以为二老不久必可回来的，就依然把马匹托营上人照料，在碧溪岨为翠翠作伴，把一个一个日子过下去。

碧溪岨的白塔，与茶峒风水有关系，塔圮坍了，不重新作一个自然不成。除了城中营管，税局，以及各商号各平民捐了些钱以外，各大寨子也有人拿册子去捐钱。为了这塔成就并不是给谁一个人的好处，应尽每个人来积德造福，尽每个人皆有捐钱的机会，因此在渡船上也放了个两头有节的大竹筒，中部锯了一口尽过渡人自由把钱投进去，竹筒满了马兵就捎进城中首事人处去，另外又带了个竹筒回来。过渡人一看老船夫不见了，翠翠辫子上扎了白线，就明白那老的已作完了自己分上的工作，安安静静躺到土坑里给小虫吃掉了，必一面用同情的眼色瞧着翠翠，一面就摸出钱来塞到竹筒中去。"天保佑你，死了的到西方去，活下的永保平安。"翠翠明白那些捐钱人的意思，心里酸酸的，忙把身子背过去拉船。

可是到了冬天，那个圮坍了的白塔，又重新修好了，那个在月下唱歌，使翠翠在睡梦里为歌声把灵魂轻轻浮起的年青人，还不曾回到茶峒来。

…………

这个人也许永远不回来了，也许"明天"回来！

二十三年四月十九日完成

（选自《边城　湘行散记》,人民文学出版社,2018年4月）

新 与 旧

（光绪……年）

日头黄浓浓晒满了教场坪，坪里有人跑马。演武厅前面还有许多身穿各色号衣的人，在练习十八般武艺。到霜降时节，道尹必循例验操，整顿部伍，执行升降赏罚，因此直属辰沅永靖兵备道各部队都加紧练习，准备过考。演武厅前马扎子上坐得是千总同教官，一面喝茶，一面点名。每个兵士俱有机会选取合手行头，单个儿或配对子舞一回刀枪。驰马尽马匹入跑道后，纵辔奔驰，真个是来去如风，人在马上显本事，便用长矛杀球，或回身射箭。看本领如何，博取采声和嘲笑。

战兵杨金标，名分直属苗防屯务处第二队。这战兵在马上杀了一阵球，又到演武厅来找对手玩"双刀破牌"。执刀的虽来势显得异常威猛，他却拿着两个牛皮盾牌，在地下滚来滚去，真像刀扎不着，水泼不进，相打到十分热闹时，忽然一个红褂子传令兵赶来，站在滴水檐前传话：

"杨金标，杨金标，衙门里有公事，午时三刻过西门外听候使唤！"

战兵听到使唤，故意卖个关子，向地下一跌，算是被对手砍倒了，赶忙抛下盾牌过去回话。传令兵走后，这战兵到马门边歇憩，大家一窝蜂拥过去，皆知道今天中午有案件要办，到时就得过西门外去砍一个人的头。原来这人一面在教场坪营房里混事，一面在城里大衙门当差，不止马上平地有好本领，还是一个当地最优秀的刽子手。

吃过饭后，这战兵身穿双盘云青号褂，包一块绉丝帕头，带了他那把尺来长的鬼头刀，便过西门外等候差事。到晌午时，城中一连响了三个小猪仔炮，不多久，一队人马就拥来了一个被吓得痴痴呆呆的汉子，面西跪在大坪中央，听候发落。这战兵把鬼头刀藏在手拐子后，走过席棚公案边去向监斩官打了个千，请示旨意。得到许可，走近罪犯身后，稍稍估量，手拐子向犯人后颈窝一擦，发出个木然的钝声，那汉子头便落地了。军民人等齐声喝采；(对于这独传拐子刀法喝采！) 这战兵还有事作，不顾一切，低下头直向城隍庙跑去。

　　到了城隍庙，菩萨面前磕了三个头，赶忙躲藏到神前香案下去，不作一声，等候下文。

　　过一会儿，县太爷带领差役鸣锣开道前来进香。上完香，一个跑风的探子，忙匆匆的从外边跑来，跪下回事："禀告太爷，城外某处有一平民被杀，尸首异处，流血一地，凶手去向不明。"

　　县太爷虽明明白白在稍前一时，还亲手抹朱勒了一个斩条，这时节照习惯却俨然吃了一惊，装成毫不知情的神气，把惊堂木一拍，"青天白日之下，有这等事？"

　　即刻差派员役，城厢各处搜索，且限令出差人员，得即刻把人犯捉来。又令人排好公案，预备人犯来时在神前审讯。那作刽子手的战兵，估计太爷已坐好堂，赶忙从神桌下爬出，跪在太爷面前请罪。禀告履历籍贯，声明西门城外那人是他杀的，有一把杀人血刀呈案作证。

　　县太爷把惊堂木一拍，装模作样的打起官腔来问案。刽子手一面对杀人事加以种种分辩，一面就叩头请求太爷开恩。到结果，太爷于是连拍惊堂木，喝叫差役"与我重责这无知乡愚四十红棍！"差役把刽子手揪住按在冷冰冰四方砖地下，

"一五一十""十五二十"那么打了八下，面对太爷禀告棍责已毕。一名衙役把个小包封递给县太爷，县太爷又将它向刽子手身边掼去。刽子手捞着了赏号，一面叩头谢恩，一面口上不住颂扬"青天大人禄位高升"。等到一切应有手续当着城隍爷爷面前办理清楚后，县太爷便打道回衙去了。

一场悲剧必需如此安排，正合符了"官场即是戏场"的俗话，也有理由。法律同宗教仪式联合，即产生一个戏剧场面，且可达到那种与戏剧相同的快乐目的。原因是边疆僻地的统治，本由人神合作，必在合作情形下方能统治下去。即如这样一件事情，当地市民同刽子手，就把它看得十分慎重，尤其是那四十下杀威棍，对于一个刽子手似乎更有意义。统治者必使市民得一印象，即是官家服务的刽子手，杀人时也有罪过，对死者负了点责任。然而这罪过却由神作证，用棍责可以禳除。这件事既已成为习惯，自然会好好的保存下来，直到社会一切组织崩溃改革时为止。

刽子手砍下一个人头，便可得三钱二分银子。领下赏号的战兵，回转营上时必打酒买肉邀请队中兄弟同吃同喝，且与众人讨论刀法，讨论一个人挨那一刀前后的种种，并摹拟先前一时与县正堂在城隍庙里打官话的腔调取乐。

——战兵杨金标，你岂不闻王子犯法，应与庶民同罪？一个战兵，胆敢在青天白日之下，持刀杀人！

——青天大人容禀……

——鬼神在上，为我好好招来！

——青天大人容禀……

于是喊一声打，众人便揪成一团，用筷头乱打乱砍起来。

战兵年纪正二十四岁，尚是个光身汉子，体魄健康，生活自由自在，手面子又好，一切皆来得干得，对于未来的日子，便怀了种种光荣的幻想。"万丈高楼从地起"，同队人也觉得这家伙将来不可小觑。

（民国……年）

时代有了变化，前清时当地著名的刽子手，一口气用拐子刀团团转砍六个人头不连皮带肉，所造成的奇迹不会再有了。时代一变化，"朝廷"改称"政府"，这个小地方毙人时常是十个八个，因此一来，任你怎么英雄好汉，切胡瓜也没那么好本领干得下。被排的全用枪毙代替斩首，于是杨金标变成了一个把守北门城上闩下锁的老士兵。他的光荣时代已经过去，全城人在寒暑交替中，把这个人同这个人的事业早完全忘掉了。

他年纪已六十岁，独身住在城门边一个小屋里。墙板上还挂了两具盾牌，一付虎头双钩，一枝广式土枪，一对护手刀；全套帮助他对于他那个时代那份事业倾心的宝贝。另外还有两根钓竿，一个鱼叉，一个鱼捞兜，专为钓鱼用的。一个葫芦，常常有半葫芦烧酒。至于那把杀人宝刀，却挂在枕头前壁上。（三十年前每当衙门里要杀人时，那把刀先一天就会来个预兆。一入了民国，这刀子既无用处，预兆也没有了。）这把宝刀直到如今一拉出鞘时，还寒光逼人，好像尚不甘心自弃的样子。刀口上尚留下许多半圆形血痕，刮磨不去。老战兵日里无事，就拿了它到城上去，坐在炮台头那尊废铜炮身上，一面晒太阳取暖，一面摸挲它，赏玩它。

城楼上另外还驻扎了一排正规兵士，担负守城责任。全城兵士早已改成新式编制，老战兵却仍然用那个战兵名义，每到月底就过苗防屯务处去领取一两八钱银子，同一张老式粮食券。银子作价折钱，粮食券凭券换八斗四升毛谷子。他的职务是早晚开闭城门，亲自动手上闩下锁。

他会喝一杯酒，因此常到杨屠户案桌边去谈谈，吃猪脊髓川汤下酒。到沙回回屠案边走一趟，带一个羊头或一付羊肚子回家。他懂得点药性，因此什么人生疱生疮，托他找药他必很高兴出城去为人采药。他会钓鱼，也常常一个人出城到碾坝上长潭边去钓鱼，把鱼钓回来焖好，就端钵头到城楼上守城兵士伙里吃喝，大吼几声五魁八马。

大六月三伏天，一切地方热得同蒸笼一样，他却躺在城楼上透风处打鼾。兵士们打拳练"国术"，弄得他心痒手痒时，便也拿了那个古董盾牌，一个人在城上演"夺槊""砍拐子马"等等老玩意儿。

城下是一条长河，每天有无数妇人从城中背了竹笼出城洗衣，各蹲在河岸边，扬起木杵捣衣。或高卷裤管，露出个白白的脚肚子，站在流水中冲洗棉纱。河上游一点有一列过河的跳石，横亘河中，同条蜈蚣一样，凡从苗乡来作买卖的，下乡催租上城算命的，割马草的，贩鱼秧的，跑差的，收粪的，连牵不断从跳石上通过，终日不息。对河一片菜园，全是苗人的产业，绿油油的菜圃，分成若干整齐的方块，非常美观。菜园尽头就是一段山冈，树木郁郁苍苍。有两条大路，一条翻山走去，一条沿河上行，皆进逼苗乡。

城脚边有个小小空地，是当地卖柴卖草交易处，因此有牛杂碎摊子，有粑粑江米酒摊子。并且还有几个打铁的架棚砌炉作生意，打造各式镰刀，砍柴刀，以及黄鳝尾小刀，与卖柴卖草人作生意。

老战兵若不往长潭钓鱼，不过杨屠户处喝酒，就坐在城头铜炮上看人来往。或把脸掉向城里，可望见一个小学校的操坪同课堂。那学校为一对青年夫妇主持，或上堂，或在操坪里玩，城头上全望得清清楚楚。小学生好像很欢喜他们的先生，先生也很欢喜学生。那个女先生间或把他们带上城头来玩，见到老战兵盾牌，女的就请老战兵舞盾牌给学生看。（学生对于那个用牛皮作成绘有老虎眉眼的盾牌，充满惊奇与欢喜，这些小学生知道了这个盾牌后，上学下学一个个悄悄的跑到老战兵家里来看盾牌，也是常有的事。）有时小学生在坪子里踢球，老战兵若在城上，必大声呐喊给输家"打气"。

有一天，又是一个霜降节前，老战兵大清早起来，看看天气很好，许多人家都依照当地习惯大扫除，老战兵也来一个全家大扫除，卷起两只衣袖，头上包了块花布帕子，把所有家业搬出屋外，下河去提了好些水来将家中板壁一一洗刷。工作得正好时，守城排长忽然走来，要他拿了那把短刀赶快上衙门里去，衙门里人找他有要紧事。

他到了衙署，一个挂红带子的值日副官，问了他几句话后，要他拉出刀来看了一下，就吩咐他赶快到西门外去。

一切那么匆促，那么乱，老战兵简直以为是在梦里。正觉得人在梦里他一切也就含含糊糊，不能加以追问，便当真跑到西门外去。到了那儿一看，没有公案，没有席棚，看热闹的人一个也没有。除了几只狗在敞坪里相咬以外，只有个染坊中人，挑了一担白布，在干牛屎堆旁歇憩。一切全不像就要杀人的情形。看看天，天上白日朗朗，一只喜鹊正曳着长尾喳喳喳喳从头上飞过去。

老战兵想："这年代还杀人吗？真是做梦吗？"

敞坪过去一点有条小小溪流，几个小学生正在水中拾石头捉虾子玩，各把书包搁在干牛粪堆上。老战兵一看，全是北门里小学校的学生，走过去同他们说话：

"小先生，小先生，还不赶快走，这里要杀人了！"

几个小孩子一齐抬起头来笑着：

"什么，要杀谁？谁告诉你的？"

老战兵心想："真是做梦吗？"看看那染坊晒布的正想把白布在坪中摊开，老战兵又去同他说话：

"染匠师傅，你把布拿开，不要在这里晒布，这里就要杀人！"

染匠师傅同小学生一样，毫不在意，且同样笑笑的问道：

"杀什么人？你怎么知道？"

老战兵心想，"当真是梦么？今天杀谁，我怎么知道？当真是梦我见谁就杀谁。"

正预备回城里去看看，还不到城门边，只听得有喇叭吹冲锋号。当真要杀人了。队伍已出城，一转弯就快到了。老战兵迷迷糊糊赶忙向坪子中央跑去。一会子队伍到了地，匆促而沉默的散开成一大圈，各人皆举起枪来向外作预备放姿势，果然有两个年纪轻轻的人被绑着跪在坪子里。并且一个是男人，一个是女人，脸色白僵僵的，一瞥之下这两个人脸孔都似乎很熟习，匆遽间想不起这两人如此面善的理由。一个骑马的官员，手持令箭在圈子外土阜下监斩。老战兵还以为是梦，迷迷糊糊走过去向监斩官请示。另外一个兵士，却拖他的手："老家伙，一刀一个，赶快赶快！"

他便走到人犯身边去，擦擦两下，两颗头颅都落了地。见了喷出的血，他觉得这梦快要完结了，一种习惯的力量使他记起三十年前的老规矩，头也不回，拔脚就跑。跑到城隍庙，正有一群妇女在那里敬神，庙祝哗哗的摇着签筒。老战兵不管如何，一冲进来趴在地下就只是磕头，且向神桌下钻去。庙里人见着那么一个人，手执一把血淋淋的大刀，以为不是谋杀犯也就是杀老婆的疯子，吓得要命忙跑到大街上去喊叫街坊。

一会儿，从法场上追来的人也赶到了，同大街上的闲人七嘴八舌说，皆知道他是守北门城的老头子，皆知道他杀了人，且同时断定他已发了疯。原来城隍庙的老庙祝早已死了，本城人年长的也早已死尽了，谁也不注意到这个老规矩，谁也不知道当地有这个老规矩了。

人既然已发疯，手中又拿了那么一把凶刀，谁进庙里去说不定谁就得挨那么一刀，于是大家把庙门即刻倒扣起来，想办法准备捕捉疯子。

老战兵躲在神桌下，只听得外面人声杂乱，究竟是什么原因完全弄不明白。等了许久，不见县知事到来，心里极乱，又不知走出去好还是不走出去好。

再过一会儿，听到庙门外有人拉枪机柄，子弹上了红槽。又听到一个很熟悉的妇人声音说："进去不得，进去不得，他有一把刀！"接着就是那个副官声音："不要怕，不要怕，我们有枪！一见这疯子，尽管开枪打死他！"

老战兵心中又急又乱，不知如何是好，只是迷迷糊糊的想："这真是个怕人的梦！"

接着就有人开了庙门，在门前大声喝着，却不进来。且依旧扳动枪机，俨然即刻就要开枪的神气。许多熟人的声音也听得很分明，其中还有一个皮匠说话。

又听那副官说："进去！打死这疯子！"

老战兵急了，大声嚷着："嗨嗨，城隍老爷，这是怎么的！这是怎么的！"外边人正嚷闹着，似乎谁也不听见这些话。

门外兵士虽吵吵闹闹，谁都是性命一条，谁也不敢冒险当先闯进庙中去。

人丛中忽然不知谁个厉声喊道："疯子，把刀丢出来，不然我们就开枪了！"

老战兵想："这不成，这梦做下去实在怕人！"他不愿意在梦里被乱枪打死。他实在受不住了。接着那把刀果然啷的一声响抛到阶沿上去了。一个兵士冒着大险抢步而前，把刀捡起。其余人众见凶器已得，不足畏惧，齐向庙中一拥而进。

老战兵于是被人捉住，胡胡涂涂痛打了一顿，且被五花大绑起来吊在廊柱上。他看看远近围绕在身边像有好几百人，自己还是不明白做了些什么错事，为什么人家把他当疯子，且不知等会儿有什么结果。眼前一切已证明不是梦里，那么刚才杀人的事也应当是真事了。多年以来本地就不杀人，那么自己当真疯了吗？一切疑问在脑子里转着，终究弄不出个头绪。有个人闪不知从老战兵背后倾了一桶脏水，从头到脚都被脏水淋透。大家又哄然大笑起来。老战兵又惊又气，回头一看原来捉弄他的正是本城卖臭豆豉的王跛子，倒了水还正咧着嘴得意哩。老战兵十分愤怒，破口大骂：

"王五，你个狗肏的，今天你也来欺侮老祖宗！"

大家又哄然笑将起来。副官听他的说话，以为这疯子被水浇醒，已不再痰迷心窍了。方走近他身边，问他为什么杀了人就发疯跑到城隍庙里来，究竟见了什么鬼，闯了什么邪气。

"为什么？你不明白规矩？你们叫我办案，办了案我照规矩来自首，你们一群人追来，要枪毙我，差点儿我不被乱枪打死！

你们做得好，做得好，把我当疯子！你们就是一群鬼。还有什么鬼？我问你……”

…………

军部玩新花样，处决两个共产党，不用枪决，来一个非常手段，要守城门的老刽子手把两个人斩首示众。可是老战兵却不明白衙门为什么要他去杀那两个年青人。那一对被杀头的原来就是北门里小学校两个小学教员。

小学校接事的还不来。北门城管锁钥的职务就出了缺——老战兵死了。军部里于是流行着那个“最后一个刽子手”的笑话，无人不知，并且还依然传说那家伙是痰迷心窍白日见鬼吓死的。

（原载 1935 年 5 月 19 日《独立评论》第 151 期；选自《新与旧》，上海良友图书印刷公司 1936 年 11 月初版）

主 妇

碧碧睡在新换过的净白被单上，一条琥珀黄绸面薄棉被裹着温暖身子。长发披拂的头埋在大而白的枕头中，翻过身时，现出一片被枕头印红的小脸，睡态显得安静和平。眼睛闭成一条微微弯曲的线。眼睫毛长而且黑，嘴角边还酿了一小涡微笑。

家中女佣人打扫完了外院，轻脚轻手走到里窗前来，放下那个布帘子，一点声音把她弄醒了。睁开眼看看，天已大亮，并排小床上绸被堆起像个小山，床上人已不见（她知道他起身后到外边院落用井水洗脸去了）。伸手把床前小台几上的四方表拿起，看看刚六点整。时间还早，但比预定时间已迟醒了二十分。昨晚上多谈了些闲话，一觉睡去直到同房起身也不惊醒。天气似乎极好，人闭着眼睛，从晴空中时远时近的鸽子嗡哨可以推测得出。

　　她当真重新闭了眼睛，让那点声音像个摇床，把她情感轻轻摇荡着。

　　一朵炫目的金色葵花在眼边直是晃，花蕊紫油油的，老在变动，无从捕捉。她想起她的生活，也正仿佛是一个不可把握的幻影，时刻在那里变化。什么是真实的，什么是最可信的，说不清楚。她很快乐。想起今天是个希奇古怪的日子，她笑了。

　　今天八月初五。三年前同样一个日子里，她和一个生活全不相同性格也似乎有点古怪的男子结了婚。为安排那个家，两人坐车从东城跑到西城，从天桥跑到后门，选择新家里一切应用东西，从卧房床铺到厨房碗柜，一切都在笑着、吵着、商量埋怨着，把它弄到屋里。从上海来的姐姐，从更远南方来的表亲，以及两个在学校里念书的小妹妹，和三五朋友，全都像是在身上钉了一根看不见的发条，忙得轮子似的团团转。纱窗，红灯笼，赏下人用的红纸包封，收礼物用的洒金笺谢帖，全部齐备后，好日子终于到了。正同姐姐用剪子铰着小小红双喜字，预备放到糕饼上去，成衣人送来了一袭新衣。"是谁的？""小姐的。"拿起新衣跑进新房后小套间去，对镜子试换新衣。一面换衣一面胡胡乱乱的想着：

……一切都是偶然的，彼一时或此一时。想碰头太不容易，要逃避也枉费心力。一年前还老打量穿件灰色学生制服，扮个男子来北平读书，好个浪漫的想象！谁知道今天到这里却准备扮新娘子，心甘情愿给一个男子作小主妇！

电铃响了一阵，外面有人说话，"东城陈公馆送礼，四个小碟子。"新郎忙匆匆的拿了那个礼物向新房里跑，"来瞧，宝贝，多好看的四个道光款花草小碟子！你在换衣吗？赶快来看看，美极了。"院中又有人说话，来了客人。一个表姐，一个史湘云二世。人在院中大喉咙嚷，"贺喜贺喜，新娘子隐藏到哪里去了？不让人看看新房子，是什么意思？有什么机关布景，不让人看？""大表姐，请客厅坐坐。姐姐在剪花，等你帮帮忙！""新人进房；媒人跳墙；不是媒人，无忙可帮。我还有事得走路，等等到礼堂去贺喜，看王大娘跳墙！"花匠又来了。接着是王宅送礼，周宅送礼；一个送的是仿汝瓷瓶，一个送的是三彩陶俑。新郎又忙匆匆的抱了那礼物到新房中来，"好个花瓶，好个美人。碧碧，你来看！怎么还不把新衣穿好？不合身吗？我不能进来看看吗？""嗨，嗨，请不要来，不要来！"另一个成衣匠又送衣来了。"新衣又来了。让我进来看看好。"

　　于是两人同在那小套间里试换新衣，相互笑着，埋怨着。新郎对于当前正在进行的一件事情，虽十分热心，神气间却俨然以为不是一件真正事情，为了必须从一种具体行为上证实它，便想拥抱她一下，吻她一下。"不能胡闹！""宝贝，你今天真好看！""唉，唉，我的先生，你别碰我，别把我新衣揉皱。让我好好的穿来试试看。你出去，别在这里捣乱！""你完全不像在学校里的样子了。""得了得了。快出去，有人找你！"外面一片人声，果然又是有人来了。新郎把她两只手吻吻，笑着跑了。

　　当她把那件浅红绸子长袍穿好，轻轻的开了那扇小门走出去时，新郎正在窗前安放一个花瓶。一回头见到了她，笑眯眯的上下望着，"多美丽的宝贝！简直是……""唉，唉，老天爷，你两只手全是灰，可别碰我，别碰我。谁送那个瓶子？""周三兄的贺礼。""你这是什么意思？顶喜欢弄这些容易破碎的东西，自己买来不够，还希望朋友也买来送礼。真是古怪脾气！""一点不古怪！这是我的业余兴趣。你不欢喜这个青花瓶子？""唉，唉，别这样。快洗手去再来。你还是玩你的业余宝贝，让我到客厅里去看看。大表姐又嚷起来了。"

　　一场热闹过后，到了晚上，几人坐了汽车回到家里，从水榭跟踪来的客人陆续都散尽了。大姐姐唱了一曲昆曲《游园》，哄着几个小妹妹到厢房客厅里睡觉去了。两人忙了一整天，都似乎十分疲累，需要休息。她一面整理衣物，一面默默的注意到那个朋友。朋友正把五斗橱上一对羊脂玉盒子挪开，把一个青花盘子移到上面去。

像是赞美盘子，又像是赞美她，"宝贝，你真好！你累了吗？一定累极了。"

她笑着，话在心里，"你一定比我更累，因为我看你把那个盘子搬了五次六次。"

"宝贝，今天我们算是结婚了。"

她依然微笑着，意思像在说，"我看你今天简直是同瓷器结婚，一时叫我作宝贝，一时又叫那盘子罐子作宝贝。"

"一个人都得有点嗜好，一有嗜好；总就容易积久成癖，欲罢不能。收藏铜玉，我无财力，搜集字画，我无眼力，只有这些小东小西，不大费钱，也不是很无意思的事情，并且人家不要的我来要，……"

她依然微笑着，意思像在说，"你说什么？人家不要的你要……"

停停，他想想，说错了话，赶忙补充说道，"我玩盘子瓶子，是人家不要的我要。至于人呢，恰好是人家想要而得不到的，我要终于得到。宝贝，你真想不到几年来你折磨我成什么样子？"

她依然笑着，意思像在说，"我以为你真正爱的，能给你幸福的，还是那些容易破碎的东西。"

他不再说什么了，只是莞尔而笑。话也许对。她可不知道他的嗜好原来别有深意。他似乎追想一件遗忘在记忆后的东西，过了一会，自言自语说："碧碧，你今年二十三岁，就作了新嫁娘！当你二十岁时想不想到这一天？甜甜的眉眼，甜甜的脸儿，让一个远到不可想象的男子傍近身边来同过日子。他简直是飞来的。多希奇古怪的事情！你说，这是个人的选择，还是机运的偶然？若说是命定的，倘若我不在去年过南方去，会不会有现在？若说是人为的，我们难道真是完全由自己安排的？"

她轻轻的吁了一口气。一切都不宜向深处走，路太远了。昨天或明天与今天，在她思想中无从联络。一切若不是命定的，至少好像是非人为的。此后料不到的事还多着哪。她见他还继续讨论一个不能有结论的问题，于是说，"我倦了。时间不早了。"

日子过去了。

接续来到两人生活里的，除了工作中的约稿赶稿，帮助年青朋友看稿改稿，自然不外乎欢喜同负气，风和雨，小小的伤风感冒，短期的离别，米和煤价的记录，搬家，换厨子，请客或赴宴，红白喜事庆吊送礼。本身呢，怀了孕又生产，为小孩子一再进出医院，从北方过南方，从南方又过北方。一堆日子一堆人事倏然而来且悠然而逝。过了三年。寄住在外祖母身边的小孩子，不知不觉间已将近满足两周岁。这个从本身分裂出来的幼芽，不特已经会大喊大笑，且居然能够坐在小凳子上充汽车夫，知道嘟嘟嘟学汽车叫吼。有两条肥硕脆弱的小腿，一双向上飞扬的眉毛，一种大模大样无可不可的随和性情。一切身边的都证明在不断变化，尤其是小孩子，一个单独生命的长成，暗示每个新的日子对人赋予一种特殊意义。她是不是也随着这川流不息的日子，变成另外一个人呢？想起时就如同站在一条广泛无涯的湖边一样，有点茫然自失。她赶忙低下头去用湖水洗洗手。她爱她的孩子，为孩子笑哭迷住了。因为孩子，她忘了昨天，也不甚思索明天。母性情绪的扩张，使她显得更实际了一点。

当她从中学毕业，转入一个私立大学里作一年级学生时，接近她的同学都说她"美"。她觉得有点惊奇，不大相信。心想：什么美？少所见，多所怪罢了。有作用的阿谀不准数，她不需要。她于是谨慎又小心的回避同那些阿谀她的男子接近。到后她认识了他。他觉得她温柔甜蜜，聪明而朴素。到可以多说点话时，他告她他好像爱了她。话还是和其余的人差不多，不过说得稍稍不同罢了。当初她还以为不过是"照样"的事，也自然照样搁下去。人事间阻，使她觉得对他应特别疏远些，特别不温柔甜蜜些，不理会他。她在一种谦退逃遁情形中过了两年。在这些时间中自然有许多同学不得体的殷勤来点缀她的学生生活。她一面在沉默里享用这份不大得体的殷勤，一面也就渐成习惯，用着一种期待，去接受那个陌生人的来信。信中充满了谦卑的爱慕，混和了无望无助的忧郁。她把每封来信从头看到末尾，随后便轻轻的叹了一口气，把那些信加上一个特别记号，收藏到个小小箱子里去了。毫无可疑那些冗长的信是能给她一点秘密快乐，帮助她推进某种幻想的。间或一时也想回个信，却不知应当如何措词。生活呢，相去太远；性情呢，不易明白。

说真话，印象中的他瘦小而羞怯，似乎就并不怎么出色。两者之间，好像有一种东西间隔，也许时间有这种能力，可以把那种间隔挪开，那谁知道。然而她已慢慢的从他那长信习惯于看到许多微嫌卤莽的字眼。她已不怕他。一点爱在沉默里生长了。她依然不理睬他，不曾试用沉默以外任何方法鼓励过他，依旧很谨慎的保持那个距离。她其所以这样作，与其说是为他，不如说是为另外一些不相干的人。她怕人知道，怕人嘲笑，连自己姐姐也不露一丝儿风。然而这是可能的吗？

自然是不可能的。她毕了业，出学校后便住在自己家里，他知道了，计算她对待他应当不同了一点，便冒昧乘了横贯南北的火车，从北方一个海边到她的家乡来看她。一种相当勉强彼此都充满了羞怯情绪的晤面，一种不知从何说起的晤面。到临走时，他问她此后作何计划。她告他说得过北平念几年书，看看那个地方大城大房子。到了北平半年后，他又从海边来北平看她。依然是那种用微笑或沉默代替语言的晤面。临走时，他又向她说，生活是有各种各样的，各有好处也各有是处的，此后是不是还值得考虑一下？看她自己。一个新问题来到了她的脑子里，此后是到一个学校里去还是到一个家庭里去？她感觉徘徊。末了她想：一切是机会，幸福若照例是孪生的，昨天碰头的事，今天还会碰头。三年都忍受了，过一年也就不会飞，不会跑；——还是且搁下吧。如此一来，当真又搁了半年。另外一个新的机会使她和他成为东海边一个学校的同事。

同在一处时，他向她很蕴藉的说，那些信已快写完了，所以天就让他和她来在一处作事。倘若她不十分讨厌他，似乎应当想一想，用什么法子使他那点痴处保留下来，成为她生命中一种装饰。一个女人在青春时，是需要这个装饰的。

为了更谨慎起见，她笑着说，她实在不大懂这个问题，也无从思索这问题，因为问题太艰深。倘若当真把信写完了，那么就不必再写，岂不省事？他神气间有点不高兴，被她看出了。她随即问他，为什么许多很好看的女人他不麻烦，却老缠住她，她又并不是什么美人。事实上她很平凡，老实而不调皮。说真话，不用阿谀，好好的把道理告给她。

他的答复很有趣，美是不固定无界限的名词，凡事凡物对一个人能够激起情绪、引起惊讶、感到舒服就是美。她由于聪明和谨慎，显得多情而贞洁，容易使人关心或倾心。他觉得她温和的眼光能驯服他的野心，澄清他的杂念。他认识了很多女子，征服他，统一他，唯她有这种魔力或能力。她觉得这解释还有意思，也新鲜。不十分诚实，然而美丽。近于阿谀，至少却与一般阿谀不同。她还不大了解一个人对于一个人狂热的意义，却乐于得人信任，得人承认。虽一面也打算到两人再要好一点，接近一点，那点"惊讶"也许就会消失，依然同他订婚而且结婚了。

结婚后，她记着他说的一番话，很快乐的在一份新的生活中过日子。但她逐渐发现，两人生活习惯全不相同，她便尽力去适应。她一面希望在家庭中成一个模范主妇，一面还想在社会中成一个模范主妇。为人爱好而负责，谦退而克己。她的努力，并不白费，在戚友方面获得普遍的赞颂和同情，在家庭方面无事不井井有条。然而恰如事所必至，那贴身的一个人，因相互之间太密切，她发现了他对她那点"惊讶"，好像被日常生活在腐蚀，越来越少，而另外一种因过去生活已成习惯的任性处，粗疏处，却日益显明。她已明白什么是狂热，且知道他对她依然保有那种近于童稚的狂热，但这东西对日常生活却毫无意义，不大需要。这狂热在另一方面的滥用或误用，更增加她的戒惧。她想照他先前所说的征服他，统一他，实办不到，于是间或不免感到一点幻灭，以及对主妇职务的厌倦。也照例如一般女子，以为结婚是一种错误，一种自己应负一小半责任的错误。她爱他又稍稍恨他。他看出两人之间有一种变迁，他冷了点。工作中的进展，因成家而十分显明，她也明确无误的体会到。

这变迁自然是不可免的。她需要对于这个有更多的了解，更深的认识。明白"惊讶"的消失，事极自然，惊讶的重造，如果她善于调整或控制，也未尝不可能。由于年龄或性别的限制，这事她作不到。既昧于两性间在情绪上自然的变迁，当然有时就在平静生活里搀入一点眼泪，因此每月随同周期而采短期的悒郁，无聊，以及小小负气，几乎成为固定的一份。她才二十六岁，还不到能够冷静的分析自己的年龄。她为了爱他，退而从容忍中求协妥，对他行为不图了解但求容忍。这容忍正是她厚重品德的另一面。然而这有个限度，她常担心他的行为有一时会溢出她容忍的限度。

他呢，是一个血液里铁质成分太多，精神里幻想成分太多，生活里草率任性习惯太多的男子。结婚以前是个用社会作学校，用社会作家庭的男子。也机智，也天真。为人热情而不温柔，好事功，却缺少耐性。虽长于观察人事，然拙于适应人事。

爱她，可不善于媚悦她。忠于感觉而忽略责任。特别容易损害
她处，是那个热爱人生富于幻想忽略实际的性格，那份性格在
他个人事业上能够略有成就，在家庭方面就形成一个不可救药
的弱点。他早看出自己那点毛病，在预备结婚时，为了适应另
外一人的情感起见，必须改造自己。改造自己最具体方法，是
搁下个人主要工作，转移嗜好，制止个人幻想的发展。他明白
玩物丧志，却想望收集点小东小西，因此增加一点家庭安定幸
福。婚后他对于她认识得更多了一点，明白她对他的希望是"长
处保留，弱点去掉"。她的年龄，还不到了解"一个人的性格，
在某一方面是长处，于另一方面恰好就是短处"。他希望她对他
多有一分了解，比她那容忍美德更需要。到后他明白这不可能。
他想："人事常常得此则失彼，有所成必有所毁，服从命定未必
是幸福，但也未必是不幸。如今既不能超凡入圣，成一以自己
为中心的人，就得克制自己，尊重一个事实。既无意高飞，就
必需剪除翅翼。"三年来他精神方面显得有点懒惰，有点自弃，
有点衰老，有点俗气，然而也就因此，在家庭生活中显得多有
一点幸福。

　　她注意到这些时，听他解释到这些时，心中自然觉得有些

矛盾。一种属于独占情绪与纯理性相互冲突的矛盾。她相信他解释的一部分。对这问题思索向深处走，便感到爱怨的纠缠，痛苦与幸福平分，十分惶恐，不知所向。所以明知人生复杂，但图化零为整，力求简单。善忘而不追究既往，对当前人事力图尽责。删除个人理想，或转移理想成为对小孩关心。易言之，就是尽人力而听天命。当两人在熟人面前被人称谓"佳偶"时，就用微笑表示"也像冤家"的意思；又或从旁人神气间被目为"冤家"时，仍用微笑表示"实是佳偶"的意思。事实也恰恰如此。在一般人看来她很幸福快乐，她自己也就不发掘任何愁闷。她承认现实，现实不至于过分委屈她时，她照例是愉快而活泼，充满了生气过日子的。

过了三年。他从梦中摔碎了一个瓶子，醒来时数数所收集的小碟小碗，已将近三百件。那是压他性灵的沙袋，铰他幻想的剪子。他接着记起了今天是什么日子，而对着尚在沉睡中的她，回想起三年来两人的种种过去。因性格方面不一致处，相互调整的努力，因力所不及，和那意料以外的情形，在两人生活间发生的变化。且检校个人在人我间所有的关系，某方面如何种下了快乐种子，某方面又如何收获了些痛苦果实。更无怜悯的分析自己，解剖自己，爱憎取予之际，如何近于笨拙，如何仿佛聪明。末后便想到那种用物质嗜好自己剪除翅翼的行为，看看三年来一些自由人的生活，以及如昔人所说"跛者不忘履"，情感上经常与意外的斗争，脑子渐渐有点胡涂起来了。觉得应当离开这个房间，到有风和阳光的院子里走走，吹吹风，让早上头脑清楚些，就穿上衣，轻轻的出了卧房。到她醒来时，他已在院中水井边站立一点钟了。

他在井边静静的无意识的觑着院落中那株银杏树，看树叶间微风吹动的方向。辨明风向哪方吹，应向哪方吹，俨然就可以借此悟出人生的秘密。他想，一个人心头上的微风，吹到另外一个人生活里去时，是偶然还是必然？在某种人常受气候年龄环境所控制，在某种人又似乎永远纵横四溢，不可范围，谁是最合理的？人生的理想，是情感的节制恰到好处，还是情感的放肆无边无涯？生命的取予，是昨天的好，当前的好，还是明天的好？不妨再深入一点儿，什么才可说是"好"？有无一定的界限？还只是一种比较感觉？

注目一片蓝天，情绪作无边岸的游泳，仿佛过去未来，以及那个虚无，他无往不可以自由前去。他本身就是一个抽象。直到自觉有点茫然时，他才知道自己原来还是站在一个葡萄园的井水边。他摘了一片叶子在手上，想起一个贴身的她，正同葡萄一样，紧紧的植根泥土里，那么生活贴于实际。他不知为什么对自己忽然发生了一点怜悯，一点混和怜悯的爱。"太阳的光和热给地上万物以生命悦乐，我也能够这样做去，必需这样做去。高空不是生物所能住的，我因此应分得紧紧贴近地面。"

躺在床上的她稍稍不同。

她首先追究三年来属于物质环境的变迁，因这变迁而引起的轻微惆怅，与轻微惊讶。旋即从变动中的物质的环境，看出有一种好像毫不改变的东西。她觉得希奇（似乎希奇）。原来一切在寒暑交替中都不同了，可是个人却依然和数年前在大学校里读书时差不多。这种差不多的地方，从一些生人熟人眼色语言里可以证明，从一面镜子中也可以证明。

她记起一个朋友提起关于她的几句话，说那话时朋友带着一种可笑的惊讶神气。"你们都说碧碧比那新娘子表妹年纪大，已经二十六岁，有了个孩子。二十六岁了，谁相信？面貌和神气，都不像个大人，小孩子已两岁，她自己还像个孩子！"

一个老姑母说的笑话更有意思："碧碧，前年我见你，年纪像比大弟弟小些，今年我看你，好像比五弟弟也小些了。你在新娘子时比姐姐好看，生了孩子，比妹妹也好看了。你今年二十六岁，我看只是二十二岁。"

想起老辈这些有意寻开心的话，她觉得好笑。人已二十六岁，再过四个足年就是三十，一个女子青春的峰顶，接着就是那一段峻急下坡路；一个妇人，一个管家婆，一个体质日趋肥硕性情日变随和的中年太太，再下去不远就是儿孙绕膝的老祖母。一种命定的谁也不可避免的变化。虽然这事在某些人日子过得似乎特别快，某些人又稍慢一些，然而总得变化！可是如今看来，她却至少还有十个年头才到三十岁关口。在许多人眼睛里因为那双眼睛同一张甜甜的脸儿，都把她估计作二十二到二十四岁。都以为她还是大学里二年级学生。都不大相信她会作了三年主妇，还有了个两岁大孩子。算起来，这是一个如何可笑的错误！这点错误却俨然当真把她年龄缩小了。从老姑母戏谑里，从近身一个人的狂热转到工作成就上，都证明这错误是很自然的，且将继续下去。仿佛虽然岁月在这个广大人间不息的成毁一切，在任何人事上都有新和旧的交替，但间或也有例外，就是属于个人的青春美丽的常驻。这美丽本身并无多大意义，尤其是若把人为的修饰也称为美丽的今日。好处却在过去一时，它若曾经激动过一些人的神经，缠缚着一些人的感情，当前还好好保存，毫无损失。那些陌生的熟习的远远近近的男子，因她那青春而来的一点痴呆处，一点卤莽处，一点从淡淡的友谊而引起的忧郁或沉默，一点从微笑或一瞥里新生的爱，都好好保存，毫无损失。她心中觉得快乐。她很满意自己那双干净而秀气浅褐颜色的小手。她以为她那眉眼耳鼻，上帝造作时并不十分马虎。她本能的感觉到她对于某种性情的熟人，能够煽起他一种特别亲切好感，若她自愿，还可给予那些陌生人一点烦恼或幸福（她那对一个女子各种德性的敏感，也就因为从那各种德性履行中，可以得到旁人对她的赞颂，增加旁人对她的敬重）。她觉得青春的美丽能征服人，品德又足相副，不是为骄傲，不是为虚荣，只为的是快乐；美貌和美德，同样能给她以快乐。

其时她正想起一个诗人所说的"日子如长流水逝去，带走了这世界一切，却不曾带走爱情的幻影，童年的梦，和可爱的人的笑和颦"，有点害羞，似乎因自己想象的荒唐处而害羞。他回到房中来了。

她看他那神色似乎有点不大好。她问他说：

"怎么的？不记得今天是什么日子了吗？为什么一个人起来得那么早，悄悄跑出去？"

他说："为了爱你，我想起了许多我们过去的事情。"

"我呢，也想起许多过去的事情。我今天很快乐，因为今天是我们两个人最可纪念的一天！"

他勉强微笑着说，"宝贝，你是个好主妇。你真好，许多人都觉得你好。"

"许多人，许多什么人？人家觉得我好，可是你却不大关心我，不大注意我。你不爱我！至少是你并不整个属于我。"她说的话虽像挺真，却毫无生气意思。故意装作不大高兴的神气，把脸用被头蒙住，暗地里咕咕笑着。

一会儿猛然把绸被掀去，伸出两条圆圆的臂膀搂着他的脖子，很快乐的说道："××，你不知道我如何爱你！"

一缕新生忧愁侵入他的情绪里。他不知道自己应当如何来努力，就可以使她高兴一点，对生活满意一点，对他多了解一点，对她自己也认识清楚一点。他觉得她太年青了，精神方面比年龄尤其年青。因此她当前不大懂他，此后也不大会懂他。虽然她爱他，异常爱他。他呢，愿意如她所希望的"完全属于她"，可是不知道如何一来，就能够完全属于她。

1936 年作于北平

（原载 1937 年 3 月《月报》一卷三期；选自《沈从文小说选》，人民文学出版社，2002 年 1 月）

看 虹 录

一个人二十四点钟内生命的一种形式

第 一 节

晚上十一点钟。

半点钟前我从另外一个地方归来，在离家不多远处，经过一个老式牌楼，见月光清莹，十分感动，因此在牌楼下站了那么一忽儿。那里大白天是个热闹菜市，夜中显得空阔而静寂。空阔似乎扩张了我的感情，寂静却把压缩在一堆时间中那个无形无质的"感情"变成为一种有分量的东西。忽闻嗅到梅花清香，引我向"空虚"凝眸。慢慢的走向那个"空虚"，于是我便进到了一个小小的庭院，一间素朴的房子中，傍近一个火炉旁。

在那个素朴小小房子中，正散溢梅花芳馥。像是一个年夜，远近有各种火炮声在寒气中爆响。在绝对单独中，我开始阅读一本奇书。我谨谨慎慎翻开那本书的第一页，有个题词，写得明明白白：

神在我们生命里

第 二 节

炉火始炽，房中温暖如春天，使人想脱去一件较厚衣服，换上另外一件较薄的。橘红色灯罩下的灯光，把小房中的墙壁、地毯和一些触目可见的事事物物，全镀上一种与世隔绝的颜色，酿满一种与世隔绝的空气。

近窗边朱红漆条桌上，一个秋叶形建瓷碟子里，放了个小小的黄色柠檬，因此空气中还有些柠檬辛香。

窗帘已下垂，浅棕色的窗帘上绘有粉彩花马，仿佛奔跃于房中人眼下。客人来到这个地方，已完全陷入于一种离奇的孤寂境界。不过只那么一会儿，这境界即从客人心上消失了。原来主人不知何时轻轻悄悄走入房中，火炉对面大镜中，现出一个人影子。白脸长眉，微笑中带来了些春天的嘘息。发鬓边蓬蓬松松，几朵小蓝花聚成一小簇，贴在有式样的白耳后，俨若向人招手，"瞧，这个地位多得体，多美妙！"

手指长而柔，插入发际时，那张微笑的脸便略微倾侧，起始破坏了客人印象中另一个寂静。

"真对不起，害你等得多闷损！"

"不。我一点不。房中很暖和，很静，对于我，真正是一种享受！"

微笑的脸消失了。火炉边椅子经轻轻的移动，在银红缎子坐垫上睡着的一只白鼻白爪小黑猫儿，不能再享受炉边的温暖，跳下了地，伸个懒腰，表示被驱逐的不合理，难同意，慢慢的走开了。

案桌上小方钟达达响着，短针尖在八字上。晚上八点钟。

客人继续游目四瞩，重新看到窗帘上那个装饰用的一群小花马，用各种姿势驰骋。

"你这房里真暖和，简直是一个小温室。"

"你觉得热吗？衣穿得太厚。我打开一会儿窗子。"

客人本意只是赞美房中温暖舒适，并未嫌太热，这时节见推开窗子，不好意思作声。

窗外正飘降轻雪。窗开后，一片寒气和沙沙声从窗口通入。窗子重新关上了。

"我也觉得热起来了。换件衣服去。"

主人离开房中一会儿。

重新看那个窗帘上的花马。仿佛这些小小东西在奔跃，因为重新在单独中。梅花很香。

主人换了件绿罗夹衫，显得瘦了点。

"穿得太薄了，不怕冷吗？招凉可麻烦。药总是苦的，纵加上些糖，甜得不自然。"

"不冷的！这衣够厚了。还是七年前缝好，秋天从箱底里翻出，以为穿不得，想送给人。想想看，送谁？自己试穿穿看吧，末后还是送给了自己。"侧面向炉取暖，一双小小手伸出作向火姿势，风度异常优美。还来不及称赞，手已缩回翻翻衣角，"这个夹衣，还是我自己缝的！我欢喜这种软条子罗，重重的，有个分量。"

"是的，这个对于你特别相宜。材料分量重，和身体活泼轻盈对比，恰到好处。"要说的完全都溶解在一个微笑里了。主人明白，只报以微笑。

衣角向上翻转时，纤弱的双腿，被鼠灰色薄薄丝袜子裹着，如一双美丽的小白杨树，如一对光光的球杖，——不，恰如一双理想的腿。这是一条路，由此导人想象走近天堂。天堂中景象素朴而离奇，一片青草，芊绵绿芜，寂静无声。

什么话也不说，于是用目光轻轻抚着那个微凸的踝骨，敛小的足胫，半圆的膝盖，……一切都生长得恰到好处，看来令人异常舒服，而又稍稍纷乱。

仿佛已感觉到这种目光和遐想行旅的轻微亵渎，因此一面便把衣角放下，紧紧的裹着膝部，轻的吁了一口气。"你瞧我袜子好不好？颜色不大好，材料好。"瘦的手在衣下摸着那袜子，似乎还接着说，"材料好，裹在脚上，脚也好看多了，是不是？"

"天气一热，你们就省事多了。"意思倒是"热天你不穿袜子，更好看。"

衣角复飐起一些，"天热真省事。"意思却在回答，"大家都说我脚好看，哪里有什么好看。"

"天热小姐们鞋子也简单。"（脚踵脚趾通好看。）

"年年换样子，费钱！"（你欢喜吗？）

"任何国家一年把钱用到顶愚蠢各种事情上去，总是万万千千的花。年青女孩子一年换两种皮鞋样子，费得了多少事！"（只要好看，怕什么费钱？一个皮鞋工厂的技师，对于人类幸福的贡献，并不比一个□□厂的技师不如！）

"这个问题太深了，不是我能说话的。我倒像个野孩子，一到海边，就只想赤脚踢沙子玩。"（我不怕人看，不怕人吻，可是得看地方来。）

"今年新式浴衣一定和去年又不同。"（你裸体比别的女人更好看。）

这种无声音的言语，彼此之间都似乎能够从所说及的话领会得出，意思毫无错误。到这时节，主人笑笑，沉默了。一个聪明的女人的羞怯，照例是贞节与情欲的混合。微笑与沉默，便包含了奖励和趋避两种成分。

主人轻轻的将脚尖举举。（你有多少傻想头，我全知道！可是傻得并不十分讨人厌。）

脚又稍稍向里移，如已被吻过后有所逃避。（够了，为什么老是这么傻。）

"你想不出你走路时美到什么程度。不拘在什么地方，都代表快乐和健康。"可是客人开口说的却是"你喜欢爬山，还是在海滩边散步？"

"我当然欢喜海，它可以解放我，也可以满足你。"主人说的只是"海边好玩得多。潮水退后沙上湿湿的，冷冷的，光着脚走去，无拘无束，极有意思。"

"我喜欢在沙子里发现那些美丽的蚌壳，美丽真是一种古怪东西。"（因为美，令人崇拜，见之低头。发现美接近美不仅仅使人愉快，并且使人严肃，因为俨然与神对面！）

"对于你，这世界有多少古怪东西！"（你说笑话，你崇拜，低头，不过是想想罢了。你并不当真会为我低头的。你就是个古怪东西，想起许多不端重的事，却从未做过一件失礼貌的事，很会保护你自己。）

"是的，我看到的都是别人疏忽了的，知道的好像都不是'真'的，居多且不同别人一样的。这可说是一种'悲剧'"。（譬如说，你需要我那么有礼貌的接待你吗？就我知道的说来，你是奖励我做一点别的事情的。）

"近来写了多少诗？"（语气中稍微有点嘲讽，你成天写诗，热情消失在文字里去了，所以活下来就完全同一个正经绅士一样的过日子。)

"我在写小说。情感荒唐而夸饰，文字艳佚而不庄。写一个荒唐而又浪漫的故事，独自在大雪中猎鹿，简直是奇迹，居然就捉住了一只鹿。正好像一篇童话，因为只有小孩子相信这是可能的一件真实事情，且将超越真实和虚饰这类名词，去欣赏故事中所提及的一切，分享那个故事中人物的悲欢心境。"（你看它就会明白。你生命并不缺少童话一般荒唐美丽的爱好，以及去接受生活中这种变故的准备。你无妨看看，不过也得小心！）

主人好像完全理解客人那个意思，因此带着微笑说："你故事写成了，是不是？让我看看好。让我从你故事上测验一下我的童心。我自己还不知道是否尚有童心！"

客人说，"是的，我也想用你对于这个作品的态度和感想，测验一下我对于人性的理解能力。平时我对于这种能力总觉得怀疑，可是许多人却称赞我这一点，我还缺少自信。"

主人因此低下头，（一朵百合花的低垂，）来阅读那个"荒唐"故事。在起始阅读前，似乎还担心客人的沉闷，所以间不久又抬起头瞥客人一眼。眼中有春天的风和夏天的云，也好受，也好看。客人于是说，"不要看我，看那个故事吧。不许无理由生气着恼！"

"我看你写的故事，要慢慢的看。"

"是的，这是一个故事，要慢慢的看，才看得懂。"

"你意思是说，因为故事写得太深——还是我为人太笨？"

"都不是。我意思是文字写得太晦，和一般习惯不大相合。你知道，大凡一种和习惯不大相合的思想行为，有时还被人看做十分危险，会出乱子的！"

"好，我试一试看，能不能从这个作品发现一点什么。"

于是主人静静的把那个故事看下去。客人也静静的看下去——看那个窗帘上的花马。马似乎奔跃于广漠无际一片青芜中消失了。

客人觉得需要那么一种对话，来填补时间上的空虚。

……太美丽了。一个长得美丽的人，照例不大想得到由于这点美观，引起人多少惆怅，也给人多少快乐！

……真的吗。你在说笑话罢了。你那么呆呆的看着我脚，是什么意思？你表面老实，心中放肆。我知道你另外一时，曾经用目光吻过我的一身，但是你说的却是"马画得很有趣味，好像要各处跑去。"跑去的是你的心！如今又正在作这种行旅的温习。说起这事时我为你有点羞惭，然而我并不怕什么。我早知道你不会做出什么真正吓人的行为。你能够做的就只是这种漫游，仿佛一个旅行家进到了另外一个种族宗教大庙里，无目的的游览，因此而彼，带着一点惶恐敬惧之忧，因为你同时还有犯罪不净感在心上占绝大势力。

……是的，你猜想的毫无错误。我要吻你的脚趾和脚掌，膝和腿，以及你那个说来害羞的地方。我要停顿在你一身这里或那里。你应当懂得我的期望，如何诚实，如何不自私。

……我什么都懂，只不懂你为什么只那么想，不那么作。

房中只两人，院外寂静，惟闻微雪飘窗。间或有松树上积雪下堕，声音也很轻。客人仿佛听到彼此的话语，其实听到的只是自己的心跳。

炉火已渐炽。

主人一面阅读故事，一面把脚尖微触地板，好像在指示客人，"请从这里开始。我不怕你。你不管如何胡闹也不怕你。我知道你要做些什么事，有多少傻处，慌慌张张处。"

主人发柔而黑，颈白如削玉刻脂，眉眼妩媚迎人，颊边带有一小小圆涡，胸部微凸，衣也许稍微厚了一点。

目光吻着发间，发光如鬃，柔如丝绸。吻着白额，秀眼微闭。吻着颊，一种不知名的芳香中人欲醉。吻着颈部，似乎吸取了一个小小红印。吻着胸脯，左边右边，衣的确稍厚了一点。因此说道：

"□□，你那么近着炉子，不热吗？"

"我不怕热，我怕怜！"说时头也不抬，咕咕的笑起来。"我是个猫儿，一只好看不喜动的暹罗猫，一到火炉边就不大想走动。平日一个人常常整天坐在这里，什么也不想，也不做。"说时又咕咕的笑着。

"文章看到什么地方？"

"我看到那只鹿站在那个风雪所不及的孤独高岩上，眼睛光光的望着另一方，自以为十分安全，想不到那个打猎的人，已经慢慢的向它走去。那猎人满以为伸一手就可捉住它那只瘦瘦的后脚，他还闭了一只眼睛去欣赏那鹿脚上的茸毛，正像十分从容。你描写得简直可笑，想象不真。美丽，可不真实。"

"请你看下去！看完后再批评。"

看下去，笑容逐渐收敛了。他知道她已看到另一个篇章。

描写那母鹿身体另外一部分时，那温柔兽物如何近于一个人。那母鹿因新的爱情从目光中流出的温柔，更写得如何生动而富有人性。

她把那几页文章搁到膝盖上，轻轻吁了一口气。好像脚上的一只袜子已被客人用文字解去，白足如霜。好像听到客人低声的说，"你不以为亵渎，我喜欢看它，你不生气，我还将用嘴唇去吻它。我还要沿那个白杨路行去，到我应当到的地方歇憩。我要到那个有荫蔽处，转弯抹角处，小小井泉边，茂草芊绵，适宜白羊放牧处。总之，我将一切照那个猎人行径作去，虽然有点傻，有点痴，我还是要作去。"

她感觉地位不大妥当，赶忙把脚并拢一点，衣角拉下一点。不敢再把那个故事看下去，因此装着怕冷，伸手向火。但在非意识情形中，却拉开了火炉门，投了三块煤，用那个白铜火箸搅了一下炉中炽燃的炭火。"火是应当充分燃烧的！我就喜欢热。"

"看完了？"

摇摇头。头随即低下了，相互之间都觉得有点生疏而新的情感，起始混入生命中，使得人有些微恐怖。

第二回摇摇头时，用意已与第一回完全不同。不在把"否认"和"承认"相混，却表示唯恐窗外有人。事实上窗外别无所有，惟轻雪降落而已。

客人走近窗边，把窗帘拉开一小角，拂去了窗上的蒙雾，向外张望，但见一片皓白，单纯素净。窗帘垂下时，"一片白，把一切都遮盖了，消失了。象征……上帝！"

房中炉火旁其时也就同样有一片白，单纯而素净，象征道德的极致。

"说你的故事好。且说说你真的怎么捉那只鹿罢。"

"好，我们好好烤火。来说那个故事……我当时傍近了它，天知道我的心是个什么情形。我手指抚摸到它那脚上光滑的皮毛，我想，我是用手捉住了一只活生生的鹿，还是用生命中最纤细的神经捉住了一个美的印象？亟想知道，可决不许我知道。我想起古人形容女人手美如柔荑，如春葱，如玉笋，形容寒俭或富贵，总之可笑。不见过鹿莹莹如湿的眼光中所表示的母性温柔的人，一定希奇我为什么吻那个生物眼睛那么久。更觉得荒唐，自然是我用嘴去轻轻的接触那个美丽生物的四肢，且顺着背脊一直吻到它那微瘦而圆的尾边。我在那个地方发现一些微妙之漩涡，仿佛诗人说的藏吻的窝巢。它的颊上，脸颊上，都被覆上纤细的毫毛。它的颈那么有式样，它的腰那么小，都是我从前梦想不到的。尤其梦想不到，是它哺小鹿的那一对奶子，那么柔软，那么美。那鹿在我身边竟丝毫无逃脱意思，它不惊，不惧。似乎完全知道我对于它的善意，一句话不必说就知道。倒是我反而有点惶恐不安，有点不知如何是好。我望着它的眼睛：我们怎么办？我要从它温柔目光中取得回答，好像听到它说："这一切由你。"

"不，不，一点不是。它一定想逃脱，远远的走去，因为自由，这是它应有的一点自由。"

"是的，它想逃走，可是并不走去。因为一离开那个洞穴，全是一片雪，天气真冷。而且……逃脱与危险感觉大有关系，目前有什么危险可言？……"

"你怎么知道它不想逃脱，如果这只鹿是聪明的，它一定要走去。"

"是的，它那么想过了。其所以那么想，就为的是它自以为这才像聪明，才像一只聪明的鹿应有的打算。可是我若像它那么作，那我就是个傻子了。我觉得我说的话它不大懂，就用手和嘴唇去作补充解释，抚慰它，安静它。凡是我能做到的我都去做。到后，我摸摸它的心，就知道我们已熟习了，这自然是一种奇迹，因为我起始听到它轻轻的叹息，——一只鹿，为了理解爱而叹息，你不相信吗？"

"不会有的事！"

"是的，要照你那么说话，决不会有。因为那是一只鹿！至于一个人呢，比如说——唉，上帝，不说好了。我话已经说得太多了！"

相互沉默了一会儿。

"不热吗？我知道你衣还穿得太多。"客人问时随即为作了些事。也想起了些事，什么都近于抽象。

不是诗人说的就是疯子说的：

"诗和火同样使生命会燃烧起来的。燃烧后，便将只剩下一个蓝焰的影子，一堆灰。"

二十分钟后客人低声的询问，"觉得冷吗？披上你那个……"并从一堆丝质物中，把那个细鼠灰披肩放到肩上去，"窗帘上那个图案古怪，我总觉得它在动。"事实上，他已觉得窗帘上花马完全沉静了。

　　主人一面搅动着炉火，一面轻轻的说，"我想起那只鹿，先前一时怎么不逃走！真是命运。"说的话有点近于解嘲，因为事情已经成为过去了。

　　沉默继续占领这个有橘红色灯光和熊熊炉火的房间。

　　第二天，主人独自坐在那个火炉边读一个信。

　　　　□□：我好像还是在做梦，身心都虚飘飘的。还依然吻到你的眼睛和你的心。在那个梦境里，你是一切，而我却有了你，展露在我面前的，不是一个单纯的肉体，竟是一片光辉，一把花，一朵云。一切文字在此都失去了它的性能，因为诗歌本来只能作为次一等生命青春的装饰。白色本身即是一种最高的道德，你已经超乎这个道德名辞以上。

　　　　所罗门王雅歌说："我的妹子，我的鸽子，你脐圆如杯，永远不缺少调和的酒。"我第一次沾唇，并不担心醉倒。

　　　　葡萄园的果子成熟时，饱满而壮实，正象征生命待赠与，待扩张。不采摘它也会慢慢枯萎。

　　　　我欢喜精美的瓷器，温润而莹洁。我昨天所见到的，实强过我二十年来所见名瓷万千。

我欢喜看那幅元人素景，小阜平冈间有秀草丛生，作三角形，整齐而细柔，萦回迂徐，如云如丝，为我一生所仅见风景幽秀地方。我乐意终此一生，在这个处所隐居。

我仿佛还见过一个雕刻，材料非铜非玉，但觉珍贵华丽，希有少见。那雕刻品腿瘦而长，小腹微凸，随即下敛，一把极合理想之线，从两股接榫处展开，直到脚踝。式样完整处，如一古代希腊精美艺术的仿制品。艺术品应有雕刻家的生命与尊贵情感，在我面前那一个仿制物，倚据可看到神的意志与庄严的情感。

这艺术品的形色神奇处，也令人不敢相信。某一部分微带一片青渍，某一部分有两粒小小黑痣，某一部分并有若干美妙之漩涡，仿佛可从这些地方见出上帝手艺之巧。这些漩涡隐现于手足关节间，和脸颊颈肩与腰以下，真如诗人所谓"藏热吻的小杯"。在这些地方，不特使人只想用嘴唇轻轻的去接触，还幻想把自己整个生命都收藏到里边去。

百合花颈弱而秀，你的颈肩和它十分相似。长颈托着

那个美丽头颅微向后仰，灯光照到那个白白的额部时，正
如一朵百合花欲开未开。我手指发抖，不敢攀折，为的是
我从这个花中见到了神。微笑时你是开放的百合花，有生
命在活跃流动。你沉默，在沉默中更见出高贵。你长眉微蹙，
无所自主时，在轻颦薄媚中所增加的鲜艳，恰恰如浅碧色
百合花带上一个小小黄蕊，一片小墨斑。……这一切又只
像是一个抽象。

第 三 节

这个记录看到后来，我眼睛眩瞀了。这本书成为一片蓝色
火焰，在空虚中消失了。我不知什么时候离开了那个"房间"，
重新站到这个老式牌楼下。保留在我生命中，似乎就只是那么
一片蓝焰。保留到另外一个什么地方，应当是小小的一撮灰。
一朵枯干的梅花，在想象的时间下失去了色和香的生命残余。
我只记得那本书上第一句话：神在我们生命里。

我已经回到了住处。

晚上十一点半，菜油灯一片黄光铺在黑色台面上，散在小

小的房间中。试游目四瞩，这里那里只是书，两千年前人写的，一万里外人写的，自己写的，不相识同时人写的；一个灰色小耗子在书堆旁灯光所不及处走来走去。那分从容处，正表示它也是个生物，可是和这些生命堆积，却全不相干。使我想起许多读书人，十年二十年在书旁走过，或坐在一个讲堂边读书讲书情形。我不禁自言自语的说，"唉，上帝，我活下来还应当读多少书，写多少书？"

我需要稍稍休息，不知怎样一来就可得到休息。

我似乎很累，然而却依然活在一种有继续性的荒唐境界里。

灯头上结了一朵小花，在火焰中开放的花朵。我心想，"到火熄时，这花才会谢落，正是一种生命的象征。"我的心也似乎如焚如烧，不知道的是什么事情。

梅花香味虽已失去，尚想从这种香味所现出的境界搜寻一下，希望发现一点什么，好像这一切既然存在，我也值得好好存在。于是在一个"过去"影子里，我发现了一片黄和一点干枯焦黑的东西，它代表的是他人"生命"另一种形式，或者不过只是自己另一种"梦"的形式，都无关系。我静静的从这些干枯焦黑的残余，向虚空深处看，便见到另一时一个人在悦乐中疯狂中的种种行为。也依稀看到自己的影子，如何反映在他人悦乐疯狂中，和爱憎取予之际的徘徊游移中。

仿佛有一线阳光印在墙壁上。仿佛有青春的心在跳跃。仿佛一切都重新得到了位置和意义。

我推测另外必然还有一本书，记载的是在微阳凉秋间，一个女人对于自己美丽精致的肉体，乌黑柔软的毛发，薄薄嘴唇上一点红，白白丰颊间一缕香，配上手足颈肩素净与明润，还有那一种从莹然如泪的目光中流出的温柔歌呼，肢体如融时爱与怨无可奈何的对立，感到眩目的惊奇。唉，多美好神奇的生命，都消失在阳光中，遗忘在时间后！一切不见了，消失了，试去追寻时，剩余的同样是一点干枯焦黑东西，这是从自己鬓发间取下的一朵花，还是从路旁拾来的一点纸？说不清楚。

试来追究"生命"意义时，我重新看到一堆名词，情欲和爱，怨和恨，取和予，上帝和魔鬼，人和人，凑巧和相左。过半点钟后，一切名词又都失了它的位置和意义。

到天明前五点钟左右，我已把一切"过去"和"当前"的经验与抽象，都完全打散，再无从追究分析它的存在意义了。我从新用自己对于生命所理解的方式，凝结成为语言与形象，创造一个生命和灵魂新的范本。我脑子在旋转，为保留在印象中的造形，物质和精神两方面的完整造形，重新疯狂起来。到末了，"我"便消失在"故事"里了。在桌上稿本内，已写成了五千字。我知道这小东西寄到另外一处去，别人便把它当成"小说"，从故事中推究真伪。对于我呢，生命的残余，梦的残余而已。

我面对着这个记载，热爱那个"抽象"，向虚空凝眸来耗费这个时间。一种极端困惑的固执，以及这种固执的延长，算是我体会到"生存"唯一事情，此外一切"知识"与"事实"，都无助于当前。我完全活在一种观念中，并非活在实际世界中。我似乎在用抽象虐待自己肉体和灵魂，虽痛苦同时也是享受。时间便从生命中流过去了，什么都不留下而过去了。

试轻轻拉开房门时，天已大明，一片过去熟习的清晨阳光，随即进到了房里，斜斜的照射在旧墙上。书架前几个缅式金漆盒子，在微阳光影中，反映出一种神奇光彩。一切都似乎极新。但想起"日光之下无新事"，真是又愁又喜。我等待那个"夜"所能带来的一切。梅花的香，和在这种淡淡香气中给我的一份离奇教育。

居然又到了晚上十点钟。月光清莹，楼廊间满是月光。因此把门打开，放月光进到房中来。

似乎有个人随同月光轻轻的进到房中，站在我身后边，"为什么这样自苦？究竟算什么？"

我勉强笑，眼睛湿了，并不回过头去，"我在写青凤，《聊斋》上那个青凤，要她在我笔下复活。"

从一个轻轻的叹息声中，我才觉得已过二十四点钟，还不曾吃过一杯水。

三十年七月作

三十二年三月重写

（原载 1943 年 7 月 15 日《新文学》第 1 卷第 1 期，署名上官碧；选自《沈从文作品新编》，人民文学出版社，2013 年 11 月）

散　文

我所生长的地方

拿起我这支笔来，想写点我在这地面上二十年所过的日子，所见的人物，所听的声音，所嗅的气味，也就是说我真真实实所受的人生教育，首先提到一个我从那儿生长的边疆僻地小城时，实在不知道怎样来着手就较方便些。我应当照城市中人的口吻来说，这真是一个古怪地方！只由于两百年前满人治理中国土地时，为镇抚与虐杀残余苗族，派遣了一队戍卒屯丁驻扎，方有了城堡与居民。这古怪地方的成立与一切过去，有一部《苗防备览》记载了些官方文件，但那只是一部枯燥无味的官书。我想把我一篇作品里所简单描绘过的那个小城，介绍到这里来。这虽然只是一个轮廓，但那地方一切情景，却浮凸起来，仿佛可用手去摸触。

一个好事人，若从一百年前某种较旧一点的地图上去寻找，当可在黔北、川东、湘西一处极偏僻的角隅上，发现了一个名为"镇筸"的小点。那里同别的小点一样，事实上应当有一个城市，在那城市中，安顿下三五千人口。不过一切城市的存在，大部分皆在交通、物产、经济活动情形下面，成为那个城市枯荣的因缘，这一个地方，却以另外一种意义无所依附而独立存在。试将那个用粗糙而坚实巨大石头砌成的圆城作为中心，向四方展开，围绕了这边疆僻地的孤城，约有七千多座碉堡，二百左右的营汛。碉堡各用大石块堆成，位置在山顶头，随了山岭脉络蜿蜒各处走去；营汛各位置在驿路上，布置得极有秩序。这些东西在一百八十年前，是按照一种精密的计划，各保持相当距离，在周围数百里内，平均分配下来，解决了退守一隅常作"蠢动"的边苗"叛变"的。两世纪来满清的暴政，以及因这暴政而引起的反抗，血染红了每一条官路同每一个碉堡。到如今，一切完事了，碉堡多数业已毁掉了，营汛多数成为民房了，人民已大半同化了。落日黄昏时节，站到那个巍然独在万山环绕的孤城高处，眺望那些远近残

毁碉堡，还可依稀想见当时角鼓火炬传警告急的光景。这
地方到今日，已因为变成另外一种军事重心，一切皆用一
种迅速的姿势在改变，在进步，同时这种进步，也就正消
灭到过去一切。

凡有机会追随了屈原溯江而行那条长年澄清的沅水，
向上游去的旅客和商人，若打量由陆路入黔入川，不经古
夜郎国，不经永顺、龙山，都应当明白"镇箅"是个可以
安顿他的行李最可靠也最舒服的地方。那里土匪的名称不
习惯于一般人的耳朵。兵卒纯善如平民，与人无侮无扰。
农民勇敢而安分，且莫不敬神守法。商人各负担了花纱同
货物，洒脱单独向深山中村庄走去，与平民作有无交易，
谋取什一之利。地方统治者分数种：最上为天神，其次为官，
又其次才为村长同执行巫术的神的侍奉者。人人洁身信神，
守法爱官。每家俱有兵役，可按月各自到营上领取一点银
子，一份米粮，且可从官家领取二百年前被政府所没收的
公田耕耨播种。城中人每年各按照家中有无，到天王庙去
杀猪，宰羊，礫狗，献鸡，献鱼，求神保佑五谷的繁殖，
六畜的兴旺，儿女的长成，以及作疾病婚丧的禳解。人人

皆依本分担负官府所分派的捐款，又自动的捐钱与庙祝或单独执行巫术者。一切事保持一种淳朴习惯，遵从古礼；春秋二季农事起始与结束时，照例有年老人向各处人家敛钱，给社稷神唱木傀偶戏。早暵祈雨，便有小孩子共同抬了活狗，带上柳条，或扎成草龙，各处走去。春天常有春官，穿黄衣各处念农事歌词。岁暮年末，居民便装饰红衣傩神于家中正屋，捶大鼓如雷鸣，苗巫穿鲜红如血衣服，吹镂银牛角，拿铜刀，踊跃歌舞娱神。城中的住民，多当时派遣移来的戍卒屯丁，此外则有江西人在此卖布，福建人在此卖烟，广东人在此卖药。地方由少数读书人与多数军官，在政治上与婚姻上两面的结合，产生一个上层阶级，这阶级一方面用一种保守稳健的政策，长时期管理政治，一方面支配了大部分属于私有的土地；而这阶级的来源，却又仍然出于当年的戍卒屯丁。地方城外山坡上产桐树杉树，矿坑中有朱砂水银，松林里生菌子，山洞中多硝。城乡全不缺少勇敢忠诚适于理想的兵士，与温柔耐劳适于家庭的妇人。在军校阶级厨房中，出异常可口的菜饭，在伐树砍柴人口中，出热情优美的歌声。

地方东南四十里接近大河，一道河流肥沃了平衍的两岸，多米，多橘柚。西北二十里后，即已渐入高原，近抵苗乡，万山重叠，大小重叠的山中，大杉树以长年深绿逼人的颜色，蔓延各处。一道小河从高山绝涧中流出，汇集了万山细流，沿了两岸有杉树林的河沟奔驶而过，农民各就河边编缚竹子作成水车，引河中流水，灌溉高处的山田。河水长年清澈，其中多鳜鱼，鲫鱼，鲤鱼，大的比人脚板还大。河岸上那些人家里，常常可以见到白脸长身见人善作媚笑的女子。水河水流环绕"镇筸"北城下驶，到一百七十里后方汇入辰河，直抵洞庭。

这地方又名凤凰厅，到民国后便改成了县治，名凤凰县。辛亥革命后，湘西镇守使与辰沅道皆驻节在此地。地方居民不过五六千，驻防各处的正规兵士却有七千。由于环境的不同，直到现在其地绿营兵役制度尚保存不废，为中国绿营军制唯一残留之物。

我就生长到这样一个小城里，将近十五岁时方离开。出门两年半回过那小城一次以后，直到现在为止，那城门我不曾再

进去过。但那地方我是熟习的。现在还有许多人生活在那个城
市里，我却常常生活在那个小城过去给我的印象里。

（本文为《从文自传》之一节，选自《沈从文散文》，人
民文学出版社，2007 年 3 月）

我读一本小书
同时又读一本大书

　　我能正确记忆到我小时的一切，大约在两岁左右。我从小到四岁左右，始终健全肥壮如一只小豚。四岁时母亲一面告给我认方字，外祖母一面便给我糖吃，到认完六百生字时，腹中生了蛔虫，弄得黄瘦异常，只得经常用草药蒸鸡肝当饭。那时节我就已跟随了两个姐姐，到一个女先生处上学。那人既是我的亲戚，我年龄又那么小，过那边去念书，坐在书桌边读书的时节较少，坐在她膝上玩的时间或者较多。

　　到六岁时，我的弟弟方两岁，两人同时出了疹子。时正六月，日夜总在吓人高热中受苦。又不能躺下睡觉，一躺下就咳嗽发喘。又不要人抱，抱时全身难受。我还记得我同我那弟弟两人当时皆用竹簟卷好，同春卷一样，竖立在屋中阴凉处。家中人当时业已为我们预备了两具小小棺木，搁在廊下。十分幸运，两人到后居然全好了。我的弟弟病后家中特别为他请了一个壮实高大的苗妇人照料，照料得法，他便壮大异常。我因此一病，却完全改了样子，从此不再与肥胖为缘，成了个小猴儿精了。

　　六岁时我已单独上了私塾。如一般风气，凡是老塾师在私塾中给予小孩子的虐待，我照样也得到了一份。但初上学时，我因为在家中业已认字不少，记忆力从小又似乎特别好，故比较其余小孩，可谓十分幸运。第二年后换了一个私塾，在这私塾中我跟从了几个较大的学生学会了顽劣孩子抵抗顽固塾师的方法，逃避那些书本枯燥文句去同一切自然相亲近。这一年的生活，形成了我一生性格与感情的基础。我间或逃学，且一再说谎，掩饰我逃学应受的处罚。我的爸爸因这件事十分愤怒，有一次竟说若再逃学说谎，便当砍去我一个手指。我仍然不为这一严厉警诫所恐吓，机会一来时总不把逃学的机会轻轻放过。当我学会了用自己眼睛看世界一切，到不同社会中去生活时，学校对于我便已毫无兴味可言了。

　　我爸爸平时本极爱我，我曾经有一时还作过我那一家的中心人物。稍稍害点病时，一家人便光着眼睛不睡眠，在床边服侍我，当我要谁抱时谁就伸出手来。家中那时经济情形还好，我在物质方面所享受到的，比起一般亲戚小孩似乎皆好得多。我的爸爸既一面只作将军的好梦，一面对于我却怀了更大的希望。他仿佛早就看出我不是个军人，不希望我作将军，却告给我祖父的许多勇敢光荣的故事，以及他庚子年间所得的一份经验。他因为欢喜京戏，只想我学戏，作谭鑫培。他以为我不拘作什么事，总之应比作个将军高些。第一个赞美我明慧的就是我的爸爸。可是当他发现了我成天从塾中逃出到太阳底下同一群小流氓游荡，任何方法都不能拘束这颗小小的心，且不能禁止我狡猾的说谎时，我的行为实在伤了这个军人的心。同时那小我四岁的弟弟，因为看护他的苗妇人照料十分得法，身体养育得强壮异常，年龄虽小，便显得气派宏大，凝静结实，且极自重自爱，故家中人对我感到失望时，对他便异常关切起来。这小孩子到后来也并不辜负家中人的期望，二十二岁时便作了步兵上校。至于我那个爸爸，却在蒙古、东北、西藏各处军队中混过，民国二十年时还只是一个上校，在本地土著军队里作军医（后改中医院长），把将军希望留在弟弟身上，在家乡从一种极轻微的疾病中便瞑目了。

我有了外面的自由，对于家中的爱护反觉处处受了牵制，因此家中人疏忽了我的生活时，反而似乎使我方便了好些。领导我逃出学塾，尽我到日光下去认识这大千世界微妙的光，希奇的色，以及万汇百物的动静，这人是我一个张姓表哥。他开始带我到他家中橘柚园中去玩，到城外山上去玩，到各种野孩子堆里去玩，到水边去玩。他教我说谎，用一种谎话对付家中，又用另一种谎话对付学塾，引诱我跟他各处跑去。即或不逃学，学塾为了担心学童下河洗澡，每到中午散学时，照例必在每人左手心中用朱笔写一大字，我们还依然能够一手高举，把身体泡到河水中玩个半天，这方法也亏那表哥想得出来。我感情流动而不凝固，一派清波给予我的影响实在不小。我幼小时较美丽的生活，大部分都与水不能分离。我的学校可以说是在水边的。我认识美，学会思索，水对我有极大的关系。我最初与水接近，便是那荒唐表哥领带的。

现在说来，我在作孩子的时代，原本也不是个全不知自重的小孩子。我并不愚蠢。当时在一班表兄弟中和弟兄中，似乎只有我那个哥哥比我聪明，我却比其他一切孩子解事。但自从那表哥教会我逃学后，我便成为毫不自重的人了。在各样教训各样方法管束下，我不欢喜读书的性情，从塾师方面，从家庭方面，从亲戚方面，莫不对于我感觉得无多希望。我的长处到那时只是种种的说谎。我非从学塾逃到外面空气下不可，逃学过后又得逃避处罚。我最先所学，同时拿来致用的，也就是根据各种经验来制作各种谎话。我的心总得为一种新鲜声音，新鲜颜色，新鲜气味而跳。我得认识本人生活以外的生活。我的智慧应当从直接生活上吸收消化，却不须从一本好书一句好话上学来。似乎就只这样一个原因，我在学塾中，逃学纪录点数，在当时便比任何一人都高。

离开私塾转入新式小学时，我学的总是学校以外的。到我出外自食其力时，又不曾在职务上学好过什么。二十岁后我"不安于当前事务，却倾心于现世光色，对于一切成例与观念皆十分怀疑，却常常为人生远景而凝眸"，这份性格的形成，便应当溯源于小时在私塾中的逃学习惯。

自从逃学成习惯后，我除了想方设法逃学，什么也不再关心。

有时天气坏一点，不便出城上山里去玩，逃了学没有什么去处，我就一个人走到城外庙里去。本地大建筑在城外计三十来处，除了庙宇就是会馆和祠堂。空地广阔，因此均为小手工业工人所利用。那些庙里总常常有人在殿前廊下绞绳子，织竹簟，做香，我就看他们做事。有人下棋，我看下棋。有人打拳，我看打拳。甚至于相骂，我也看着，看他们如何骂来骂去，如何结果。因为自己既逃学，走到的地方必不能有熟人，所到的必是较远的庙里。到了那里，既无一个熟人，因此什么事皆只好用耳朵去听，眼睛去看，直到看无可看听无可听时，我便应当设计打量我怎么回家去的方法了。

来去学校我得拿一个书篮。内中有十多本破书，由《包句杂志》《幼学琼林》，到《论语》《诗经》《尚书》，通常得背诵，分量相当沉重。逃学时还把书篮挂到手肘上，这就未免太蠢了一点。凡这么办的可以说是不聪明的孩子。许多这种小孩子，因为逃学到各处去，人家一见就认得出，上年纪一点的人见到时就会说："逃学的，赶快跑回家挨打去，不要在这里玩。"若无书篮可不必受这种教训。因此我们就想出了一个方法，把书篮寄存到一个土地庙里去，那地方无一个人看管，但谁也用不着担心他的书篮。小孩子对于土地神全不缺少必需的敬畏，都信托这木偶，把书篮好好的藏到神座龛子里去，常常同时有五个或八个，到时却各人把各人的拿走，谁也不会乱动旁人的东西。我把书篮放到那地方去，次数是不能记忆了的，照我想来，搁的最多的必定是我。

逃学失败被家中学校任何一方面发觉时，两方面总得各挨一顿打。在学校得自己把板凳搬到孔夫子牌位前，伏在上面受笞。处罚过后还要对孔夫子牌位作一揖，表示忏悔。有时又常常罚跪至一根香时间。我一面被处罚跪在房中的一隅，一面便记着各种事情，想象恰如生了一对翅膀，凭经验飞到各样动人事物上去。按照天气寒暖，想到河中的鳜鱼被钓起离水以后拨刺的情形，想到天上飞满风筝的情形，想到空山中歌呼的黄鹂，想到树木上累累的果实。由于最容易神往到种种屋外东西上去，反而常把处罚的痛苦忘掉，处罚的时间忘掉，直到被唤起以后为止，我就从不曾在被处罚中感觉过小小冤屈。那不是冤屈。我应感谢那种处罚，使我无法同自然接近时，给我一个练习想象的机会。

家中对这件事自然照例不大明白情形，以为只是教师方面太宽的过失，因此又为我换一个教师。我当然不能在这些变动上有什么异议。这事对我说来，倒又得感谢我的家中，因为先前那个学校比较近些，虽常常绕道上学，终不是个办法，且因绕道过远，把时间耽误太久时，无可托词。现在的学校可真很远很远了，不必包绕偏街，我便应当经过许多有趣味的地方了。从我家中到那个新的学塾里去时，路上我可看到针铺门前永远必有一个老人戴了极大的眼镜，低下头来在那里磨针。又可看到一个伞铺，大门敞开，作伞时十几个学徒一起工作，尽人欣赏。又有皮靴店，大胖子皮匠，天热时总腆出有一个大而黑的肚皮（上面有一撮毛！）用夹板绱鞋。又有个剃头铺，任何时节总有人手托一个小小木盘，呆呆的在那里尽剃头师傅刮脸。又可看到一家染坊，有强壮多力的苗人，踹在凹形石碾上面，站得高高的，手扶着墙上横木，偏左偏右的摇荡。又有三家苗人打豆腐的作坊，小腰白齿头包花帕的苗妇人，时时刻刻口上都轻声唱歌，一面引逗缚在身背后包单里的小苗人，一面用放光的红铜勺舀取豆浆。我还必须经过一个豆粉作坊，远远的就可听到骡子推磨隆隆的声音，屋顶棚架上晾满白粉条。我还得经过一些屠户肉案桌，可看到那些新鲜猪肉砍碎时尚在跳动不止。我还得经过一家扎冥器出租花轿的铺子，有白面无常鬼，蓝面阎罗王，鱼龙轿子，金童玉女。每天且可以从他那里看出有多少人接亲，有多少冥器，那些定做的作品又成就了多少，换了些什么式样。并且还常常停顿下来，看他们贴金，敷粉，涂色，一站许久。

我就欢喜看那些东西，一面看一面明白了许多事情。

每天上学时，我照例手肘上挂了那个竹书篮，里面放十多本破书。在家中虽不敢不穿鞋，可是一出了大门，即刻就把鞋脱下拿到手上，赤脚向学校走去。不管如何，时间照例是有多余的，因此我总得绕一节路玩玩。若从西城走去，在那边就可看到牢狱，大清早若干犯人从那方面戴了脚镣从牢中出来，派过衙门去挖土。若从杀人处走过，昨天杀的人还没有收尸，一定已被野狗把尸首咋碎或拖到小溪中去了，就走过去看看那个糜碎了的尸体，或拾起一块小小石头，在那个污秽的头颅上敲打一下，或用一木棍去戳戳，看看会动不动。若还有野狗在那里争夺，就预先拾了许多石头放在书篮里，随手一一向野狗抛掷，不再过去，只远远的看看，就走开了。

既然到了溪边，有时候溪中涨了小小的水，就把裤管高卷，书篮顶在头上，一只手扶着，一只手照料裤子，在沿了城根流去的溪水中走去，直到水深齐膝处为止。学校在北门，我出的是西门，又进南门，再绕城里大街一直走去。在南门河滩方面我还可以看一阵杀牛，机会好时恰好正看到那老实可怜畜生放倒的情形。因为每天可以看一点点，杀牛的手续同牛内脏的位置不久也就被我完全弄清楚了。再过去一点就是边街，有织簟子的铺子，每天任何时节，皆有几个老人坐在门前小凳子上，用厚背的钢刀破篾，有两个小孩子蹲在地上织簟子。(我对于这一行手艺所明白的种种，现在说来似乎比写字还在行。)又有铁匠铺，制铁炉同风箱皆占据屋中，大门永远敞开着，时间即或再早一些，也可以看到一个小孩子两只手拉风箱横柄，把整个身子的分量前倾后倒，风箱于是就连续发出一种吼声，火炉上便放出一股臭烟同红光。待到把赤红的热铁拉出搁放到铁砧上时，这个小东西，赶忙舞动细柄铁锤，把铁锤从身背后扬起，在身面前落下，火花四溅的一下一下打着。有时打的是一把刀，有时打的是一件农具。有时看到的又是这个小学徒跨在一条大板凳上，用一把凿子在未淬水的刀上起去铁皮，有时又是把一条薄薄的钢片嵌进熟铁里去。日子一多，关于任何一件铁器的制造程序，我也不会弄错了。边街又有小饭铺，门前有个大竹筒，插满了用竹子削成的筷子。有干鱼同酸菜，用钵头装满放在门前柜台上，引诱主顾上门，意思好像是说，"吃我，随便吃我，好吃!"每次我总仔细看看，真所谓"过屠门而大嚼"，也过了瘾。

我最欢喜天上落雨，一落了小雨，若脚下穿的是布鞋，即或天气正当十冬腊月，我也可以用恐怕湿却鞋袜为辞，有理由即刻脱下鞋袜赤脚在街上走路。但最使人开心事，还是落过大雨以后，街上许多地方已被水所浸没，许多地方阴沟中涌出水来，在这些地方照例常常有人不能过身，我却赤着两脚故意向深水中走去。若河中涨了大水，照例上游会漂流得有木头、家具、南瓜同其他东西，就赶快到横跨大河的桥上去看热闹。桥上必已经有人用长绳系了自己的腰身，在桥头上呆着，注目水中，有所等待。看到有一段大木或一件值得下水的东西浮来时，就踊身一跃，骑到那树上，或傍近物边，把绳子缚定，自己便快快的向下游岸边泅去，另外几个在岸边的人把水中人援助上岸后，就把绳子拉着，或缠绕到大石上大树上去，于是第二次又有第二人来在桥头上等候。我欢喜看人在泅水里扳罾，巴掌大的活鲫鱼在网中蹦跳。一涨了水，照例也就可以看这种有趣味的事情。照家中规矩，一落雨就得穿上钉鞋，我可真不愿意穿那种笨重钉鞋。虽然在半夜时有人从街巷里过身，钉鞋声音实在好听，大白天对于钉鞋我依然毫无兴味。

　　若在四月落了点小雨，山地里田塍上各处全是蟋蟀声音，真使人心花怒放。在这些时节，我便觉得学校真没有意思，简直坐不住，总得想方设法逃学上山去捉蟋蟀。有时没有什么东西安置这小东西，就走到那里去，把第一只捉到手后又捉第二只，两只手各有一只后，就听第三只。本地蟋蟀原分春秋二季，春季的多在田间泥里草里，秋季的多在人家附近石罅里瓦砾中，如今既然这东西只在泥层里，故即或两只手心各有一匹小东西后，我总还可以想方设法把第三只从泥土中赶出，看看若比较手中的大些，即开释了手中所有，捕捉新的，如此轮流换去，一整天仅捉回两只小虫。城头上有白色炊烟，街巷里有摇铃铛卖煤油的声音，约当下午三点左右时，赶忙走到一个刻花板的花木匠那里去，很兴奋的同那木匠说：

　　"师傅师傅，今天可捉了大王来了！"

　　那木匠便故意装成无动于衷的神气，仍然坐在高凳上玩他的车盘，正眼也不看我的说："不成，不成，要打打得赌点输赢！"

　　我说："输了替你磨刀成不成？"

　　"嗨，够了，我不要你磨刀，你哪会磨刀？上次磨凿子还磨坏了我的家伙!"

这不是冤枉我,我上次的确磨坏了他一把凿子。不好意思再说磨刀了,我说:

"师傅,那这样办法,你借给我一个瓦盆子,让我自己来试试这两只谁能干些好不好?"我说这话时真怪和气,为的是他以逸待劳,不允许我,还是无办法。

那木匠想了想,好像莫可奈何才让步的样子,"借盆子得把战败的一只给我,算作租钱。"

我满口答应,"那成那成。"

于是他方离开车盘,很慷慨的借给我一个泥罐子,顷刻之间我就只剩下一只蟋蟀了。这木匠看看我捉来的虫还不坏,必向我提议:"我们来比比。你赢了我借你这泥罐一天;你输了,你把这蟋蟀给我。办法公平不公平?"我正需要那么一个办法,连说"公平公平",于是这木匠进去了一会儿,拿出一只蟋蟀来同我的斗,不消说,三五回合我的自然又败了。他的蟋蟀照例却常常是我前一天输给他的。那木匠看看我有点颓丧,明白我认识那匹小东西,担心我生气时一摔,一面赶忙收拾盆罐,一面带着鼓励我的神气笑笑说:

"老弟，老弟，明天再来，明天再来！你应当捉好的来，走远一点。明天来，明天来！"

我什么话也不说，微笑着，出了木匠的大门，回家了。

这样一整天在为雨水泡软的田塍上乱跑，回家时常常全身是泥，家中当然一望而知，于是不必多说，沿老例跪一根香，罚关在空房子里，不许哭，不许吃饭。等一会儿我自然可以从姐姐方面得到充饥的东西。悄悄的把东西吃下以后，我也疲倦了，因此空房中即或再冷一点，老鼠来去很多，一会儿就睡着，再也不知道如何上床的事了。

即或在家中那么受折磨，到学校去时又免不了补挨一顿板子，我还是在想逃学时就逃学，决不为处罚所恐吓。

有时逃学又只是到山上去偷人家园地里的李子枇杷，主人拿着长长的竹竿子大骂着追来时，就飞奔而逃，逃到远处一面吃那个赃物，一面还唱山歌气那主人。总而言之，人虽小小的，两只脚跑得很快，什么茨棚里钻去也不在乎，要捉我可捉不到，就认为这种事比学校里游戏还有趣味。

可是只要我不逃学，在学校里我是不至于像其他那些人受处罚的。我从不用心念书，但我从不在应当背诵时节无法对付。

许多书总是临时来读十遍八遍，背诵时节却居然琅琅上口，一字不遗。也似乎就由于这份小小聪明，学校把我同一般同学一样待遇，更使我轻视学校。家中不了解我为什么不想上进，不好好的利用自己聪明用功，我不了解家中为什么只要我读书，不让我玩。我自己总以为读书太容易了点，把认得的字记记那不算什么希奇。最希奇处，应当是另外那些人，在他那份习惯下所做的一切事情。为什么骡子推磨时得把眼睛遮上？为什么刀得烧红时在盐水里一淬方能坚硬？为什么雕佛像的会把木头雕成人形，所贴的金那么薄又用什么方法作成？为什么小铜匠会在一块铜板上钻那么一个圆眼，刻花时刻得整整齐齐？这些古怪事情实在太多了。

我生活中充满了疑问，都得我自己去找寻解答。我要知道的太多，所知道的又太少，有时便有点发愁。就为的是白日里太野，各处去看，各处去听，还各处去嗅闻，死蛇的气味，腐草的气味，屠户身上的气味，烧碗处土窑被雨以后放出的气味，要我说来虽当时无法用言语去形容，要我辨别却十分容易。蝙蝠的声音，一只黄牛当屠户把刀劘进它喉中时叹息的声音，藏在田塍土穴中大黄喉蛇的鸣声，黑暗中鱼在水面拨剌的微声，全因到耳边时分量不同，我也记得那么清清楚楚。因此回到家里时，夜间我便做出无数希奇古怪的梦。经常是梦向天上飞去，一直到金光闪烁中，终于大叫而醒。这些梦直到将近二十年后的如今，还常常使我在半夜里无法安眠，既把我带回到那个"过去"的空虚里去，也把我带往空幻的宇宙里去。

在我面前的世界已够宽广了，但我似乎就还得一个更宽广的世界。我得用这方面得到的知识证明那方面的疑问。我得从比较中知道谁好谁坏。我得看许多业已由于好询问别人，以及好自己幻想所感觉到的世界上的新鲜事情新鲜东西。结果能逃学时我逃学，不能逃学我就只好做梦。

照地方风气说来，一个小孩子野一点的，照例也必须强悍一点，才能各处跑去。因为一出城外，随时都会有一样东西突然扑到你身边来，或是一只凶恶的狗，或是一个顽劣的人。无法抵抗这点袭击，就不容易各处自由放荡。一个野一点的孩子，即或身边不必时时刻刻带一把小刀，也总得带一削光的竹块，好好的插到裤带上；遇机会到时，就取出来当作武器。尤其是到一个离家较远的地方看木傀儡戏，不准备厮杀一场简直不成。你能干点，单身往各处去，有人挑战时，还只是一人近你身边来恶斗，若包围到你身边的顽童人数极多，你还可挑选同你精力不大相差的一人。你不妨指定其中一个说：

"要打吗？你来。我同你来。"

照规矩，到时也只那一个人拢来。被他打倒，你活该，只好伏在地上尽他压着痛打一顿。你打倒了他，他活该。把他揍够后，你可以自由走去，谁也不会追你，只不过说句"下次再来"罢了。

可是你根本上若就十分怯弱，即或结伴同行，到什么地方去时，也会有人特意挑出你来殴斗，应战你得吃亏，不答应你得被仇人与同伴两方奚落，顶不经济。

感谢我那爸爸给了我一分勇气，人虽小，到什么地方去我总不害怕。到被人围上必须打架时，我能挑出那些同我不差多少的人来，我的敏捷同机智，总常常占点上风。有时气运不佳，不小心被人摔倒，我还会有方法翻身过来压到别人身上去。在这件事上，我只吃过一次亏，不是一个小孩，却是一只恶狗，把我攻倒后，咬伤了我一只手。我走到任何地方去都不怕谁。同时因换了好些私塾，各处皆有些同学，大家既都逃过学，便有无数朋友，因此也不会同人打架了。可是自从被那只恶狗攻倒过一次以后，到如今，我却依然十分怕狗。

至于我那地方的大人，用单刀扁担在大街上决斗本不算回事。事情发生时，那些有小孩子在街上玩的母亲，只不过说："小杂种，站远一点，不要太近！"嘱咐小孩子稍稍站开点儿罢了。本地军人互相砍杀虽不出奇，但行刺暗算却不作兴。这类善于殴斗的人物，有军营中人，有哥老会中老幺，有好打不平的闲汉，在当地另成一帮，豁达大度，谦卑接物，为友报仇，爱义好施，且多非常孝顺。但这类人物为时代所陶冶，到民五以后也就渐渐消灭了。虽有些青年军官还保存那点风格，风格中最重要的一点洒脱处，却为了军纪一类影响，大不如前辈了。

我有三个堂叔叔、两个姑姑都住在城南乡下，离城四十里左右。那地方名黄罗寨，出强悍的人同猛鸷的兽。我爸爸三岁时，在那里差一点险被老虎咬去。我四岁左右，到那里第一天，就看见四个乡下人抬了一只死虎进城，给我留下极深刻的印象。

我还有一个表哥，住在城北十里地名长宁哨的乡下，从那里再过去十来里便是苗乡。表哥是一个紫色脸膛的人，一个守碉堡的战兵。我四岁时被他带到乡下去过了三天，二十年后还记得那个小小城堡黄昏来时鼓角的声音。

这战兵在苗乡有点威信，很能喊叫一些苗人。每次来城时，必为我带一只小斗鸡或一点别的东西。一来为我说苗人故事，临走时我总不让他走。我喜欢他，觉得他比乡下叔父能干有趣。

（本文为《从文自传》之一节；选自《沈从文散文》，人民文学出版社，2007年3月）

女 难

　　我欢喜辰州那个河滩，不管水落水涨，每天总有个时节在那河滩上散步。那地方上水船下水船虽那么多，由一个内行眼中看来，就不会有两只相同的船。我尤其欢喜那些从辰溪一带载运货物下来的高腹昂头"广舶子"，一来总斜斜的孤独的搁在河滩黄泥里，小水手从那上面搬取南瓜，茄子，成束的生麻，黑色放光的圆瓮。那船在暗褐色的尾梢上，常常晾得有朱红裤裆，背景是黄色或浅碧色一派清波，一切皆那么和谐，那么愁人。

　　美丽总是愁人的。我或者很快乐，却用的是发愁字样。但事实上每每见到这种光景，我总默默的注视许久。我要人同我说一句话，我要一个最熟的人，来同我讨论这些光景。可是这一次来到这地方，部队既完全开拔了，事情也无可作的，玩时也不能如前一次那么高兴了。虽依旧常常到城门边去吃汤圆，同那老人谈谈天，看看街，可是能在一堆玩，一处过日子，一块儿说话的，已无一个人。

我感觉到我是寂寞的。记得大白天太阳很好时，我就常常爬到墙头上去看驻扎在考棚的卫队上操。有时又跑到井边去，看人家轮流接水，看人家洗衣，看他们作豆芽菜的如何浇水进高桶里去。我坐在那井栏一看就是半天。有时来了一个挑水的老妇人，就帮着这妇人做做事，把桶递过去，把瓢递过去。我有时又到那靠近学校的城墙上去，看那些教会中学生玩球，或互相用小小绿色柚子抛掷，或在那坪里追赶扭打。我就独自坐在城墙上看热闹。间或他们无意中把球踢上城时，学生们懒得上城捡取，总装成怪和气的样子：

"小副爷，小副爷，帮个忙，把我们皮球抛下来。"

我便赶快把球拾起，且仿照他们脚尖那么一踢，于是那皮球便高高的向空中蹿去，且很快的落到那些年轻学生身边了。那些人把赞许与感谢安置在一个微笑里，有的还轻轻的呀了一声，看我一眼，即刻又争夺皮球去了。我便微笑着，照旧坐下来看别人的游戏，心中充满了不可名言的快乐。我虽作了司书，身上穿的还是灰布袄子，因此走到什么地方去，别人总是称呼我作"小副爷"。我就在这些情形中，以为人家全不知道我身分，感到一点秘密的快乐。且在这种情形中，仿佛同别一世界里的人也接近了一点。我需要的就是这种接近。事实上却是十分孤独的。

可是不到一会儿，那学校响了上堂铃，大家一窝蜂散了，只剩下一个圆圆的皮球在草坪角隅。墙边不知名的繁花正在谢落，天空静静的。我望到日头下自己的扁扁影子，有说不出的无聊。我得离开这个地方，得沿了城墙走去。有时在城墙上见一群穿了花衣的女人从对面走来，小一点的女孩子远远的一看到我，就"三姐二姐"的乱喊，且说"有兵有兵"，意思便想回头走去。我那时总十分害羞，赶忙把脸对雉堞缺口向外望去。好让这些人从我身后走过，心里却又对于身上的灰布军衣有点抱歉。我以为我是读书人，不应当被别人厌恶。可是我有什么方法使不认识我的人也给我一分应有尊敬？我想起那两册厚厚的《辞源》，想起三个人共同订的那一份《申报》，还想起《秋水轩尺牍》。

就在这一类隐隐约约的刺激下，我有时回到部中，坐在用公文纸裱糊的桌面上，发愤去写小楷字，一写便是半天。

时间过去了，春天夏天过去了，且重新又过年了。川东鄂西的消息来得够坏。只听说我们军队在川边已同当地神兵接了火，接着就说得退回湖南。第三次消息来时，却说我们军队在湖北来凤全部都覆灭了。一个早上，闪不知被神兵和民兵一道扑营，营长，团长，旅长，军法长，秘书长，参谋长完全被杀了。这件事最初不能完全相信。作留守的老副官长就亲自跑过二军留守部去问信，到时那边正接到一封详细电报，把我们总司令部如何被人袭击，如何占领，如何残杀的事一一说明。拍发电报的就正是我的上司。他幸运先带一团人过湘境龙山布防，因此方不遇难。

好，这一下可好，熟人全杀尽了，兵队全打散了，这留守处还有什么用处？自从得到了详细报告后，五天之中，我们便各自领了遣散费，各人带了护照，各自回家。

回到家中约在八月左右。一到十二月，我又离开家中过沅州。家中实在呆不住，军队中不成，还得另想生路，沅州地方应当有机会。那时正值大雪，既出了几次门，有了出门的经验，把生棕衣毛松松的包裹两只脚，背了个小小包袱，跟着我一个教中学的舅母的轿后走去，脚倒全不怕冻。雪实在大了点，山路又窄，有时跌到了雪坑里去，便大声呼喊，必得那脚夫把扁担来援引方能出险。可是天保佑，跌了许多次数我却不曾受伤。走了四天到地以后，我暂住在一个卸任县长舅父家中。不久舅父作了警察所长，我就作了那小小警察所的办事员。办事处在旧县衙门，我的职务只是每天抄写违警处罚的条子。隔壁是个典狱署，每夜皆可听到监狱里犯人受狱中老犯拷掠的呼喊。警察所也常常捉来些偷鸡摸狗的小窃，一时不即发落，便寄存到牢狱里去。因此每天黄昏将近牢狱里应当收封点名时，我也照例得同一个巡官，拿一本点名册，提了个马灯，跟着进牢狱里去，点我们这边寄押人犯的名。点完名后，看着他们那方面的人把重要犯人一一加上手铐，必需套枷的还戴好方枷，必需固定的还把他们系在横梁铁环上，几个人方走出牢狱。

　警察所不久从地方财产保管处接收了本地的屠宰税，这个县城因为是沅水上游一个大码头，上下船只多，又当官道，每天常杀二十头猪一两头黄牛，我这办事员因此每天又多了一份职务。每只猪抽收六百四十文的税捐，牛收两千文，我便每天填写税单。另外派了人去查验。恐怕那查验的舞弊不实，我自己也得常常出来到全城每个屠案桌边看看。这份职务有趣味处倒不是查出多少漏税的行为，却是我可以因此见识许多事情。我每天得把全城跑到，还得过一个长约四分之三里在湘西方面说来十分著名的长桥，往对河黄家街去看看。各个店铺里的人都认识我，同时我也认识他们。成衣铺，银匠铺，南纸店，丝烟店，不拘走到什么地方，便有人向我打招呼，我随处也照例谈谈玩玩。这些商店主人照例就是本地小绅士，常常同我舅父喝酒，也知道许多事情皆得警察所帮忙，因此款待我很不坏。

另外还有个亲戚，我的姨父，在本地算是一个大拇指人物，有钱，有势，从知事起任何人物任何军队都对他十分尊敬，从不敢稍稍得罪他。这个亲戚对于我的能力，也异常称赞。

那时我的薪水每月只有十二千文，一切事倒做得有条不紊。

大约正因为舅父同另外那个亲戚每天作诗的原因，我虽不会做诗，却学会了看诗。我成天看他们作诗，替他们抄诗，工作得很有兴致。因为盼望所抄的诗被人嘉奖，我开始来写小楷字帖。因为空暇的时间仍然很多，恰恰那亲戚家中客厅楼上有两大箱商务印行的《说部丛书》，这些书便轮流作了我最好的朋友。我记得迭更司的《冰雪因缘》《滑稽外史》《贼史》这三部书，反复约占去了我两个月的时间。我欢喜这种书，因为他告给我的正是我所要明白的。他不像别的书尽说道理，他只记下一些生活现象。即或书中包含的还是一种很陈腐的道理，但作者却有本领把道理包含在现象中。我就是个不想明白道理却永远为现象所倾心的人。我看一切，却并不把那个社会价值搀加进去，估定我的爱憎。我不愿问价钱上的多少来为百物作一个好坏批评，却愿意考查他在我官觉上使我愉快不愉快的分量。我永远不厌倦的是"看"一切。宇宙万汇在运动中，在静止中，在我印象里，我都能抓定它的最美丽与最调和的风度，但我的爱好显然却不能同一般目的相合。我不明白一切同人类生活相联结时的美恶，另外一句话说来，就是我不大能领会伦理的美。接近人生时，我永远是个艺术家的感情，却绝不是所谓道德君子的感情。可是，由于社会人与人的关系产生的各种无固定性的流动的美，德性的愉快，责任的愉快，在当时从别人看来，我也是毫无瑕疵的。我玩得厉害，职分上的事仍然做得极好。

那时节我的母亲同姊妹，已把家中房屋售去，剩下约三千块钱。既把老屋售去，不大好意思在本城租人房子住下，且因为我事情做得很好，芷江的亲戚又多，便坐了轿子来到芷江，我们一同住下。本地人只知道我家中是旧家，且以为我们还能够把钱拿来存放钱铺里，我又那么懂事明理有作有为，那在当地有势力的亲戚太太，且恰恰是我母亲的妹妹，因此无人不同我十分要好。母亲也以为一家的转机快到了。

假若命运不给我一些折磨，允许我那么把岁月送走，我想象这时节我应当在那地方做了一个小绅士，我的太太一定是个有财产商人的女儿，我一定做了两任县知事，还一定做了四个以上孩子的父亲；而且必然还学会了吸鸦片烟。照情形看来，我的生活是应当在那么一个公式里发展的。这点打算不是现在的想象，当时那亲戚就说到了。因为照他意思看来，我最好便是作他的女婿，所以别的人请他向我母亲询问对于我的婚事意见时，他总说不妨慢一点。

不意事业刚好有些头绪，那作警察所长的舅父，却害肺病死掉了。

因他一死，本地捐税抽收保管改归一个新的团防局，我得到职务上"不疏忽"的考语，仍然把工作接续下去，改到了新的地方，作了新机关的收税员。改变以后情形稍稍不同的是，我得每天早上一面把票填好，一面还得在十点后各处去查查。不久在那商会性质团防局里，我认识了十来个绅士，同时还认识一个白脸长身的小孩子。由于这小孩子同我十分要好，半年后便有一个脸儿白白的身材高的女孩印象，把我生活完全弄乱了。

我是个乡下人，我的月薪已从十二千增加到十六千，我已从那些本地乡绅方面学会了刻图章，写草字，做点半通不通的五律七律，我年龄也已经到了十七岁。在这样情形下，一个样子诚实聪明懂事的年轻人，和和气气邀我到他家中去看他的姐姐，请想想，结果我怎么样？

乡下人有什么办法，可以抵抗这命运所摊派的一份？

当那在本地翘大拇指的亲戚，隐隐约约明白了这件事情时，当一些乡绅知道了这件事情时，每个人都劝告我不要这么傻。有些本来看中了我，同我常常作诗的绅士，就向我那有势力的亲戚示意，愿意得到这样一个女婿。那亲戚于是把我叫去，当着我的母亲，把四个女孩子提出来问我看谁好就定谁。四个女孩子中就有我一个表妹。老实说来，我当时也还明白四个女孩子生得皆很体面，比另外那一个强得多，全是在平时不敢希望得到的女孩子。可是上帝的意思与魔鬼的意思两者必居其一，我以为我爱了另外那个白脸女孩子，且相信那白脸男孩子的谎话，以为那白脸女孩子也正爱我。一分离奇的命运，行将把我从这种庸俗生活中攫去，再安置到此后各样变故里，因此我当时同我那亲戚说："那不成，我不作你的女婿，也不作店老板的女婿。我有计划，我得照我自己的计划作去。"什么计划？真只有天知道。

我母亲什么也不说，似乎早知道我应分还得受多少折磨，家中人也免不了受许多磨难的样子，只是微笑。那亲戚便说："好，那我们看，一切有命，莫勉强。"

那时节正是三月，四月中起了战事，八百土匪把一个大城团团围住，在城外各处放火。四百左右驻军同一百左右团丁站在城墙上对抗。到夜来流弹满天交织，如无数紫色小鸟振翅，各处皆喊杀连天，三点钟内城外即烧去了七百栋房屋。小城被围困共计四天，外县援军赶到方解了围。这四天中城外的枪炮声我一点儿也不关心，那白脸孩子的谎话使我只知道一件事情，就是我已经被一个女孩子十分关切，我行将成为他的亲戚。我为他姐姐无日无夜作旧诗，把诗作成他一来时便为我捎去。我以为我这些诗必成为不朽作品，他说过，他姐姐便最欢喜看我的诗。

我家中那点余款本来归我保管存放的。直到如今，我还不明白为什么那白脸孩子今天向我把钱借去，明天即刻还我，后天借去，大后天又还给我，结果算去算来却有一千块钱左右的数目，任何方法也算不出用它到什么方面去。这钱竟然无着落了。但还有更坏的事。

到这时节一切全变了，他再不来为我把每天送他姐姐的情诗捎去了，那件事情不消说也到了结束时节了。

我有点明白，我这乡下人吃了亏。我为那一笔巨大数目着了骇，每天不拘做任何事都无心情。每天想办法处置，却想不出比逃走更好的办法。

因此有一天，我就离开那一本账簿，同那两个白脸姊弟，四个一见我就问我"诗作得怎么样"的理想岳丈，四双眼睛漆黑身长苗条发辫极大的女孩印象，以及我那个可怜的母亲同姊妹走了。为这件事情我母亲哭了半年。这老年人不是不原谅我的荒唐，因我不可靠用去了这笔钱而流泪；却只为的是我这种乡下人的气质，到任何时任何一处总免不了吃城里聪敏人的亏，而想来十分伤心。

（本文为《从文自传》之一节；选自《沈从文散文》，人民文学出版社，2007 年 3 月）

一个戴水獭皮帽子的朋友

我由武陵（常德）过桃源时，坐在一辆新式黄色公共汽车上。车从很平坦的沿河大堤公路上奔驶而去，我身边还坐定了一个懂人情有趣味的老朋友，这老友正特意从武陵县伴我过桃源县。他也可以说是一个"渔人"，因为他的头上，戴的是一顶价值四十八元的水獭皮帽子，这顶帽子经过沿路地方时，却很能引起一些年轻娘儿们注意的。这老友是武陵地域中心春申君墓旁杰云旅馆的主人。常德、河洑、周溪、桃源，沿河近百里路以内"吃四方饭"的标致娘儿们，他无一不特别熟习；许多娘儿们也就特别熟习他那顶水獭皮帽子。但照他自己说，使他迷路的那点年龄业已过去了，如今一切已满不在乎，白脸长眉毛的女孩子再不使他心跳，水獭皮帽子，也并不需要娘儿们眼睛放光了。他今年还只三十五岁。十年前，在这一带地方凡有他撒野机会时，他从不放过那点机会。现在既已规规矩矩作了一个大旅馆的大老板，童心业已失去，就再也不胡闹了。当他二十五岁左右时，大约就有四十左右女人净白的胸膛被他亲近过。我坐在这样一个朋友的身边，想起国内无数中学生，在国文班上很认真的读陶靖节《桃花源记》情形，真觉得十分好笑。同这样一个朋友坐了汽车到桃源去，似乎太幽默了。

朋友还是个爱玩字画也爱说野话的人。从汽车眺望平堤远处，薄雾里错落有致的平田、房子、树木，全如敷了一层蓝灰，一切极爽心悦目。汽车在大堤上跑去，又极平稳舒服。朋友口中糅合了雅兴与俗趣，带点儿惊讶嚷道：

"这野杂种的景致，简直是画！"

"自然是画！可是是谁的画？"我说，"牯子大哥，你以为是谁的画？"我意思正想考问一下，看看我那朋友对于中国画一方面的知识。

他笑了。"沈石田这狗养的，强盗一样好大胆的手笔！"说时还用手比划着，这里一笔，那边一扫，再来磨磨蹭蹭，十来下，成了。

我自然不能同意这种赞美，因为朋友家中正收藏了一个沈周手卷，姓名真，画笔并不佳，出处是极可怀疑的。说句老实话，当前从窗口入目的一切，潇洒秀丽中带点雄浑苍莽气概，还得另外找寻一句恰当的比拟，方能相称啊。我在沉默中的意见，似乎被他看明白了，他就说：

"看，牯子老弟你看，这点山头，这点树，那一片林梢，那一抹轻雾，真只有王麓台那野狗干的画得出。因为他自己活到八九十岁，就真像只老狗。"

这一下可被他"猜"中了。我说：

"这一下可被你说中了。我正以为目前远远近近风物极和王麓台卷子相近；你有他的扇面，一定看得出。因为它很巧妙的混合了秀气与沉郁，又典雅，又恬静，又不做作。不过有时笔不免脏脏的。"

"好，有的是你这文章魁首形容！人老了，不大肯洗脸洗手，怎么不脏……"接着他就使用了一大串野蛮字眼儿，把我喊作小公牛，且把他自己水獭皮帽子向上翻起的封耳，拉下来遮盖了那两只冻得通红的耳朵，于是大笑起来了。仿佛第一次听说的话，本不过是为了引起我对于窗外景致注意而说，如今见我业已注意，充满兴趣的看车窗外离奇景色，他便很快乐的笑了。

他揢着我的肩膊很猛烈的摇了两下，我明白那是他极高兴的表示。我说：

"牯子大哥，你怎么不学画呢？你一动手，就会弄得很高明的！"

"我讲，牯子老弟，别丢我吧。我也像是一个仇十洲，但是只会画妇人的肚皮，真像你说，'弄得很高明'的！你难道不知道我是个甚么人吗？鼻子一抹灰，能冒充绣衣哥吗？"

"你是个妙人。绝顶的妙人。"

"绣衣哥，得了，甚么庙人，寺人，谁来割我的××？我还预备割掉许多男人的××，省得他们装模作样，在妇人面前露脸！我讨厌他们那种样子！"

"你不讨厌的。"

"牯子老弟，有的是你这绣衣哥说的。不看你面上，我一定要……"

这个朋友言语行为皆粗中有细，且带点儿妩媚，可算得是个妙人！

这个人脸上不疤不麻，身个儿比平常人略长一点，肩膊宽

宽的，且有两只体面干净的大手，初初一看，可以知道他是个
军队中吃粮子上饭跑四方人物，但也可以说他是一个准绅士。
从五岁起就欢喜同人打架，为一点儿小事，不管对面的一个大
过他多少，也一面辱骂一面挥拳打去。不是打得人鼻青脸肿，
就是被人打得满脸血污。但人长大到二十岁后，虽在男子面前
还常常挥拳比武，在女人面前，却变得异常温柔起来，样子显
得很懂事怕事。到了三十岁，处世便更谦和了，生平书读得虽
不多，却善于用书，在一种近于奇迹的情形中，这人无师自通，
写信办公事时，笔下都很可观。为人性情又随和又不马虎，一
切看人来，在他认为是好朋友的，掏出心子不算回事；可是遇
着另外一种老想占他一点儿便宜的人呢，就完全不同了。——
也就因此在一般人中他的毁誉是平分的；有人称他为豪杰，也
有人叫他做坏蛋。但不妨事，把两种性格两个人格拼合拢来，
这人才真是一个活鲜鲜的人！

　　十三年前我同他在一只装军服的船上，向沅水上游开去，
船当天从常德开头，泊到周溪时，天气已快要夜了。那时空中
正落着雪子，天气很冷，船顶船舷都结了冰。他为的是惦念到
岸上一个长眉毛白脸庞小女人，便穿了崭新绛色缎子的猞猁皮

马褂，从那为冰雪冻结了的大小木筏上慢慢的爬过去，一不小心便落了水。一面大声嚷"牯子老弟，这下我可完了"，一面还是笑着挣扎。待到努力从水中挣扎上船时，全身早已为冰冷的水弄湿了。但他换了一件新棉军服外套后，却依然很高兴的从木筏上爬拢岸边。到他心中惦念那个女人身边睡觉去了。三年前，我因送一个朋友的孤雏转回湘西时，就在他旅馆中，看了他的藏画一整天。他告我，有幅文徵明的山水，好得很，终于被一个小婊子婆娘攫走，十分可惜。到后一问，才知道原来他把那画卖了三百块钱，为一个小娼妇点蜡烛挂了一次衣。现在我又让那个接客的把行李搬到这旅馆中来了。

见面时我喊他：

"牯子大哥，我又来了，不认识了我吧。"

他正站在旅馆天井中分派用人抹玻璃，自己却用手抹着那顶绒头极厚的水獭皮帽子，一见到我就赶过来用两只手同我握手，握得我手指酸痛，大声说道："咳，咳，你这个小骚牯子又来了，甚么风吹来的？妙极了，使人正想死你！"

"甚么话，近来心里闲得想到北京城老朋友头上来了吗？"

"甚么画，壁上挂，——当天赌咒，天知道，我正如何念你！"

这自然是一句真话，粮子上出身的人物，对好朋友说谎，原看成为一种罪恶。他想念我，只因为他新近花了四十块钱，买得一本倪元璐所摹写的《武侯前后出师表》。他既不知道这东西是从岳飞石刻出师表临来的，末尾那两颗巴掌大的朱红印记，把他更弄糊涂了。照外行人说来，字既然写得极其"飞舞"，四百也不觉得太贵，他可不明白那个东西应有的价值，又不明出处。花了那一笔钱，从一个川军退伍军官处把它弄到手，因此想着我来了。于是我们一面说点十年前的有趣野话，一面就到他的房中欣赏宝物去了。

这朋友年轻时，是个绿营中正标守兵名分的巡防军，派过中营衙门办事，在花园中栽花养金鱼。后来改作了军营里的庶务，又作过两次军需，又作过一次参谋。时间使一些英雄美人成尘成土，把一些傻瓜坏蛋变得又富又阔；同样的，到这样一个地方，我这个朋友，在一堆倏然而来悠然而逝的日子中，也就做了武陵县一家最清洁安静的旅馆主人，且同时成为爱好古玩字画的"风雅"人了。他既收买了数量可观的字画，还有好些铜器与瓷器，收藏的物件泥沙杂下，并不如何稀罕，但在那么一个小小地方，在他那种经济情形下，能力却可以说尽够人敬服了。若有甚么风雅人由北方或由福建广东，想过桃源去看看，从武陵过身时，能泰然坦然把行李搬进他那个旅馆去。到了那个地方，看看过厅上的芦雁屏条，同长案上一切陈设，便会明白宾主之间实有同好，这一来，凡事皆好说了。

还有那向湘西上行过川黔考察方言歌谣的先生们，到武陵时最好就是到这个旅馆来下榻。我还不曾遇见过什么学者，比这个朋友更能明白中国格言谚语的用处。他说话全是活的，即便是诨话野话，也莫不各有出处，言之成章。而且妙趣百出，庄谐杂陈。他那言语比喻丰富处，真像是大河流水，永无穷尽。在那旅馆中住下，一面听他詈骂用人，一面使我就想起在北京城圈里编《国语大辞典》的诸先生，为一句话一个字的用处，把《水浒》《金瓶梅》《红楼梦》……以及其他所有元明清杂剧小说翻来翻去，剪破了多少书籍！若果他们能够来到这旅馆里，故意在天井中撒一泡尿，或装作无心的样子，把些瓜果皮壳脏东西从窗口照习惯随意抛出去，或索性当着这旅馆老板面前，作点不守规矩缺少理性的行为。好，等着你就听听那作老板的骂出希奇古怪字眼儿，你会觉得原来这里还搁下了一本活生生大辞典！倘若有个经济社会调查团，想从湘西弄到点材料，这旅馆也是最好下榻的处所。因为辰河沿岸码头的税收，烟价，妓女，以及桐油，朱砂的出处行价，各个码头上管事的头目姓名脾气，他知道的也似乎比别的县衙门里"包打听"还更清楚。——他事情懂得多哩，只要想想，人还只在二十五岁左右，就有四十个青年妇人在他面前裸露过胸膛同心子，从一个普通读书人看来，这是一种如何丰富吓人的经验！

只因我已十多年不再到这条河上，一切皆极生疏了，他便特别热心答应伴送我过桃源，为我租雇小船，照料一切。

十二点钟我们从武陵动身，一点半钟左右，汽车就到了桃源县停车站。我们下了车，预备去看船时，几件行李成为极麻烦的问题了。老朋友说，若把行李带去，到码头边叫小划子时，那些吃水上饭的人，会"以逸待劳"，把价钱放在一个高点上，使我们无法对付的。若把行李寄放到另外一个地方，空手去看船，我们便又"以逸待劳"了。我信任了老朋友的主张，照他的意思，一到桃源站后，我们就把行李送到一个卖酒曲的人家去。到了那酒曲铺子，拿烟的是个四十岁左右的中年胖妇人，他的干亲家。倒茶的是个十五六岁的白脸长身头发黑亮亮的女孩子，腰身小，嘴唇小，眼目清明如两粒水晶球儿，见人只是转个不停。论辈数，说是干女儿呢。坐了一阵，两人方离开那人家洒着手下河边去。在河街上一个旧书铺，一帧无名氏的山水小景牵引了他的眼睛，二十块钱把画买定了。再到河边去看船，船上人知道我是那个大老板的熟人，价钱倒很容易说妥了。来回去让船总写保单，取行李，一切安排就绪，时间已快到半夜了。我那小船明天一早方能开头，我就邀他在船上住一夜。他却说酒曲铺子那个十五年前老伴的女儿，正炖了一只母鸡等着他去消夜。点了一段废缆子，很快乐的跳上岸摇着晃着匆匆走去了。

他上岸从一些吊脚楼柱下转入河街时，我还听到河街一哨兵喊口号，他大声答着"百姓"，表明他的身份。第二天天刚发白，我还没醒，小船就已向上游开动了。大约已经走了三里路，却听得岸上有个人喊我的名字，沿岸追来，原来是他从热被里脱出赶来送我的行的。船傍了岸。天落着雪，他站在船头一面抖去肩上雪片，一面质问弄船人，为甚么船开得那么早。

我说："牯子大哥，你怎么的，天气冷得很，大清早还赶来送我！"

他钻进舱里笑着轻轻的向我说："牯子老弟，我们看好了的那幅画，我不想买了。我昨晚上还看过更好的一本册页！"

"甚么人画的？"

"当然仇十洲。我怕仇十洲那杂种也画不出。牯子老弟，好得很……"话不说完他就大笑起来。我明白他话中所指了。

"你又迷路了吗？你不是说自己年已老了吗？"

"到了桃源还不迷路吗？自己虽老别人可年轻！牯子老弟，你好好的上船吧，不要胡思乱想我的事情，回来时仍住到我的旅馆里，让我再照料你上车吧。"

"一路复兴，一路复兴，"那么嚷着，于是他同豹子一样，一纵又上了岸，船就开了。

作于 1934 年

（原载 1934 年 4 月 18 日天津《大公报·文艺副刊》；选自《沈从文散文》），人民文学出版社，2007 年 3 月）

致张兆和（两通）

　　我小船停了，停到鸭窠围。早时候写信提到的"小阜平冈"应当名为"洞庭溪"。鸭窠围是个深潭，两山翠色逼人，恰如我写到翠翠的家乡。吊脚楼尤其使人惊讶，高矗两岸，真是奇迹。两山深翠，唯吊脚楼屋瓦为白色，河中长潭则湾泊木筏廿来个，颜色浅黄。地方有小羊叫，有妇女锐声喊"二老"，"小牛子"，且听到远处有鞭炮声，与小锣声。到这样地方，使人太感动了。四丫头若见到一次，一生也忘不了。你若见到一次，你饭也不想吃了。

　　我这时已吃过了晚饭，点了两支蜡烛给你写报告。我吃了太多的鱼肉。还不停泊时，我们买鱼，九角钱买了一尾重六斤十两的鱼，还是顶小的！样子同飞艇一样，煮了四分之一，我又吃四分之一的四分之一，已吃得饱饱的了。我生平还不曾吃过那么新鲜那么嫩的鱼，我并且第一次把鱼吃个饱。味道比鲥鱼还美，比豆腐还嫩，古怪的东西！我似乎吃得太多了点，还不知道怎么办。

可惜天气太冷了，船停泊时我总无法上岸去看看。我欢喜那些在半天上的楼房。这里木料不值钱，水涨落时距离又太大，故楼房无不离岸卅丈以上，从河边望去，使人神往之至。我还听到了唱小曲声音，我估计得出，那些声音同灯光所在处，不是木筏上的簰头在取乐，就是有副爷们船主在喝酒。妇人手上必定还戴得有镀金戒指。多动人的画图！提到这些时我是很忧郁的，因为我认识他们的哀乐，看他们也依然在那里把每个日子打发下去，我不知道怎么样总有点忧郁。正同读一篇描写西伯利亚方面农人的作品一样，看到那些文章，使人引起无言的哀戚。我如今不止看到这些人生活的表面，还用过去一分经验接触这种人的灵魂。真是可哀的事！我想我写到这些人生活的作品，还应当更多一些！我这次旅行，所得的很不少。从这次旅行上，我一定还可以写出很多动人的文章！

三三，木筏上火光真不可不看。这里河面已不很宽，加之两面山岸很高（比崂山高得远），夜又静了，说话皆可听到。羊还在叫。我不知怎么的，心这时特别柔和。我悲伤得很。远处狗又在叫了，且有人说"再来，过了年再来！"一定是在送客，一定是那些吊脚楼人家送水手下河。

风大得很，我手脚皆冷透了，我的心却很暖和。但我不明白为什么原因，心里总柔软得很。我要傍近你，方不至于难过。我仿佛还是十多年前的我，孤孤单单，一身以外别无长物，搭坐一只装载军服的船只上行，对于自己前途毫无把握，我希望的只是一个四元一月的录事职务，但别人不让我有这种机会。我想看点书，身边无一本书。想上岸，又无一个钱。到了岸必须上岸去玩玩时，就只好穿了别人的军服，空手上岸去，看看街上一切，欣赏一下那些小街上的片糖，以及一个铜元一大堆的花生。灯光下坐着扯得眉毛极细的妇人。回船时，就糊糊涂涂在岸边烂泥里乱走，且沿了别人的船边"阳桥"渡过自己船上去，两脚全是泥，刚一落舱还不及脱鞋，就被船主大喊："伙计副爷们，脱鞋呀。"到了船上后，无事可做，夜又太长，水手们爱玩牌的，皆蹲坐在舱板上小油灯下玩牌，便也镶拢去看他们。这就是我，这就是我！三三，一个人一生最美丽的日子，十五岁到廿岁，便恰好全是在那么情形中过去了，你想想看，是怎么活下来的！万想不到的是，今天我又居然到这条河里，这样小船上，来回想温习一切的过去！更想不到的是我今天却在这样小船上，想着远远的一个温和美丽的脸儿，且这个黑脸的人儿，在另一处又如何悬念着我！我的命运真太可玩味了。

我问过了划船的，若顺风，明天我们可以到辰州了。我希望顺风。船若到得早，我就当晚在辰州把应做的事做完，后天就可以再坐船上行。我还得到辰州问问，是不是云六已下了辰。若他在辰州，我上行也方便多了。

现在已八点半了，各处还可听到人说话，这河中好像热闹得很。我还听到远远的有鼓声，也许是人还愿。风很猛，船中也冰冷的。但一个人心中倘若有个爱人，心中暖得很，全身就冻得结冰也不碍事的！这风吹得厉害，明天恐要大雪。羊还在叫，我觉得希奇，好好的一听，原来对河也有一只羊叫着，它们是相互应和叫着的。我还听到唱曲子的声音，一个年纪极轻的女子喉咙，使我感动得很。我极力想去听明白那个曲子，却始终听不明白。我懂许多曲子。想起这些人的哀乐，我有点忧郁。因这曲子我还记起了我独自到锦州，住在一个旅馆中的情形，在那旅馆中我听到一个女人唱大鼓书，给赶骡车的客人过夜，唱了半夜。我一个人便躺在一个大炕上听窗外唱曲子的声音，同别人笑语声。这也是二哥！那时节你大概在暨南读书，每天早上还得起床来做晨操！命运真使人惘然。爱我，因为只有你使我能够快乐！

二哥

我想睡了。希望你也睡得好。十六下八点五十

十九下午七时

我似乎说过泸溪的坏话，泸溪自己却将为三三说句好话了。这黄昏，真是动人的黄昏！我的小船停泊处，是离城还有一里三分之一地方，这城恰当日落处，故这时城墙同城楼明明朗朗的轮廓，为夕阳落处的黄天衬出。满河是橹歌浮着！沿岸全是人说话的声音，黄昏里人皆只剩下一个影子，船只也只剩个影子，长堤岸上只见一堆一堆人影子移动，炒菜落锅的声音与小孩哭声杂然并陈，城中忽然当的一声小锣，唉，好一个圣境！

我明天这时，必已早抵浦市了的。我还得在小船上睡那么一夜，廿一则在小客店过夜，如《月下小景》一书中所写的小旅店，廿二就在家中过夜了……

明天就到廿了，日子说快也快，说慢又慢。我今天同昨天在路上已看到许多白塔，许多就河边石上捶衣的妇人，而且还看到河边悬崖洞中的房屋，以及架空的碾子。三三，我已到了"柏子"的小河，而且快要走到"翠翠"的家乡了！日中太阳既好，景致又复柔和不少，我念你的心也由热情而变成温柔的爱。我心中尽喊着你，有上万句话，有无数的字眼儿，一大堆微笑，一大堆吻，皆为你而储蓄在心上！我到家中见到一切人时，我一定因为想念着你，问答之间将有些痴话使人不能了解。也许别人问我："你在北京好！"我会说："我三三脸黑黑的，所以北京也很好！"不是这么说也还会有别的话可说，总而言之则免不了授人一点点开玩笑的机会。母亲年老了，这老人家看到我有那么一个乖而温柔的三三，同时若让这老人家知道我们如何要好，她还会更高兴的。我在辰州时，云六说："妈还说'晓得从文怎么样就会选到一个屋里人？同他一样的既不成，同他两样的，更不好。'可是如今可来了，好了，原来也还有既不同样也不异样的人！"家中人看到我们很好，他们的快乐是你想不出的。他们皆很爱你，你却还不曾见过他们！

三三，昨天晚上同今晚上星子新月皆很美，在船上看天空尤可观，我不管冻到甚么样子，还是看了许久星子。你若今夜或每夜皆看到天上那颗大星子，我们就可以从这一粒星子的微光上，仿佛更近了一些。因为每夜这一粒星子，必有一时同你眼睛一样，被我瞅着不旁瞬的。三三，在你那方面，这星子也将成为我的眼睛的！

你的二哥

十九下九时

（1934 年 1 月作者重返湘西，沿途写给张兆和一组信，本书选收其中的两封。选自《沈从文散文》，人民文学出版社，2007 年 3 月）

水　云

——我怎么创造故事，故事怎么创造我

　　青岛的五月，是个希奇古怪的时节，从二月起的交换季候风忽然一息后，阳光热力到了地面，天气即刻暖和起来。树林深处，有了啄木鸟的踪迹和黄莺的鸣声。公园中梅花、桃花、玉兰、郁李、棣棠、海棠和樱花，正像约好了日子，都一齐开放了花朵。到处都聚集了些游人，穿起初上身的称身春服，携带酒食和糖果，坐在花木下边草地上赏花取乐。就中有些从南北大都市来看樱花作短期旅行的，从外表上一望也可明白。这些人为表示当前被自然解放后的从容和快乐，多仰卧在草地上，用手枕着头，被天上云影压枝繁花弄得发迷。口中还轻轻吹着唿哨，学林中鸣禽唤春，女人多站在草地上为孩子们照相，孩子们却在花树间各处乱跑。

　　就在这种阳春烟景中，我偶然看到一个人的一首小诗，大意说："地上一切花果都从阳光取得生命的芳馥，人在自然秩序中，也只是一种生物，还待从阳光中取得营养和教育。"因此常常欢喜孤独伶俜的，带了几个硬绿苹果，带了两本书，向阳光较多无人注意的海边走去。照习惯我实对准日出方向，沿海岸往东走。夸父追日我却迎赶日头，不担心半道会渴死。走过了浴场，走过了炮台，走过了那个建筑在海湾石堆上俄国什么公爵的大房子，……一直到太平角凸出海中那个黛色大石堆上，方不再向前进。这个地方前面已是一片碧绿大海，远远可看见水灵山岛的灰色圆影，和海上船只驶过时在浅紫色天末留下那一缕淡烟。我身背后是一片马尾松林，好像一个一个翠绿扫帚，扫拂天云。矮矮的疏疏的马尾松下，到处有一丛丛淡蓝色和黄白间杂野花在任意开放。花丛间常常可看到一对对小而伶俐麻褐色野兔，神气天真烂漫，在那里追逐游戏。这地方还无一座房子，游人稀少，本来应分算是这些小小生物的特别区，所以与陌生人互相发现时，必不免抱有三分好奇，眼珠子骨碌碌的对人望望。望了好一会儿，似乎从神情间看出了一点危险，或猜想到"人"是什么，方憬然惊悟，猛回头在草树间奔窜。逃走时恰恰如一个毛团弹子一样迅速，也如一个弹子那么忽然触着树身而转折，更换个方向继续奔窜。这聪敏活泼生物，终于在绿色马尾松和杂花间消失了。我于是好像有点抱歉，来估想它受惊以后跑回窠中的情形，它们照例是用埋在地下的引水陶筒作家的，因为里面四通八达，合乎传说上的三窟意义。进去以后，必挤得紧紧的，为求安全准备第二次逃奔，因为有时很可能是被一匹狗追逐，狗尚徘徊在水道口。过一会儿心定了点，小心谨慎从水道口露出那两个毛茸茸的小耳朵和光头来，听听远近风声，从经验明白天下太平后，方重新到草树间来游戏。

我坐的地方八尺以外，便是一道陡峻的悬崖，向下直插入深海中，若想自杀，只要稍稍用力向前一跃，就可坠崖而下，掉进海水里喂鱼吃。海水有时平静不波，如一片光滑的玻璃。有时可看到两三丈高的大浪头，戴着皱折的白帽子，直向岩石下扑撞，结果这浪头却变成一片银白色的水沫，一阵带咸味的雾雨。我一面让和暖阳光烘炙肩背手足，取得生命所需要的热和力，一面却用面前这片大海教育我，淘深我的生命。时间长，次数多，天与树与海的形色气味，便静静的溶解到了我绝对单独的灵魂里。我虽寂寞却并不悲伤。因为从默会遐想中，感觉到生命智慧和力量。心脏跳跃节奏中，即俨然有形式完美韵律清新的诗歌，和调子柔软而充满青春纪念的音乐。

"名誉、金钱或爱情，甚么都没有，这不算甚么。我有一颗能为一切现世光影而跳跃的心，就很够了。这颗心不仅能够梦想一切，而且可以完全实现它。一切花草既都能从阳光下得到生机，各自于阳春烟景中芳菲一时，我的生命上的花朵，也待发展，待开放，必然有惊人的美丽与芳香。"

我仰卧时那么打量，一起身，另外一种回答就起自心中深处。这正是想象碰着边际时所引起的一种回音。回音中见出一点世故，一点冷嘲，一种受社会挫折蹂躏过的记号。

"一个人心情骄傲，性格孤僻，未必就能够作战士！应当时时刻刻记住，得谨慎小心，你到的原是个深海边。身体纵不至于掉进海里去，一颗心若掉到梦想的幻异境界中去，也相当危险，挣扎出时并不容易！"

这点世故对于当时的我并不需要，因此我重新躺下去，俨若表示业已心甘情愿受我选定的生活选定的人所征服。我等待这种征服。

"为甚么要挣扎？倘若那正是我要到的去处，用不着使力挣扎的。我一定放弃任何抵抗愿望，一直向下沉。不管它是带咸味的海水，还是带苦味的人生，我要沉到底为止。这才像是生活，是生命。我需要的就是绝对的皈依，从皈依中见到神。我是个乡下人，走到任何一处照例都带了一把尺，一把秤，和普通社会总是不合。一切来到我命运中的事事物物，我有我自己的尺寸和分量，来证实生命的价值和意义。我用不着你们名叫'社会'为制定的那个东西，我讨厌一般标准。尤其是什么思想家为扭曲人性而定下的乡愿蠢事。这种思想算是什么？不过是少年时男女欲望受压抑，中年时权势欲望受打击，老年时体力活动受限制，因之用这个来弥补自己并向人间复仇的人病态的表示罢了。这种人从来就是不健康的，哪能够希望有个健康人生观。"

"好，你不妨试试看，能不能使用你自己那个尺和秤，去量量你和人的关系。"

"你难道不相信吗？"

"你应当自己有自信，不用担心别人不相信。一个人常常因为对自己缺少自信，才要从别人相信中得到证明。政治上纠纠纷纷，以及在这种纠纷中的牺牲，使百万人在面前流血，流血的意义就为的是可增加某种人自己那点自信。在普通人事关系上，且有人自信不过，又无从用牺牲他人得到证明，所以一失了恋就自杀的。这种人做了一件其蠢无以复加的行为，还以为是追求生命最高的意义，而且得到了它。"

"我只为的是如你所谓灵魂上的骄傲，也要始终保留着那点自信！"

"那自然极好，因为凡真有自信的人，不问他的自信是从官能健康或观念顽固而来，都可望能够赢得他人的承认。不过你得注意，风不常向一定方向吹。我们生活中到处是'偶然'，生命中还有比理性更具势力的'情感'。一个人的一生可说即由偶然和情感乘除而来。你虽不迷信命运，新的偶然和情感，可将形成你明天的命运，决定你后天的命运。"

"我自信我能得到我所要的，也能拒绝我不要的。"

"这只限于选购牙刷一类小事情。另外一件小事情，就会发现势不可能。至于在人事上，你不能有意得到那个偶然的凑巧，也无从拒绝那个附于情感上的弱点。"

辩论到这点时，仿佛自尊心起始受了点损害，躺着向天的那个我，沉默了。坐着望海的那个我，因此也沉默了。

试看看面前的大海，海水明蓝而静寂，温厚而蕴藉。虽明知中途必有若干海岛，可供候鸟迁移时栖息，且一直向前，终可到达一个绿芜无限的彼岸。但一个缺少航海经验的人，是无从用想象去证实的。这也正与一个人的生命相似。再试抬头看看天空云影，并温习另外一时同样天空的云影，我便俨若有会于心。因为海上的云彩实在丰富异常。有时五色相渲，千变万化，天空如张开一张锦毯。有时又素净纯洁，天空但见一片绿玉，别无它物。这地方一年中有大半年天空中竟完全是一幅神奇的图画，有青春的嘘息，触起人狂想和梦想，看来令人起轻快感、温柔感、音乐感、情欲感。海市蜃楼就在这种天空中显现，它虽不常在人眼底，却永远在人心中。秦皇汉武的事业，同样结束在一个长生不死青春常驻的梦境里，不是毫无道理的。然而这应当是偶然和情感乘除，此外还有点别的什么？

我不羡慕神仙，因为我是个凡人。我还不曾受过任何女人关心，也不曾怎么关心过别的女人。我在移动云影下，做了些年轻人所能做的梦。我明白我这颗心在情分取予得失上，受得住人的冷淡糟蹋，也载得起来忘我狂欢。我试重新询问我自己。

"什么人能在我生命中如一条虹，一粒星子，在记忆中永远忘不了？应当有那么一个人。"

"怎么这样谦虚得小气？这种人虽行将就要陆续来到你的生命中，各自保有一点势力。这些人名字都叫做'偶然'。名字有点俗气，但你并不讨厌它。因为它比虹和星还无固定性，还无再现性。它过身，留下一点什么在这个世界上一个人的心上；它消失，当真就消失了。除了留在心上那个痕迹，说不定从此就永远消失了。这消失也不会使人悲观，为的是它曾经活在你心上过，并且到处是偶然。"

"我是不是也能够在另外一个生命中保留一种势力？"

"这应当看你的情感。"

"难道我和人对于自己，都不能照一种预定计划去作一点……"

"唉，得了。什么计划？你意思是不是说那个理性可以为你决定一件事情，而这事情又恰恰是上帝从不曾交把任何一个人的？你试想想看：能不能决定三点钟以后，从海边回到你那个住处去，半路上会有些什么事情等待你？这些事影响到一年两年后的生活，可能有多大？若这一点你失败了，那其他的事情，显然就超过你智力和能力以外更远了。这种测验对于你也不是件坏事情，因为可让你明白偶然和感情将来在你生命中的种种，说不定还可以增加你一点忧患来临的容忍力——也就是新的道家思想，在某一点某一事上，你得有点信天委命的达观，你才能泰然坦然继续活下去。"

我于是靠在一株马尾松旁边，一面采摘那些杂色不知名野花，一面试去想象，下午回去半路上可能发生的一切事情。

到下午四点钟左右，我预备回家了。在惠泉浴场潮水退落后的海滩泥地上，看见一把被海水漂成白色的小螺蚌，在散乱的地面返着珍珠光泽。从螺蚌形色，可推测得这是一个细心的人的成绩。我猜想这也许是个随同家中人到海滩上来游玩的女孩子，用两只小而美丽的手，精心细意把它从沙砾中选出，玩过一阵以后，手中有了一点湿汗，怪不受用，又还舍不得抛弃。恰好见家中人在前面休息处从藤提篮中取出苹果，得到个理由要把手弄干净一点，就将它塞在保姆手里，不再关心这个东西了。保姆把这些螺蚌残骸捏在大手里一会儿，又为另外一个原因，把它随意丢在这里了。因为湿地上留下一列极长的足印，就中有个是小女孩留下的，我为追踪这个足印，方发现了它。这足印到此为止，随后即斜斜的向可供休息的一个大石边走去，步法已较宽，可知是跑去的。并且石头上还有些苹果香蕉皮屑。我于是把那些美丽螺蚌一一捡到手中，因为这些过去生命，保留了一些别的生命的美丽天真愿望活在我的想象中。

再走过去一点，我又追踪另外两个脚迹走去，从大小上可看出这是一对年轻伴侣留下的。到一个最适宜于看海上风帆的地点，两个脚迹稍深了点，乱了点，似乎曾经停留了一会儿。从男人手杖尖端划在沙上的几条无意义的曲线，和一些三角形与圆圈，和一小个装胶卷的小黄纸盒，可推测得出这对年轻伴侣，说不定到了这里，恰好看见海上一片三角形白帆驶过，因为欣赏景致停顿了一会儿，还照了个相。照相的很可能是女人，手杖在沙上画的曲线和其他，就代表男子闲坐与一点厌烦。在这个地方照相，又可知是一对外来游人，照规矩，本地人是不会在这个地方照相的。

再走过去一点，到海滩滩头时，我碰到一个敲拾牡蛎的穷女孩，竹篮中装了一些牡蛎和一把黄花。

于是我回到了住处。上楼梯时照样轧轧的响，从这响声中就可知并无什么意外事发生。从一个同事半开房门中，可看到墙壁上一张有香烟广告美人画。另外一个同事窗台上，依然有

个鱼肝油空瓶。一切都照样。尤其是楼下厨房中大师傅，在调
羹和味时那些碗盏碰撞声音，以及那点从楼口上溢的扑鼻香味，
更增加凡事照常的感觉。我不免对于在海边那个宿命论与不可
知论的我，觉得有点相信不过。

其时尚未黄昏，住处小院子十分清寂，远在三里外的海上
细语啮岸声音，也听得很清楚。院子内花坛中一大丛珍珠梅，
脆弱枝条上繁花如雪。我独自在院中划有方格的水泥道上来回
散步，一面走一面思索些抽象问题。恰恰如歌德传记中说他
二十多岁时在一个钟楼上看村景心情，身边手边除了本诗集什
么都没有，可是世界上一切都俨然为他而存在。用一颗心去为
一切光色声音气味而跳跃，比用两条强壮手臂对于一个女人所
能作的还更多。可是多多少少有一点儿难受，好像在有所等待，
可不知要来的是什么。

远远的忽然听到女人笑语声，抬头看看，就发现短墙外拉
斜下去的山路旁，那个加拿大白杨林边，正有个年事轻轻的女
人，穿着件式样称身的黄绸袍子，走过草坪去追赶一个女伴。
另外一处却有个"上海人"模样穿旅行装的二号胖子，携带两
个孩子在招呼她们。我心想，怕是什么银行经理一类人来看樱

花吧。这些人照例住"第一宾馆"的头等房间，上馆子时必叫"甲鲫鱼"，还要到炮台边去照几个相，一切行为都反映他钱袋的饱满，和兴趣的庸俗。女的很可能因为从"上海"来的，衣服都很时髦，可是脑子都空空洞洞，除了从电影上追求女角的头发式样，算是生命中至高的悦乐，此外竟毫无所知。

过不久，同住的几个专家陆续从学校回来了，于是照例开饭。甲乙丙丁戊己庚辛坐满了一桌子，再加上一位陌生女客，一个受过北平高等学校教育上海高等时髦教育的女人。照表面看，这个女人可说是完美无疵，大学教授理想的太太。照言谈看，这个女人并且对于文学艺术竟像是无不当行。不凑巧平时吃保肾丸的教授乙，饭后拿了个手卷人物画来欣赏时，这个漂亮女客却特别对画上的人物数目感兴趣。这一来，我就明白女客精神上还是大观园拿花荷包的人物了。

到了晚上，我想起"偶然"和"情感"两个名词，不免重新有点不平。好像一个对生命有计划对理性有信心的我，被另一个宿命论不可知论的我战败了。虽然败还不服输，所以总得想方法来证实一下。当时唯一可证实我是能够有理想照理想活下去的事，即使用手上一支笔写点什么。先是为一个远在千里外女孩子写了些信，预备把白天海滩上无意中得到的螺蚌附在信里寄去。因为叙述这些螺蚌的来源，我不免将海上光景描绘一番。这种信写成后使我不免有点难过起来，心俨然沉到一种绝望的泥潭里了，为自救自解计，才另外来写个故事。我以为由我自己把命运安排得十分美丽，若不可能，安排一个小小故事，应当不太困难。我想试试看能不能在空中建造一个式样新奇的楼阁。我无中生有，就日中所见，重新拼合写下去，我应当承认，在写到故事一小部分时，情感即已抬了头。我一直写到天明，还不曾离开桌边，且经过二十三个钟头，只吃过三个硬苹果。写到一半时，我方在前面加个题目：《八骏图》。第五天后，故事居然写成功了。第二十七天后，故事便在上海一个刊物上发表了。刊物从上海寄过青岛时，同住几个专家都觉得被我讥讽了一下，都以为自己即故事上甲乙丙丁。完全不想到我写它的用意，只是在组织一个梦境。至于用来表现"人"在各种限制下所见出的性心理错综情感，我从中抽出式样不同的几种人，用言语、行为、联想、比喻以及其他方式来描写它。这些人照样活一世，并不以为难受，到被别人如此艺术的处理时，看来反而难受，在我当时竟觉得大不可解。这故事虽得来些不必要麻烦，且影响到我后来放弃教学的理想，可是一般读者却因故事和题目巧合，表现方法相当新，处理情感相当美，留下个较好印象。且以为一定真有那么一回事，因此按照上海风气，为我故事来作索引，就中男男女女都有名有姓。这种索引自然是不可信的，尤其是说到的女人，近于猜谜。这种猜谜既无关大旨，所以我只用微笑和沉默作为答复。

夏天来了，大家都向海边跑，我却留在山上。有一天，独自在学校旁一列梧桐树下散步，见太阳光从梧桐大叶空隙间滤过，光影印在地面上，纵横交错。俨若有所契，有所悟，只觉得生命和一切都交互溶解在光影中。这时节，我又照例成为两种对立的人格。

我稍稍有点自骄，有点兴奋："什么是偶然和情感？我要做的事，就可以做。世界上不可能用任何人力材料建筑的宫殿和城堡，原可以用文字作成功的。有人用文字写人类行为的历史，我要写我自己的心和梦的历史。我试验过了，还要从另外一方面作试验。"

那个回音依然是冷冷的："这不是最好的例，若用前事作例，倒恰好证明前次说的偶然和情感实决定你这个作品的形式和内容。你偶然遇到几件琐碎事情，在情感兴奋中粘合贯串了这些事情，末了就写成了那么一个故事。你再写写看，就知道你单是'要写'，并不成功了。文字虽能建筑宫殿和城堡，可是那个图样却是另外一时的偶然和情感决定的。"

"这是一种诡辩。时间将为证明，我要作什么，必能作什么。"

"别说你'能'作什么，你不知道，就是你'要'作什么，难道还不是由偶然和情感乘除来决定？人应当有自信，但不许超越那个限度。"

"情感难道不属于我？不由我控制？"

"它属于你，可并不如由知识堆积而来的理性，能供你使唤。只能说你属于它，它又属于生理上的'性'，性又属于人事机缘上的那个偶然。它能使你生命如有光辉，就是它恰恰如一个星体为阳光照及时。你能不能知道阳光在地面上产生了多少生命，具有多少不同形式？你能不能知道有多少生命名字叫作女人，在什么情形下就使你生命放光，情感发炎？你能不能估计有什么在阳光下生长中的生命，到某一时原来恰恰就在支配你，成就你？这一切你全不知道！"

…………

　　这似乎太空虚了点，正像一个人在抽象中游泳，这样游来游去自然是不会到那个理想或事实边际的。如果是海水，还可推测得出本身浮沉和位置。如今只是抽象，一切都超越感觉以上，因此我不免有点恐怖起来。我赶忙离开了树下日影，向人群集中处走去，到了熙来攘往的大街上。这一来，两个我照例都消失了。只见陌生人林林总总，在为一切事而忙。商店和银行，饭馆和理发馆，到处有人进出。人与人关系变得复杂到不可思议，然而又异常单纯的一律受"钞票"所控制。到处有人在得失上爱憎，在得失上笑骂，在得失上作种种表示。离开了大街，转到市政府和教堂时，就可使人想到这是历史上种种得失竞争的象征，或用文字制作经典，或用木石造作虽庞大却极不雅观的建筑物，共同支撑一部分前人的意见，而照例更支撑了多数后人的衣禄。……不知如何一来，一切人事在我眼前都变成了漫画，既虚伪，又俗气，而且反复继续的下去，不知到何时为止。但觉人生百年长勤，所得于物虽不少，所得于己实不多。

　　我俨然就休息到这种对人事的感慨上，虽累而不十分疲倦。我在那新教堂石阶上面对大海坐了许久。

　　回来时，我想除去那些漫画印象，和不必要的人事感慨，就重新使用这支笔，来把佛经中小故事放大翻新，注入我生命中属于情绪散步的种种纤细感觉和荒唐想象。我认为人生为追求抽象原则，应超越功利得失和贫富等级，去处理生命与生活。我认为人生至少还容许用将来重新安排一次。就那么试来重作安排，因此又写成一本《月下小景》。

　　两年后，《八骏图》和《月下小景》结束了我的教书生活，也结束了我海边孤寂中的那种情绪生活。两年前偶然写成的一个小说，损害了他人的尊严，使我无从和甲乙丙丁专家同在一处继续共事下去。偶然拾起的一些螺蚌，连同一个短信，寄到另外一处时，却装饰了另外一个人的青春生命，我的幻想已证实了一部分，原来我和一个素朴而沉默的女孩子，相互间在生命中都保留一种势力，无从去掉了，我到了北平。

　　有一天，我走入北平城一个人家的阔大华贵客厅里，猩红丝绒垂地的窗帘，猩红丝绒四丈见方的地毯，把我愣住了。我就在一套猩红丝绒旧式大沙发中间，选了靠近屋角一张沙发坐下来，观看对面高大墙壁上的巨幅字画。莫友芝斗大的分隶屏条，赵㧑叔斗大的红桃立轴，这一切竟像是特意为配合客厅而准备，并且还像是特意为压迫客人而准备。一切都那么壮大，我于是似乎缩得很小。来到这地方是替一个亲戚带个小礼物，应当面把礼物交给女主人的。等了一会儿，女主人不曾出来，从客厅一角却出来了个"偶然"。问问才知道是这人家的家庭教师，和青岛托带礼物的亲戚也相熟，和我好些朋友都相熟。虽不曾见过我，可是却读过我作的许多故事。因为那女主人出了门，等等方能回来，所以用电话要她和我谈谈。我们谈到青岛的四季，两年前她还到过青岛看樱花，以为樱花和别的花都不如北平的花好，倒是那个海有意思。女主人回来时，正是我们谈到海边一切，和那个本来俨然海边主人的麻兔时。我们又谈了些别的事方告辞。"偶然"给我一个幽雅而脆弱的印象，一张白白的小脸，一堆黑而光柔的头发，一点陌生羞怯的笑。当发后的压发翠花跌落到地毯上，躬身下去寻找时，我仿佛看到一条素色的虹霓。虹霓失去了彩色，究竟还有什么，我并不知道。"偶然"给我保留一种印象，我给了"偶然"一本书，书上第一篇故事，原可说就是两年前为抵抗"偶然"而写成的。

　　一个月以后，我又在另外一个素朴而美丽的小客厅中，见到了"偶然"。她说一点钟前还看过我写的那个故事，一面说一面微笑。且把头略偏，眼中带点羞怯之光，想有所探询，可不便启齿。

仿佛有斑鸠唤雨声音从远处传来。小庭园玉兰正盛开。我们说了些闲话，到后"偶然"方问我："你写的可是真事情？"

我说，"什么叫作真？我倒不大明白真和不真在文学上的区别，也不能分辨它在情感上的区别，文学艺术只有美和不美。精卫衔石，杜鹃啼血，情真事不真，并不妨事。你觉得对不对？"

"我看你写的小说，觉得很美，当真很美，但是，事情真不真——可未必真！"

这种怀疑似乎已超过了文学作品的欣赏，所要理解的是作者的人生态度。

我稍稍停了一会儿，"不管是故事还是人生，一切都应当美一些！丑的东西虽不全是罪恶，可是总不能令人愉快。我们活到这个现代社会中，被官僚、政客、银行老板、理发匠和成衣师傅，共同弄得到处是丑陋，可是人应当还有个较理想的标准，也能够达到那个标准，至少容许在文学艺术上创造那标准。因为不管别的如何，美应当是善的一种形式。"

正像是这几句空话说中了"偶然"另外某种嗜好，"偶然"

315

轻轻的叹了一口气。"美的有时也令人不愉快！譬如说，一个人刚好订婚，又凑巧……"

我说，"呵！我知道了。你看了我写的故事一定难过起来了。不要难受，美丽总使人忧愁，可是还受用。那是我在海上受水云教育产生的幻影，并非实有其事！"

"偶然"于是笑了。因为心被个故事已浸柔软，忽然明白这为古人担忧弱点已给客人发现，自然觉得不大好意思。因此不再说什么，把一双白手拉拉衣角，裹紧了膝头。那天穿的衣服，恰好是件绿地小黄花绸子夹衫，衣角袖口缘了一点紫。也许自己想起这种事，只是不经意的和我那故事巧合，也许又以为客人并不认为这是不经意，且认为是成心。所以在应付间不免用较多微笑作为礼貌的装饰，与不安情绪的盖覆。结果另外又给了我一种印象。我呢，我知道，上次那本小书给人甘美的忧愁已够多了。

离开那个素朴小客厅时，我似乎遗失了一点什么东西。在开满了马缨花和洋槐的长安街大路上，试搜寻每个衣袋，不曾发现失去的是什么。后来转入中南海公园，在柳堤上绕了一个大圈子，见到水中的云影，方骤然觉悟失去的只是三年前独自在青岛大海边向虚空凝眸，作种种辩论时那一点孩子气主张。这点自信若不是掉落到一堆时间后边，就是前不久掉在那个小客厅中了。

我坐在一株老柳树下休息，想起"偶然"穿的那件夹衫，颜色花朵如何与我故事上景物巧合。当这点秘密被我发现时，"偶然"所表示的那种轻微不安，是种什么分量。我想起我向"偶然"说的话，这些话，在"偶然"生命中，可能发生的那点意义，又是种什么分量。心似乎有点跳得不大正常。"美丽总使人忧愁，然而还受用。"

一个小小金甲虫落在我的手背上，捉住了它看看时，只见六只小脚全缩敛到带金属光泽的甲壳下面。从这小虫生命完整处，见出自然之巧和生命形式的多方。手轻轻一扬，金甲虫即振翅飞起，消失在广阔的湖面莲叶间了。我同样保留了一点印象在记忆里，原来我的心尚空阔得很，为的是过去曾经装过各式各样的梦，把梦腾挪开时，还装得上许多事事物物。然而我想这个泛神倾向若用之与自然对面，很可给我对现世光色有更多理解机会；若用之于和人事对面，或不免即成为我一种弱点，尤其是在当前的情形下，决不能容许弱点抬头。

因此我有意从"偶然"给我的印象中，搜寻出一些属于生活习惯上的缺点，用作保护我性情上的弱点。

　　……生活在一种不易想象的社会中，日子过得充满脂粉气。这种脂粉气既成生活一部分，积久也就会成为生命中不可少的一部分。一切不外乎装饰，只重在增加对人的效果，毫无自发的较深较远的理想。性情上的温雅，和文学爱好，也可说是足为装饰之一种。脂粉气邻于庸俗，知识也不免邻于虚伪。一切不外乎时髦，然而时髦得多浅多俗气！……

我于是觉得安全了。倘若没有别的时间下偶然发生的事情，我应当说实在是十分安全的。因为我所体会到的"偶然"生活性情上的缺点，一直都还保护到我，任何情形下尚有作用。不过保护得我更周到的，也许还是另外一种事实，即一种幸福的婚姻，或幸福婚姻的幻影，我正准备去接受它，证实它。这也可说是种偶然，为的是由于两年前在海上拾来那点螺蚌，无意中寄到南方时所得的结果。然而关于这件事，我却认为是意志和理性作成的。恰恰如我一切用笔写成的故事，内容虽近于传奇，由我个人看来，却产生于一种计划中。

时间流过去了，带来了梅花、丁香、芍药和玉兰，一切北方色香悦人的花朵，在冰冻渐渐融解风光中逐次开放。另外一种温柔的幻影已成为实际生活。一个小小院落中，一株槐树和一株枣树，遮蔽了半个院子。从细碎树叶间筛下细碎的日影，铺在砖地，映照在素净纸窗间，给我对于生命或生活一种新的经验和启示。一切似乎都安排对了。我心想：

"我要的，已经得到了。名誉或认可，友谊和爱情，全部到了我的身边。我从社会和别人证实了存在的意义。可是不成，我似乎还有另外一种幻想，即从个人工作上证实个人希望所能达到的传奇。我准备创造一点纯粹的诗，与生活不相粘附的诗。情感上积压下来的一点东西，家庭生活并不能完全中和它消耗它，我需要一点传奇，一种出于不巧的痛苦经验，一分从我'过去'负责所必然发生的悲剧。换言之，即完美爱情生活并不能调整我的生命，还要用一种温柔的笔调来写爱情，写那种和我目前生活完全相反，然而与我过去情感又十分相近的牧歌，方可望使生命得到平衡。"

因此每天大清早，就在院落中一个红木八条腿小小方桌上，放下一叠白纸，一面让细碎阳光洒在纸上，一面将我某种受压抑的梦写在纸上。故事上的人物，一面从一年前在青岛崂山北九水旁见到的一个乡村女子，取得生活的必然，一面就用身边新妇作范本，取得性格上的素朴式样。一切充满了善，然而到处是不凑巧。既然是不凑巧，因之素朴的善终难免产生悲剧。故事中充满五月中的斜风细雨，以及那点六月中夏雨欲来时闷人的热，和闷热中的寂寞。这一切其所以能转移到纸上，倒可说全是从两年来海上阳光得来的能力。这一来，我的过去痛苦的挣扎，受压抑无可安排的乡下人对于爱情的憧憬，在这个不幸故事上，才得到了排泄与弥补。

一面写一面总仿佛有个生活上陌生、情感上相当熟习的声音在召唤我：

"你这是在逃避一种命定。其实一切努力全是枉然。你的一支笔虽能把你带向'过去'，不过是用故事抒情作诗罢了。真正在等待你的却是'未来'。你敢不敢向更深处想一想，笔下如此温柔的原因？你敢不敢仔仔细细认识一下你自己，是不是个能够在小小得失悲欢上满足的人？"

"我用不着作这种分析和研究。我目前的生活很幸福，这就够了。"

"你以为你很幸福，为的是你尊重过去，当前是照你过去理性或计划安排成功的。但你何尝真正能够在自足中得到幸福？或用他人缺点保护，或用自己的幸福幻影保护，二而一，都可作为你害怕'偶然'浸入生命中时所能发生的变故。因为'偶然'能破坏你幸福的幻影。你怕事实，所以自觉宜于用笔捕捉抽象。"

"我怕事实？"

"是的，你害怕明天的事实。或者说你厌恶一切事实，因之极力想法贴近过去，有时并且不能不贴近那个抽象的过去，使它成为你稳定生命的碇石。"

我好像被说中了，无从继续申辩。我希望从别的事情上找寻我那点业已失去的自信，或支持自信的观念。没有得到，却得到许多容易破碎的古陶旧瓷。由于耐心和爱好换来的经验，使我从一些盘盘碗碗形体和花纹上，认识了这些艺术品的性格和美术上特点，都恰恰为一个中年人自各样人事关系上所得的经验一般。久而久之，对于清代瓷器中的盘碗，我几几乎用手指去摸抚它的底足边缘，就可判断作品的相对年代了。然而这一切却只能增加我耳边另外一种声音的调讽。

"你打量用这些容易破碎的东西稳定平衡你奔放的生命，到头还是毫无结果的。这消磨不了你三十年积压的幻想。你只有一件事情可作，即从一种更直接有效的方式上，发现你自己，也发现人。甚么地方有些年轻温柔的心在等待你，收容你的幻想，这个你明明白白。为的是你怕事，你于是名字叫作好人。声音既来自近处，又像来自远方，却十分明白的存在，不易消失。"

试去搜寻从我生活上经过的人事时，才发现这个那个"偶然"都好像在鼓舞我控制我支配我。因此重新在所有"偶然"给我的印象上，找出每个"偶然"的缺点，保护到我自己的弱点。只因为这些声音就似乎从各方面传来。且从不同时间不同地点传来。

我的新书《边城》出了版，这本小书在读者间得到些赞美，在朋友间还得到些极难得的鼓励。可是没有一个人知道我是在什么情绪下写成这个作品，也不大明白我写它的意义。即以极细心朋友刘西渭先生批评说来，就完全得不到我如何用这个故事填补我过去生命中一点哀乐的原因。唯其如此，这个作品在我抽象感觉上，我却得到一种近乎严厉讥刺的责备。

"这是一个胆小而知足且善逃避现实者最大的成就。将热情注入故事中，使他人得到满足，自己得到安全，并从一种友谊的回声中证实生命的意义。可是生命真正意义是什么？是节制还是奔放？是矜持还是疯狂？是一个故事还是一种事实？"

"这不是我要回答的问题，他人也不能引诱我答复。"

不过这件事在我生命中究竟已经成为一个问题。庭院中枣子成熟时，眼看到缀系在细枝间被太阳晒得透红的小小果实，心中不免有一丝儿对时序的悲伤。一切生命都有个秋天，来到我身边却是那个"秋天的感觉"。这种感觉可以使一个浪子缩手皈心，也可以使一个君子胡涂堕落，为的是衰落预感刺激了他，或恼怒了他。

天气渐冷，我已不能再在院中阳光下写什么，且似乎也并无什么故事可写。心手两闲的结果，使我起始坠入故事里乡下女孩子那种纷乱情感中。我需要什么？不大明白，又正像不敢去思索明白。总之情感在生命中已抬了头。这比我真正去接近某个偶然时还觉得害怕。因为它虽不至于损害人，事实上却必然会破坏我——我的工作理想和一点自信心，都必然将因此而毁去。最不妥当处是我还有些预定的计划，这类事与我"性情"虽不甚相合，对我"生活"却近于必需。情感若抬了头，一群"偶然"听其自由浸入我生命中，就什么都完事了。当时若能写个长篇小说，照《边城题记》中所说来写崩溃了的乡村一切，来消耗它，归纳它，也许此后可以去掉许多困难。但这种题目和我当时心境都不相合。我只重新逃避到字帖赏玩中去。我想把写字当成一束草，一片破碎的船板，俨然用它为我下沉时有所准备。我要和生命中一种无固定性的势力继续挣扎，尽可能去努力转移自己到一种无碍于人我的生活方式上去。

不过我虽能将生命逃避到艺术中，可无从离开那个环境。环境中到处是年轻生命，到处是"偶然"。也许有些是相互逃避到某种问题中，有些又相互逃避到礼貌中，更有些说不定还近于"挹彼注此"的……因之各人都可得到一种安全感或安全事实。可是这对于我，自然是不大相宜的。我的需要在压抑中，更容易见出它的不自然处。岁暮年末时，因"偶然"中之某一个，重新有机会给了我一点更离奇印象。依然那么脆弱而羞怯，用少量言语多量微笑或沉默来装饰我们的晤面。其时白日的阳光虽极稀薄，寒风冻结了空气，可是房中炉火照例极其温暖，火炉边柔和灯光中，是能生长一切的，尤其是那个名为"感情"或"爱情"的东西。可是为防止附于这个名辞的纠纷性和是非性，我们却把它叫作"友谊"。总之，"偶然"之一和我之友谊越来越不同了。一年余以来努力的趋避，在十分钟内即证明等于精力白费。"偶然"的缺点依旧尚留在我印象中，而且更加确定，然而却不能保护我什么了。其他"偶然"的长处，也不能保护我什么了。

我于是逐渐进入到一个激烈战争中，即理性和情感的取舍。但事极显明，就中那个理性的我终于败北了。当我第一次给了"偶然"一种败北以后的说明时，一定使"偶然"惊喜交集，且不知如何来应付这种新的问题。因为这件事若出于另一"偶然"，则准备已久，恐不过是"我早知如此"轻轻的回答，接着也不过是由此必然而来的一些给和予。然而这事情却临到一个无经验无准备的"偶然"手中，在她的年龄和生活上，是都无从处理这个难题，更毫无准备应付这种问题的技术。因此当她感觉到我的命运是在她手中时，不免茫然失措。

我呢，俨然是在用人教育我。我知道这恰是我生命的两面，用之于编排故事，见出被压抑热情的美丽处，用之于处理人事，即不免见出性情上的弱点，不特苦恼自己也苦恼人。我真业已放弃了一切可由常识来应付的种种，一任自己沉陷到一种情感漩涡里去。十年后温习到这种"过去"时，我恰恰如在读一本属于病理学的书籍，这本书名应当题作：《情感发炎及其治疗》，作者是一个疯子同时又是一个诗人。书中毫无故事，唯有近乎抽象的印象拼合。到客厅中红梅与白梅全已谢落时，"偶然"的微笑已成为苦笑。因为明白这事得有个终结，就装作为了友谊的完美，和个人理想的实证，带着一点悲伤，一种出于勉强的充满痛苦的笑，好像说，"我得到的已够多了"，就到别一地方去了。走时的神气，和事前心情上的纷乱，竟与她在某一时写的一个故事完全相同。不同处只是所要去的方向而已。

我于是重新得到了稳定，且得到用笔的机会。可是我不再写什么传奇故事了，因为生活本身即为一种动人的传奇。我读过一大堆书，再无什么故事比我情感上的哀乐得失经验更离奇动人。我读过许多故事，好些故事到末后，都结束到"死亡"和一个"走"字上，我却估想这不是我这个故事的结局。

第二个"偶然"因为在我生命中用另外一种形式存在，我读了另外一本书。这本书正如出于一个极端谨慎的作者，中间从无一个不端重的句子，从无一段使他人读来受刺激的描写，而且从无离奇的变故与纠纷，然而且真是一种传奇。为的是在这故事背后，保留了一切故事所必需的回目，书中每一章每一节都是对话，与前一个故事微笑继续沉默完全相反。故事中无休止的对话与独白，却为的是沉默即会将故事组织完全破坏而起，从独白中更可见出"偶然"生命取予的形式。因为预防，相互都明白，一沉默即将思索，一思索即将究寻名词，一究寻名词即可能将"友谊"和"爱情"分别其意义。这一来，情形即发生变化，不窘人将不免自窘。因此这故事就由对话起始，由独白结束。书中人物俨然是在一种战争中维持了十年友谊。形式上都得了胜利，事实上也可说都完全败北。因为装饰过去的生命，本容许有一点妩媚和爱娇，以及少许有节制的疯狂，故事中却用对话独白代替了。

第三个"偶然"浸入我生命中时，初初即给我一点启示，是上海成衣匠和理发匠等等在一个年轻肉体上所表现的优美技巧。我觉得这种技巧只会给第二等人增加一点风情上的效果，对于"偶然"实不必要。因此我在沉默中为除去了这些人为的技巧，看出自然所给予一个年轻肉体完美处和精细处。最奇异的是这里并没有情欲，竟可说毫无情欲，只有艺术。我所处的地位完全是一个艺术鉴赏家的地位。我理会的只是一种生命的形式，以及一种自然道德的形式。没有冲突，超越得失，我从一个人的肉体认识了神与美，且即此为止，我并不曾用其他方式破坏这种神与美的印象。正可说是一本完全图画的传奇，就中无一个文字。唯其如此，这个传奇也庄严到使我不能用文字来叙述。唯一可重现人我这种崇高美丽情感应当是音乐。但是一个轻微的叹息，一种目光的凝注，一点混合爱与怨的退避，或感谢与崇拜的轻微接近，一种象征道德极致的素朴，一种表示惊讶的呆，音乐到此亦不免完全失去了意义。这人传奇是……

我在用人教育我，俨然陆续读了些不同体裁的传奇。这点机会，大多数却又是我先前所写的一堆故事为证明，我是诚实而细心，奇特的且能辨别人生理解人心，更知道庄严和粗俗的细微分量界限，不至于错用或滥用，因此能翻阅这些奇书。

不过度量这一切，自然用的是我从乡下随身带来的尺和秤量。若由一般社会所习惯的权衡来度量我的弱点和我的坦白，则我存在的意义存在的价值早已失去了。因为我也许在"偶然"

中翻阅了些不应道及的篇章。

　　然而正因为弱点和坦白共同在性格或人格上表现，如此单纯而明朗，使我在婚姻上见出了奇迹。在连续而来的挫折中，作主妇的始终能保留那个幸福的幻影，而且还从其他方式上去证实。这种事由别人看来为不可解，恰恰如我为这个问题写的一个短篇所描写到的情形："当两人在熟人面前被人称为'佳偶'时，就用微笑表示'也像冤家'的意思；又或在熟人神气间被目为'冤家'时，仍用微笑表示'实是佳偶'的意思"，由自己说来，也极自然。只因为理解到"长处"和"弱点"原是生命使用方式上的不同，情形必然就会如此。一切基于理解。我是个云雀，经常向碧空飞得很高很远，到一定程度，终于还是直向下坠，归还旧窠。

　　再过了四年，战争把世界地图和人类历史全改变了过来，同时从极小处，也重造了的人与人的关系，以及这个人在那个人心上的位置。

　　一个聪明善谈的女孩子，年纪大了点时，自然都乐意得到一个朋友的信托，更乐意从一个朋友得到一点有分际的、混合忧郁和热忱所表示的轻微疯狂，用作当前剩余青春的点缀，以及明日青春消逝温习的凭证。如果过去一时，若不保留一些美好印象，印象的重叠，使人在取予上自然都不能不变更一种方式，见出在某些事情上的宽容为必然，在某种事情上的禁忌为不必要。无形中都放弃了过去一时的那点警惧心和防卫心。因此虹和星都若在望中，我俨然可以任意去伸手摘取。可是我所注意摘取的应当说却是自己生命追求抽象原则的一种形式。我只希望如何来保留这种热忱到文字中。对于爱情或友谊本身，已不至于如何惊心动魄来接近它了。我懂得"人"多了一些，懂得自己也多了些。在"偶然"之一过去所以自处的"安全"方式上，我发现了节制的美丽。在另外一个"偶然"目前所以自见的"忘我"方式上，我又发现了忠诚的美丽。在第三个"偶然"所希望于未来"谨慎"方式上，我还发现了谦退中包含勇气与明智的美丽……生命取舍的多方，因之使我不免有点"老去方知读书少"的自觉。我还需要学习。从更多陌生的书以及少数熟习的人，学习点"人生"。

因此一来，"我"就重新又成为一个毫无意义的字言，因为很快即完全消失到一个"偶然"的颦笑中和这类颦笑取舍中了。

　　失去了"我"后却认识了"神"，以及神的庄严。墙壁上一方黄色阳光，庭院里一点花草，蓝天中一粒星子，人人都有机会见到的事事物物，多用平常感情去接近它。对于我，却因为和"偶然"某一时的生命同时嵌入我记忆中，印象中，它们的光辉和色泽，就都若有了神性，成为一种神迹了。不仅这些与"偶然"同时浸入我生命中的东西，含有一种神性，即对于一切自然景物，到我单独默会它们本身的存在和宇宙微妙关系时，也无一不感觉到生命的庄严。一种由生物的美与爱有所启示，在沉静中生长的宗教情绪，无可归纳，我因之一部分生命，竟完全消失在对于一切自然的皈依中。这种简单的情感，很可能是一切生物在生命和谐时所同具的，且必然是比较高级生物所不能少的。然而人若保有这种情感时，却产生了伟大的宗教，或一切形式精美而情感深致的艺术品。对于我呢，我什么也不写，亦不说。我的一切官能都似乎在一种崭新教育中，经验了些极纤细微妙的感觉。

　　我用这种"从深处认识"的情感来写故事，因之产生了《长河》。《长河》的被扣留无从出版，可不是偶然了。因为从普通要求说来，对战事描写，是不必要如此向深处掘发的。

我住在一个乡下，因为某种工作，得常常离开了一切人，单独从个宽约七里的田坪通过。若跟随引水道曲折走去，可见到长年活鲜鲜的潺湲流水中，有无数小鱼小虫，临流追逐，悠然自得，各有其生命之理。平流处多生长了一簇簇野生慈姑，三箭形叶片虽比田中生长的较小，开的小白花却很有生气，花朵如水仙，白瓣黄蕊，成一小串，从中心挺起。路旁尚有一丛丛刺蓟科野草，开放翠蓝色小花，比毋忘我草形体尚清雅脱俗，使人眼目明爽，如对无云碧穹。花谢后却结成无数小小刺球果子，便于借重野兽和家犬携带到另一处繁殖。若从其他几条较小路上走去，蚕豆和麦田中，照例到处生长浅紫色樱草，花朵细碎而妩媚，还带上许多白粉。采摘来时不过半小时即枯萎，正因为生命如此美丽脆弱，更令人感觉生物中求生存与繁殖的神性。在那两面铺满彩色绚丽花朵细小的田塍上，且随时可看到成对的羽毛黑白分明异常清洁的鹡鸰，见人时微带惊诧，一面飞起一面摇颤着小小长尾，在豆麦田中一起一伏，似乎充满了生命的悦乐。还有那个顶戴大绒冠的戴胜鸟，披负一身杂毛，一对小眼睛骨碌碌的对人痴看，直到来人近身时，方微带匆促展翅飞去。本地秧田照习惯不作他用。除三月时育秧，此外长

332

年都浸在一片浅水里。另外几方小田种上慈姑莲藕的，也常是一片水。不问晴雨这种田中照例有三两只缩肩秃尾白鹭鸶，清癯而寂寞，在泥沼中有所等待，有所寻觅。又有种鸥形水鸟，在田中走动时，肩背毛羽全是一片美丽桃灰色，光滑而带丝网光泽，有时数百成群在空中翻飞游戏，因翅翼下各有一片白，便如一阵光明的星点，在蓝穹下动荡。小村子有一道流水穿过，水面人家土墙边，都用带刺木香花作篱笆，带雨含露成簇成串的小白花，常低垂到人头上，得一面撩拨方能通过。树下小河沟中，常有小孩子捉鳅拾蚌，或精赤身子相互浇水取乐。村子中老妇人坐在满是土蜂窠的向阳土墙边取暖，屋角隅可听到有人用大石杵缓缓的捣米声，景物人事相对照，恰成一希奇动人景象。过小村落后又是一片平田，菜花开时，眼中一片黄，鼻底一片香。土路不十分宽，驮麦粉的小马，和驮烧酒的小马，与迎面来人擦身而过时，赶马押运货物的，却远远的在马后喊"让马"，从不在马前牵马让人。因此行人必照规矩下到田塍上去，等待马走过时再上路。菜花一片黄的平田中，还可见到整齐成行的细枝胡麻，竟像是完全为装饰用，一行一行栽在中间。在瘦小与脆弱的本端，开放一朵朵翠蓝色小花，花头略略向下低垂，张着小嘴如铃兰样子，风姿娟秀而明媚，在阳光下如同向小蜂小虫微笑，"来，吻我，这里有蜜!……"

眼目所及都若有神迹在乎其间，且从这一切都可发现有"偶然"的友谊的笑语和爱情芬芳。

这在另一方面说来，人事上自然也就生长了些看不见的轻微的妒嫉，无端的忧虑，有意的间隔，和那种无边无际累人而又闷人的白日梦。尤其是一点眼泪，来自爱怨交缚的一方，一点传说来自得失未明的一方，就在这种人与人，"偶然"与"偶然"的取舍分际上，我似乎重新接受了一种人生教育。矢来有向或矢来无向，我却一例听之直中所欲中心上某点，不逃避，不掩护。我处在一种极端矛盾情形中，然而用自己那个衡量来测验时，却感觉生命实复杂而庄严。尤其是从一个偶然的炫目景象中离开，走到平静自然下见到一切时，生命的庄严或有时竟完全如一个极虔诚的教士。谁也想象不到我生命是在一种什么形式下燃烧。即以这个那个"偶然"而言，所知道的似乎就只是一些片断，不完全的一体。

我写了无数篇章，叙述我的感觉或印象，结果却不曾留下。正因为各种试验，都证明它无从用文字保存。或只合保存在生命中，且即同一回事，在人我生命中，意义上完全不同。

　　我那点只用自己尺寸度量人事得失的方式，不可免要反应到对"偶然"的缺点辨别上。这种细微感觉在普通人我关系上决体会不到，在比较特殊的一种情形上，便自然会发生变化。正恰恰如甲状腺在水中的情形，分量即或极端稀少，依然可以测出。在这个问题上，我明白我泛神的思想，即曾经损害到这个或那个"偶然"的幽微感觉，是种什么情形。我明知语言行为都无补于事实，便用沉默应付了一些困难，尤其是应付轻微的妒嫉，以及伴同那个人类弱点而来的一点埋怨，一点责难，一点不必要的设计。我全当作"自然"。我自觉已尽了一个朋友所能尽的力，来在友谊上用最纤细感觉接受纤细反应。而且在诚实外还那么谨慎小心，从不曾将"乡下人"的方式，派给一个城中朋友，一切有分际的限制，即所以保护到情感上的安全。然而问题也许就正在此。"你口口声声说是一个乡下人，却从不用乡下人的坦白来说明友谊，却装作绅士。然而在另外一方面，你可能又会完全如一个乡下人。"我就用沉默将这种询问所应有的回声，逼回到"偶然"耳中去。于是"偶然"走了。

　　其次是正在把生活上的缺点从习惯中扩大的"偶然"，当这种缺点反应到我感觉上时：她一面即意识到在过去一时某些稍稍过分行为中失去了些骄傲，无从收回，一面即经验到必须从另外一种信托上，方能取回那点自尊心，或更换一个生活方式，方可望产生一点自信心。正因为热情是一种教育，既能使人疯狂胡涂，也能使人明彻深思。热情使我对于"偶然"感到惊讶，无物不"神"，却使"偶然"明白自己只是一个"人"，乐意从人的生活上实现个人的理想与个人的梦。到"偶然"思索及一个人的应得种种名分与事实时，当然有了痛苦。因为发觉自己所得到虽近于生命中极纯粹的诗，然而个人所期待所需要的还只是一种具体生活。纯粹的诗虽能作一个女人青春的装饰，华美而又有光辉，然而并不能够稳定生命，满足生命。再经过一些时间的澄滤，便得到如下的结论："若想在他人生命中保有'神'的势力，即得牺牲自己一切'人'的理想。若希望证实'人'的理想，即必须放弃当前唯'神'方能得到的一切。热情能给人兴奋,也给人一种无可形容的疲倦。尤其是在'纯粹的诗'和'活鲜鲜的人'愿望取舍上，更加累人。""偶然"就如数年前一样，用着无可奈何的微笑，掩盖到心中受伤处，离开了我。临走时一句话不说，我却从她沉默中，听到一种申诉：

"我想去想来，我终究是个人，并非神，所以我走了。若以为这是我一点私心，这种猜测也不算错误。因为我还有我做一个人的希望。并且我明白离开你后，在你生命中保有的印象。那么下去，不说别的，即这种印象在习惯上逐渐毁灭，对于我也受不了。若不走，留到这里算是什么？在时间交替中我能得到些什么？我不能尽用诗歌生存下去，恰恰如你说的不能用好空气和好风景活下去一样。我是个并不十分聪明的女人，这也许正是使我把一首抒情诗当作散文去读的真正原因。我的行为并不求你原谅，因为给予的和得到的已够多，不须用一些泛泛言词来自解了。说真话，这一走，对于你也不十分坏！有个幸福的家庭，有一个——应当说有许多的'偶然'，都在你过去生活中保留一些印象。你得到所能得到的，也给予所能给予的。尤其是在给予一切后，你反而更丰富更充实的存在。"

于是"偶然"留下一排插在发上的玉簪花，摇摇头，轻轻的开了门，当真就走去了。其时天落了点微雨，雨后有彩虹在天际。

我并不如一般故事上所说的身心崩毁，反而变得非常沉静。因为失去了"偶然"，我即得回了理性。我向虹起处方向走去，到了一个小小山头上。过一会儿，残虹消失到虚无里去了，只剩余一片在变化中的云影。那条素色的虹霓，若干年来在我心上的形式，重新明明朗朗在我眼前现出。我不由得不为"人"的弱点和对于这种弱点挣扎的努力，感到一点痛苦。

"'偶然'，你们全走了，很好。或为了你们的自觉，或为了你们的弱点，又或不过是为了生活上的习惯，既以为一走即可得到一种解放，一些新生的机缘，且可从另外人事上收回一点过去一时在我面前快乐行为中损失的尊严和骄傲，尤其是生命的平衡感和安全感的获得，在你认为必需时，不拘用什么方式走出我生命以外，我觉得都是必然的。可是时间带走了一切，也带走了生命中最光辉的青春，和附于青春而存在的羞怯的笑，优雅的礼貌，微带矜持的应付，极敏感的情分取予，以及那个肉体方面的完整形式、华美色泽和无比芳香。消失的即完全消失到不可知的'过去'里了。然而却有一个朋友能在印象中保留它，能在文字中重现它，……你如想寻觅失去的生命，是只有从这两方面得到，此外别无方法。你也许以为失去了我，即可望得到'明天'，但不知真正失去了我时，失去了'昨天'，活下来对于你是种多大的损失！"

　　自从"偶然"离开了我后，云南就只有云可看了。黄昏薄暮时节，天上照例有一抹黑云，那种黑而秀的光景，不免使我想起过去海上的白帆和草地上的黄花，想起种种虹影和淡白星光，想起灯光下的沉默继续沉默，想起墙壁上慢慢的移动那一方斜阳，想起瓦沟中的绿苔和细雨微风中轻轻摇头的狗尾草，……想起一堆希望和一点疯狂，终于如何又变成一片蓝色的火焰，一撮白灰。这一切如何教育我，认识生命最离奇的遇合，与最高的意义。

　　当前在云影中恰恰如过去在海岸边，我获得了我的单独。那个失去了十年的理性，回到我身边来了。

　　"你这个对政治无信仰对生命极关心的乡下人，来到城市中用人教育我，所得经验已经差不多了。你比十年前稳定得多也进步得多了。正好准备你的事业，即用一支笔来好好的保留最后一个浪漫派在二十世纪生命取予的形式，也结束了这个时代这种情感发炎的症候。你知道你的长处，即如何好好的善用长处。成功或胜利在等待你，嘲笑和失败也在等待你；但这两件事对于你都无多大关系。你只要想到你要处理的也是一种历史，属于受时代带走行将消灭的一种人我关系的历史，你就不至于迟疑了。"

"成功与幸福，不是仙人的目的，就是俗人的期望，这与我全不相干。真正等待我的只有死亡。在死亡来临以前，我也许还可以作点小事，即保留这些'偶然'浸入一个乡下人生命中所具有的情感冲突与和谐程序。我还得在'神'之解体的时代，重新给神作一种赞颂，在充满古典庄严与雅致的诗歌失去光辉和意义时，来谨谨慎慎写最后一首抒情诗。我的妄想在生活中就见得与社会隔阂，在写作上自然更容易与社会需要脱节。不过我还年轻，世故虽能给我安全和幸福，一时还似乎不必来到我身边。我已承认你十年前的意见，即将一切交给'偶然'和'情感'为得计。我好像还要受另外一种'偶然'所控制。接近她时，我能从她的微笑和皱眉中发现'神'，离开她时，又能从一切自然形式色泽中发现她。这也许正因为如你所说，我是个对一切无信仰的人，却只信仰'生命'。这应当是我一生的弱点，但想想附于这个弱点下的坦白与诚实，以及对于人性细微感觉理解的深致，我知道，你是第一个就首先对于我这个弱点加以宽容了。我还需要回到海边去，回到'过去'那个海边。至于别人呢，我知道她需要的倒应当是一个'抽象'的海边。两个海边景物的明丽处相差不多，不同处其一或是一颗孤独的心的归宿处，其一却是热情与梦结合而为一使'偶然'由'神'变'人'的家。……"

"唉，我的浮士德，你说得很美，或许也说得很对。你还年轻，至少当你被这种黯黄黄灯光所诱惑时，就显得相当年轻。我还相信这个广大的世界，尚有许多形体、颜色、声音、气味，都可以刺激你过分灵敏的官觉，使你变得真正十分年轻。不过这是不中用的。因为时代过去了。在过去时代能激你发狂引你入梦的生物，都在时间漂流中消失了匀称与丰腴，典雅与清芬。能教育你的正是从过去时代培植成功的典型。时间在成毁一切，都行将消灭了。代替而来的将是无计划无选择随同海上时髦和社会需要繁殖的一种简单范本。在这个新的时代进展中，你行将是个不必要的人物了。在这个时代中，你的心即或还强健而坚韧，也只合为'过去'而跳跃，不宜于用在当前景象上了。你需要休息休息了，因为在这个问题上徘徊实在太累。你还有许多事情可作，纵不乐成也得守常。有些责任，即与他人或人类幸福相关的责任。你读过那本题名《情感发炎及其治疗》的奇书，还值得写成这样一本书。且不说别的，即你这种文字的格式，这种处理感觉和思想的方法，也行将成为过去，和当前体例不合了！"

"是不是说我老了？"

没有得到任何回答。

天气冷了些，桌前清油灯加了个灯头，两个灯头燃起两朵青色小小火焰，好像还不够亮。灯光总是不大稳定，正如一张发抖的嘴唇，代替过去生命吻在桌前一张白纸上。十年前写《边城》时，从槐树和枣树枝叶间滤过的阳光如何照在白纸上，恍惚如在目前。灯光照及油瓶、茶杯、银表、书脊和桌面遗留的一小滴油时，曲度相当处都微微反着一点黄光。我心上也依稀反着一点光影，照着过去，又像是为过去所照彻。小房中显得宽阔，光影不及处全是一片黑暗。

我应当在这一张白纸上写点什么？一个月来因为写"人"，作品已第三回被扣，证明我对于人事的寻思，文字体例显然当真已与时代不大相合。因此试向"时间"追究，就见到那个过去。然而有些事，已多少有点不同了。

"时间带走了一切，天上的虹或人间的梦，或失去了颜色，或改变了式样。即或你还自以为有许多事尚好好保留在心上，可是，那个时间在你不大注意时，却把你的心变硬了，变钝了，变得连你自己也不大认识自己了。时间在改造一切，星宿的运行，昆虫的触角，你和人，同样都在时间下失去了固有位置和形体。尤其是美，不能在风光中静止。人生可悯。"

"温习过去，变硬了的心也会柔软的！到处地方都有个秋风吹上人心的时候，有个灯光不大明亮的时候，有个想向'过去'伸手，若有所攀援，希望因此得到一点助力，似乎方能够生活得下去的时候。"

"这就更加可悯！因为印象的温习，会追究到生活之为物，不过是一种连续的负心。凡事无不说明忘掉比记住好。'过去'分量若太重，心子是载不住它的。忘不掉也得勉强。这也正是一种战争！败火且是必然的结论。"

是的，这的确也是一种战争。我始终对面前那两个小小青色火焰望着。灯头不知何时开了花，"在火焰中开放的花，油尽灯熄时，才会谢落的。"

"你比拟得好。可是人不能在美丽比喻中生活下去。热情本身并不是象征，它燃烧了自己生命时，即可能燃烧别人的生命。

到这种情形下，只有一件事情可作，即听它燃烧，从相互燃烧中有更新生命产生（或为一个孩子，或为一个作品）。那个更新生命方是象征热情。人若思索到这一点，为这一点而痛苦，痛苦在超过忍受能力时，自然就会用手去剔剔你所谓要在油尽灯熄时方谢落的灯花。那么一来，灯花就被剔落了。多少人即如此战胜了自己的弱点，虽若在撤退中救出了自己，也正可见出爱情上的勇气和决心。因为不是件容易事，虽损失够多，作成功后还将感谢上帝赐给他的那点勇气和决心。"

"不过，也许在另外一时，还应当感谢上帝给了另外一个人的弱点，即您灯光引带他向过去的弱点。因为在这种弱点上，生命即重新得到了意义。"

"既然自己承认是弱点，你自己到某一时也会把灯花剔落的。"

我当真就把灯花剔落了。重新添了两个灯头，灯光立刻亮了许多。我要试试看能否有四朵灯花在深夜中同时开放。

一切都沉默了，只远处有风吹树枝，声音轻而柔。

油慢慢的燃尽时，我手足都如结了冰，还没有离开桌边。灯光虽渐渐变弱，还可以照我走向过去，并辨识路上所有和所遭遇的一切。情感似乎重新抬了头，我当真变得好像很年轻，不过我知道，这只是那个过去发炎的反应，不久就会平复的。

屋角风声渐大时，我担心院中那株在小阳春十月中开放的杏花，会被冷风冻坏。"我关心的是一株杏花还是几个人？是几个在过去生命中发生影响的人，还是另外更多数未来的生存方式？"等待回答，没有回答。

作于 1943 年

（原载 1943 年 1 月《文学创作》第 1 卷第 4、5 期；选自《沈从文散文》，人民文学出版社，2007 年 3 月）